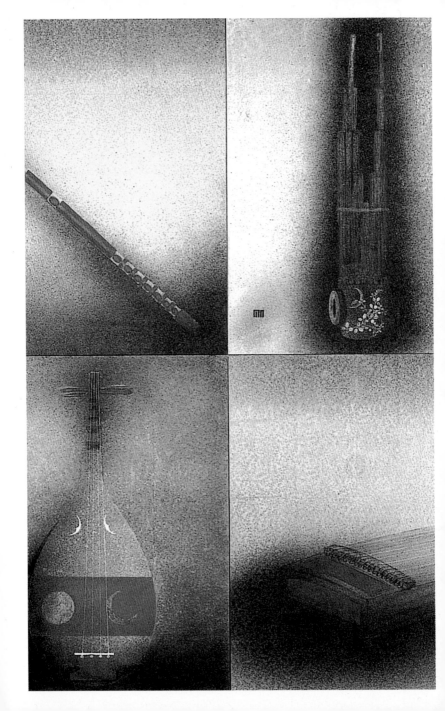

겐지이야기

6

源氏物語

GENJI MONOGATARI

by Murasaki-Shikibu, re-written by Jakucho Setouchi

Copyright©1996 by Jakucho Setouchi

Original Japanese edition published by Kodansha Ltd.

Korean translation rights arranged with Jakucho Setouchi

through Japan Foreign-Rights Centre

Translated by Kim Nan-Joo

Published by Hangilsa Publishing Co., Ltd., Korea, 2007.

「이 도서의 국립중앙도서관 출판시도서목록(CIP)은
e-CIP 홈페이지(http://www.nl.go.kr/cip.php)에서 이용하실 수 있습니다.
(CIP제어번호: CIP2006002744)」

겐지이야기 6

◆무라사키 시키부 지음

◆세토우치 자쿠초 현대일본어로 옮김

◆김난주 한국어로 옮김

◆김유천 감수

한길사

源氏物語

겐
지
이
야
기

◆6

지은이 · 무라사키 시키부
현대일본어로 옮긴이 · 세토우치 자쿠초
한국어로 옮긴이 · 김난주
감수 · 김유천
펴낸이 · 김언호
펴낸곳 · (주)도서출판 한길사

등록 · 1976년 12월 24일 제74호
주소 · 10881 경기도 파주시 광인사길 37
　　　 www.hangilsa.co.kr
　　　 E-mail: hangilsa@hangilsa.co.kr
전화 · 031-955-2000~3　　 팩스 · 031-955-2005

제1판 제1쇄 2007년 1월 1일
제1판 제5쇄 2023년 11월 20일

값 15,500원
ISBN 978-89-356-5809-1 04830
ISBN 978-89-356-5814-5 (전10권)

새삼 내색하지 마시길

손도 닿지 않는

산벚나무 가지에

마음을 두었다고

겐지이야기 6

봄나물 상   17

봄나물 하   137

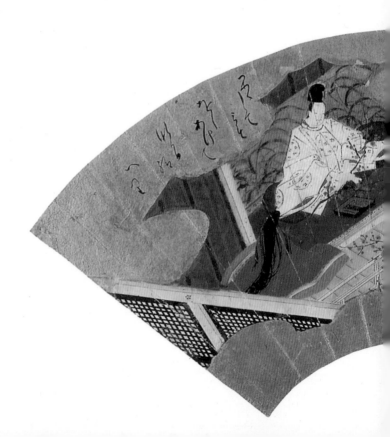

영겁을 기다리는 낮은 땅의 사람들 | 세토우치 자쿠초   259

참고 도판   281

계보도   292

연표   294

어구 해설   296

인용된 옛 노래   312

✿ 이 책은 무라사키 시키부(紫式部)의 고전소설 『겐지 이야기』(源氏物語)를
　세토우치 자쿠초(瀨戶內寂聽)가 현대일본어로 풀어쓴 것을 한국어로 옮긴 것이다.

✿ 처소명에 따라 붙여진 등장인물의 이름은 처소를 나타낼 땐 한자음으로 읽고,
　인물을 가리킬 땐 소리 나는 대로 썼다. 따라서 동명이인이 많다.
　예1: 장소 승향전(承香殿); 인물 쇼쿄덴(承香殿) 여어.
　예2: 장소 여경전(麗景殿); 인물 레이케이덴(麗景殿) 여어.
　예3: 장소 홍휘전(弘輝殿); 인물 고키덴(弘輝殿) 여어.

✿ 산, 강, 절 이름은 지명과 한글을 혼합해서 달았다.
　예: 히에이 산(比叡山), 나카 강(那賀川), 기요미즈 절(淸水寺).

✿ 거리, 건물, 직함명 등은 한자음 그대로 읽었다.
　예: 육조대로(六條大路), 이조원(二條院), 자신전(紫宸殿), 여어(女御), 갱의(更衣),
　대납언(大納言).

✿ 각 첩의 제목은 될 수 있는 대로 뜻으로 풀었다.
　첩명 해설은 자료를 바탕으로 옮긴이가 정리해 붙였다.
　예: 저녁 안개(夕霧), 밤나팔꽃(夕顔).

✿ 등장인물의 이름은 직함에 따라 한자음으로 읽은 경우와, 고유음 그대로를 살린
　경우가 있다. 그밖에 인물의 특징을 잘 보여주는 경우에는 뜻을 살려서 달았다.
　예1: 중납언, 대보 명부; 예2: 고레미쓰; 예3: 검은 턱수염 대장, 반딧불 병부경.

✿ 이 책의 말미에 붙은 부록 중 '어구 해설'과 '인용된 옛 노래'는
　다카기 가즈코(高木和子)가 작성한 것을 바탕으로 필요에 따라 첨삭했다.
　본문에 풀어쓴 것은 생략하고, 필요에 따라 그 내용을 옮긴이가
　보완하여 정리한 것이다.

✿ 일본 고유의 개념인 미카도(帝)는 이름 뒤에 올 때는 '제'로, 단독으로 쓰일 때는
　'천황'과 '폐하'를 혼용했다.

봄나물 상

들판의 어린 소나무처럼
앞날이 창창한 손자들이여
그 덕을 입어
들판의 봄나물인 나도
오래오래 살리

◆ 겐지

🌸 제34첩 봄나물 상(若菜上)

겐지의 마흔 살에 임하여 다마카즈라가 주최한 봄나물 연회 자리에서 겐지가 부른 노래에서 이 제목이 붙었다.

스자쿠 상황은 얼마 전 육조원에 다녀온 후로 건강이 악화되어 자리 보존을 하고 있습니다. 원래가 병약한 분인데, 이번에는 특히 자신의 병세를 불안해합니다.

　"오랜 세월 출가를 꿈꿔왔으나 어머니 태후가 살아 계실 때는 만사가 조심스러워 삼가느라 지금까지 결심을 굳히지 못하였는데, 역시 불도에 마음이 끌리는 것인지 오래 살지 못할 것 같구나."

　스자쿠 상황은 이렇게 말하며 출가를 위한 준비를 이것저것 시작하였습니다.

　슬하에는 동궁을 비롯하여 황녀가 넷 있습니다.

　스자쿠 상황의 후궁 가운데 후지쓰보 여어는 선황의 황녀로 선황이 살아 계실 때 신하가 되어 겐 씨라는 성을 받은 분입니다.

　스자쿠 상황이 동궁일 때 입궁을 하여 황후의 자리에 오를 만한 분이었으나, 이렇다 할 후견인도 없는데다 어머니 또한 버젓하지 못한 집안의 갱의였기 때문에 입궁을 하고도 위치가 불안정하였습니다.

고키덴 황태후가 오보로즈키요를 후궁으로 들이고 주변 사람들이 절대 넘볼 수 없도록 막강하게 뒷배를 살피는 바람에 후지쓰보 여어는 그만 기를 펴지 못하였고, 스자쿠 제 역시 마음속으로는 가엾게 여기면서도 퇴위를 하여 운을 놓치고 마니, 안타까운 일이나 어쩔 수 없다고 자신의 운명을 탓하면서 돌아가셨습니다.

스자쿠 상황은 그 여어의 여식인 셋째 황녀 온나산노미야를 각별히 귀여워하며 애지중지 키웠습니다. 그무렵 나이는 열 서너 살이었습니다.

스자쿠 상황은 이 시름 많은 세상을 등지고 산으로 들어가면 온나산노미야가 누구를 의지하여 살아갈까 싶어 그저 황녀의 안위를 걱정하며 한탄합니다.

서산에 절을 지어 그곳으로 옮길 준비를 하면서 동시에 온나산노미야의 성인식 준비를 하고 있습니다.

상황전에 비장하고 있는 보물과 가재도구는 물론 장난감에 이르기까지 조금이라도 유서가 있는 것은 모두 이 황녀에게 물려주고, 다른 자식들에게는 그 나머지를 나눠 주었습니다.

동궁은 스자쿠 상황이 위중한데다 출가를 염두에 두고 있다는 소식을 듣고 주작원을 찾았습니다.

어머니인 쇼쿄덴 여어도 동행하였습니다. 이분은 스자쿠 상황의 각별한 총애를 받은 것은 아니었으나 이렇듯 동궁을 생산하였으니, 역시 더없이 인연이 깊은 분이라 여겨져 상황은 오랜 세월 동안 쌓인 얘기를 나누었습니다.

동궁에게는 나라를 다스리기 위한 마음가짐 등을 자상하게 가르쳤습니다. 동궁은 나이에 비해 다부지고 어른스러운데다 명문가의 훌륭한 분이 후견인으로 있기에, 상황은 그 점에 대해서는 안심을 하고 있습니다.

"나는 이 세상에는 미련이 없습니다. 다만 딸자식들이 여럿 남아 있으니 그 장래가 걱정스러워 죽어도 편치 못할 듯합니다. 지금까지 보고 들은 것으로 생각해보아도, 여인은 태생이 본의 아니게 경솔한 짓을 하여 타인의 비난을 받게끔 되어 있으니, 실로 안타깝고 유감스러운 일입니다. 즉위를 하여 그대의 세상이 되면 지금 내 말을 잊지 말고 누이들을 보살펴주세요. 물론 후견이 번듯한 누이는 그분들에게 맡겨도 됩니다. 다만 셋째는 아직 나이도 어리고 나만 의지하여 살아온 탓에, 내가 출가를 하고 나면 의지할 곳이 없어 세상의 풍파에 시달릴 듯하니 그것이 마음에 걸리고 슬플 따름입니다."

이렇게 눈물을 흘리며 속내를 열어 보입니다.

쇼쿄덴 여어에게도 셋째 황녀를 어여삐 여겨달라고 부탁합니다. 허나 셋째 황녀의 어머니인 후지쓰보 여어에 대한 총애가 누구보다 각별했던 터라, 각 후궁들은 후지쓰보 여어와 경쟁을 하여 사이가 원만하지 않았으니, 그 앙금이 남아 새삼 미워하지는 않아도 진심으로 보살피겠다는 마음은 없으리라고 짐작됩니다.

스자쿠 상황은 밤이나 낮이나 셋째 황녀를 걱정하며 한탄합니다.

그해도 저물어가는 때, 스자쿠 상황은 병세가 위중하여 발 밖으로는 나오지도 않습니다. 지금까지 귀신에 씌어 몸져누운 적은 있어도 이렇듯 오래도록 고통을 받은 일은 없었으니, 이제는 마지막이 아닌가 생각합니다.

비록 퇴위는 하였으나 재위 중에 은혜를 입은 사람들은 지금도 스자쿠 상황을 고마워하며 사모하고 있으니, 마음의 위안처로 상황을 찾으며 시중을 들고 있습니다. 그 사람들은 모두 진심으로 상황의 병세를 안타까워하고 있습니다.

육조원에서도 문안 사절이 왔습니다. 겐지가 몸소 찾아올 것이라는 소식을 듣고 스자쿠 상황은 몹시 기뻐하였습니다.

우선 유기리 중납언이 주작원을 찾았습니다. 스자쿠 상황은 중납언을 발 안으로 들이고 차분하게 얘기를 나눕니다.

"선황께서 돌아가시며 많은 유언을 하셨는데, 그 가운데에서도 그대의 아버지와 현 폐하의 일을 각별히 부탁하셨다네. 허나 막상 황위에 올라보니 천황이라 하여 마음대로 할 수 있는 것에는 한계가 있어, 그 때문에 내 마음은 변함이 없는데도 사소한 과실로 겐지의 원한을 산 일도 있으리라 생각하네. 그런데 그분은 오랜 세월을 지내면서도 그 시절 일을 내게 원망하는 일이

단 한번도 없었네. 현명한 사람이라도 자신에 관한 일이면 평소와 달리 감정에 휩쓸려 평정을 잃고 복수를 하거나 뒤틀린 생각을 하는 예가 성대에도 많았는데 말이네. 그러하니 언젠가는 겐지가 자신의 속내를 내비치는 것은 아닐까, 하고 세상 사람들도 그런 눈으로 지켜본 듯한데, 지금까지 눌러 참으며 동궁에게도 호의를 보여주고 있다네. 또한 아카시 아씨를 동궁비로 입궁시켜 나와 더없이 친밀한 사이가 되었으니, 그렇듯 다감하게 대하여주시는 것을 더없이 기쁘게 생각하고 있네.

나는 태생이 우직한 인간인데다 자식들을 생각한 나머지 미궁에 빠져 꼴사나운 짓을 하여서는 안 된다고 생각하고, 동궁을 오히려 남을 대하듯 하면서 겐지에게 모든 것을 맡기고 무관심하게 지냈네. 물론 지금의 폐하께 돌아가신 선황의 유언에 따라 그대로 양위를 하였더니 당대의 명군으로 내가 저지른 실수까지 만회하여주셨네. 이는 내가 바라던 바이니 참으로 기쁘게 생각하고 있네. 지난 가을의 행차 이래 옛일들이 줄줄이 생각나니 겐지가 그립고 만나고 싶은 마음 간절하군. 만나 직접 드리고 싶은 말씀도 태산 같으니 그대에게 부탁하네. 부디 친히 와주기를 바란다고 전해주게나."

스자쿠 상황은 이렇게 눈물을 흘리면서 말하였습니다.

"지나간 일을 제가 어찌 알겠나이까. 성장하여 조정 일을 맡아보는 한편 세상일도 보고 듣고 있으나, 아버님은 부자간에 털어놓고 얘기를 나눌 때에도 옛일에 관해서는 대소를 막론하고 한마디 언급이 없었습니다.

'이렇게 정치 일선에서 물러나 출가의 소원을 이루기 위해 은거하게 된 후로는 세상일에 대해서는 일절 관여하지 않고 알려고도 하지 않으니, 돌아가신 기리쓰보 선황의 유언을 제대로 따르지 못하고 있구나. 스자쿠 상황께서 재위하실 당시에는 내가 너무 젊은 탓에 기량도 부족하고 높으신 분들이 많았던 터라 스자쿠 상황을 정성껏 보살피지 못하였는데. 양위를 하시고 정치에서 물러나 한가롭게 지내실 때나마 때로 찾아 뵙고 흉금을 털어놓고 얘기도 하고 그랬어야 하거늘 준태상천황이란 분에 넘치는 지위를 얻어 운신이 쉽지 않은 신분이 되어 쉬이 움직일수도 없는 가운데 그만 세월만 흐르고 말았구나'라며 때로 탄식을 합니다."

유기리 중납언은 이렇게 말하였습니다.

유기리 중납언은 이제 스물 남짓한 젊은 나이이나 매사에 반듯하고 용모도 출중하여 한창 미색이 빛나니, 스자쿠 상황은 참으로 아름다운 젊은이라 여깁니다. 그리고 그야말로 어떻게 처치하면 좋을지 고민스러운 셋째 딸의 결혼상대로 이 사람은 어떨까 하고 남몰래 생각합니다.

"요즘은 태정대신가의 딸과 혼담이 정해져 그쪽에 살고 있다고 들었네. 지난 몇 년 동안 납득이 잘 가지 않는 불미스런 소문이 들려 안됐다 싶었는데 결혼 얘기를 듣고 안심을 했다네. 그러나 한편으로는 다소 샘이 나기도 하고 아쉽기도 하다네."

스자쿠 상황이 이렇게 말하는 표정을 보면서 유기리 중납언은 대체 무슨 뜻으로 이런 말을 할까 이상히 여기고 이런저런 생각을 합니다. 상황이 온나산노미야의 신상을 걱정하여 생각다 못한 끝에 '사윗감으로 적당한 사람이 있으면 황녀를 맡기고 후련하게 출가를 하고 싶다'는 생각을 토로하는 것을 언뜻 들은 바가 있는 터라, 그 일을 말하는 것인가 하고 중납언은 짐작하였습니다. 그러나 물론 잘 알았다는 식으로 대답할 수는 없는 일이지요.

"미덥지 못한 소신인지라 좋은 인연을 만나기가 쉽지 않나이다."

유기리 중납언은 이렇게만 대답하였습니다.

시녀들이 휘장 사이로 유기리 중납언의 모습을 훔쳐보고 있습니다.

"어머나, 정말 멋진 분이시네. 저 용모하며 몸짓하며 나무랄 곳이 없어."

"정말 훌륭한 분이시네."

모여서 이렇게 소곤거리자 늙수그레한 시녀가 말합니다.

"허튼소리. 겐지 님의 그 나이 때 모습과는 비교도 되지 않지. 정말 그분은 눈이 부시도록 아름다웠으니까."

스자쿠 상황이 그 말을 듣고 또 겐지를 이렇게 칭찬하였습니다.

"정말이지 그분의 용모는 세상에 둘도 없을 정도로 출중하였으니. 지금은 나이가 들었다 하나 그무렵보다 오히려 무르익어 빛난다는 말은 그런 분을 두고 하는 말이다 싶을 정도로 향내 나는 아름다움까지 더하였더구나. 위엄을 갖추고 정무에 임하는 모습을 보면 의젓하고 반듯한 아름다움에 눈앞이 아득할 정도인데. 한편 마음을 열고 농담을 하며 장난을 할 때에는 애교가 넘쳐흐르니, 사람을 다감하게 이끄는 점에서는 달리 겨룰 자가 없었을 정도이다. 무슨 일을 하든 전생의 과보가 헤아려지는 흔치 않은 인품이니라. 어렸을 때부터 궁중에서 자라면서 기리쓰보 선황의 더없는 사랑을 받았으니, 선황은 겐지의 일이라 하면 당신 자신보다 더 어여삐 여기셨다. 그런데도 겐지는 교만하지 않고 몸을 낮춰 이십 세가 되기 전에는 중납언의 자리에도 오르지 않았느니라.

아마 스물하나에 재상으로 대장을 겸하였을 터. 그에 비하면 유기리 중납언이 이렇듯 빨리 승진한 것은 아버지에게서 아들로 그 성망이 이어지고 더 높아진 덕분인 게로다. 정치적인 학식이나 마음가짐에서는 중납언 역시 아버지 겐지 못지않다 하는데, 그것이 잘못 본 것이라 하여도 세상에서는 점차 관록이 붙어 평이 높으니, 참으로 대단한 일이다."

스자쿠 상황은 딸의 귀엽고 천진난만한 모습을 보면서 이렇게 말하였습니다.

"이 딸과 결혼하여 어여삐 보살펴주면서 한편으로는 미숙한 점은 너그럽게 감싸주고 가르쳐줄 믿음직한 사람이 있으면 맡기고 싶은데."

스자쿠 상황은 연배의 유모 몇몇을 불러 성인식 준비를 지시하던 차에 이렇게 덧붙였습니다.

"육조원의 겐지가 식부경의 딸 무라사키를 길렀듯이 우리 셋째를 데려다 소중하게 키워줄 사람은 없을까. 신하 가운데에는 그럴 만한 사람이 없고, 폐하께는 중궁이 있으니. 그 뒤를 잇는 여어들만 해도 고귀한 신분의 출신들이니 번듯한 후견도 없는 상태에서 궁에 들어가면 오히려 마음고생이 심할 터이지. 유기리 중납언의 혼처가 정해지지 않았을 때 넌지시 그 뜻을 타진하여보는 것인데 그랬어. 그 사람은 아직 젊은데도 참으로 훌륭하니 앞날이 촉망되는 인물인 듯싶어."

"유기리 중납언은 천품이 성실한 분이라, 태정대신의 딸 구모이노카리 아씨만을 마음에 품고 다른 사람은 쳐다보지도 않았사온데, 그런 사랑이 이루어져 결혼을 하였으니 다른 여자에게 마음을 품는 일은 더욱이 없으리라 생각됩니다. 그보다 아버지 겐지 쪽이 오히려 지금도 여자에게 많은 관심을 품고 있는 듯 보이옵니다. 또한 고귀한 신분의 여인을 원하여, 아사가오 전 재원도 지금까지 잊지 못하면서 일이 있으면 편지를 보내고 있다 합니다."

유모는 이렇게 말하였습니다.

"그렇구나. 그 여전한 바람둥이 성품이 마음에 걸리지 않는 것은 아니냐."

스자쿠 상황은 말은 그렇게 하여도, 많은 부인들 사이에 끼어 뜻하지 않은 일로 마음고생을 하는 한이 있어도 역시 유모들이 하라는 대로 겐지에게 보내어 부모처럼 의지하도록 하는 것이 좋을지 어떨지 생각이 많겠지요.

"남들처럼 번듯하게 결혼을 시키고 싶은 딸이 있는 부모라면 이왕이면 겐지 곁에 두고 싶겠지. 어차피 오래 살지 못할 이 시름 많은 세상, 살아 있는 동안은 겐지처럼 모든 것이 충족된 가운데 살고 싶구나. 내가 만약 여자였다면 친남매 사이라도 사모하며 친한 사이가 되었을 터. 젊은 시절에는 그런 생각도 많이 하였느니라. 나마저 그러하니 하물며 뭇 여자가 그 사람에게 속는 것은 충분히 있을 수 있는 일이지."

스자쿠 상황은 이렇게 말하며 마음속으로는 오보로즈키요 상시를 떠올리고 있겠지요.

온나산노미야의 뒤를 보살피고 있는 유모 가운데 오빠가 좌중변인 자가 있었습니다. 이 사람은 육조원에도 친근하게 드나들며 시중을 드는 한편, 온나산노미야도 따르며 성심을 다하여 시중을 들고 있습니다.

어느 날, 좌중변이 주작원을 찾았는데 유모는 여러 얘기를 나누다가 온나산노미야의 일을 의논하였습니다.

"스자쿠 상황께서 셋째 황녀의 일로 이러저러한 속뜻을 비치셨으니 기회가 있으면 그 뜻을 육조원의 겐지 님께 넌지시 전하여주었으면 좋겠습니다. 황녀는 독신을 관철하는 것이 통례이나 황녀를 마음에 품고 여러 가지로 보살펴주시는 분이 있다면 얼마나 듬직하겠습니까. 스자쿠 상황이 아니면 이 온나산노미야 님을 진심으로 걱정하시는 분이 없으니, 우리 같은 사람이 아무리 정성을 다하여 보살핀다고 해봐야 큰 도움이 되겠습니까. 더욱이 황녀의 일은 내 뜻대로 할 수 없는 일이고 다른 시녀들이 시중을 들고 있으니, 그런 사람들이 연줄을 대어 뜻하지 않은 문제가 생겨 좋지 않은 소문이라도 나게 되면 얼마나 번거롭겠습니까.

스자쿠 상황께서 살아 계실 때 이 황녀의 혼처가 정해진다면 나도 시중들기가 수월해질 것입니다. 고귀한 신분이라고 하나 여인이란 항상 불안정한 운명이니 걱정이 큰데, 황녀가 여럿 계시는 가운데 스자쿠 상황께서는 각별히 이 셋째 황녀를 귀여워하시니, 다른 이들이 질투하는 것은 당연한 일이라 조그마한 흠집이라도 나지 않게 하려는 것입니다."

"과연 어떻게 하면 좋을지요. 겐지 님은 마음이 한결같은 분이라 한번 연을 맺은 여인은 마음에 드는 경우에는 말할 것도 없고, 그리 마음이 끌리지 않는 분이라도 거둬들여 육조원에서 살게 하고 있습니다. 허나 가장 소중히 여기시는 분은 두말할 것도 없이 무라사키 부인입니다. 무라사키 부인 한 분에게 총애가 쏠려 그 위광에 기도 펴지 못하고 쓸쓸하게 사는 부인이 많은 듯합니다. 만의 하나 온나산노미야 님과 겐지 님이 인연이 있어 지금 말한 것처럼 겐지 님에게 시집을 가게 된다면, 아무리 총애가 큰 무라사키 부인이라 해도 온나산노미야 님과 나란히 겨룰 수는 없을 것입니다. 하지만 그래도 역시 걱정스러운 점이 없는 것은 아니니, 겐지 님이 '이 세상에서 부귀영화를 넘치도록 과분하게 누려 부족한 점 하나 없으나, 여인 문제 때문에 세상의 비난을 받는 일이 많았으니 이는 나로서도 불만스러운 일'이었다고 가까운 사람들과 얘기하며 속을 털어놓는 듯합니다. 과연 우리가 보기에도 그 말씀이 옳으니. 각기 인연이 있어 겐지 님의 보살핌을 받고 있으나, 어느 분이나 걸맞지 않을 정도로 낮은 신분이 아니라 하여도, 그렇다고 신하의 신분에 지나지 않아 겐지 님의 신분에 어울리는 지위에 있는 분은 없습니다. 그런 상황에 온나산노미야 님이 시집을 가신다면 얼마나 잘 어울리는 부부이겠습니까."

좌중변이 이렇게 대답하자 유모는 이 말을 스자쿠 상황에게 전하여 올렸습니다.

"이 혼담을 오빠인 좌중변에게 넌지시 비쳐보았더니, '겐지 님은 틀림없이 승낙할 것이다. 고귀한 신분의 정부인을 맞고자 하였던 오랜 염원이 이루어진다면 기뻐하실 터이니, 상황께서 허락하신다면 그 뜻을 전하겠노라' 하옵니다.

뭐라 대답을 전하면 좋을는지요. 겐지 님은 각 부인들을 신분에 맞게 자상한 대우를 하신다고 하는데 보통 신분의 여인이라도 자신과 비슷한 총애를 받는 여인이 같이 있는 것은 불만스러운 법이니, 황녀로서는 예기치 못한 일이 생겨 마음고생이 없지는 않을 것입니다. 온나산노미야 님과 결혼을 원하는 분들은 그 밖에도 많겠지요. 아무쪼록 깊이 생각하셔서 결정하시는 것이 좋을 듯하옵니다. 고귀한 황손이라 하나 요즘은 명랑하고 대범하게 마음이 내키는 대로 합리적으로 처신하니 부부 사이를 뜻한 바대로 유지해나가는 분도 많은 듯합니다. 허나 온나산노미야 님은 아직은 어리고 분별력이 없어 걱정이니, 곁에서 모시는 시녀들도 시중을 드는 데 한계가 있습니다. 주인의 방침에 따라 두말 않고 움직이는 눈치 빠른 시종들이 있어야 마음이 든든하겠지요. 믿음직스런 후견도 없는 것은 역시 불안한 일이옵니다."

"나도 이런저런 생각이 많다. 황녀가 결혼을 하면 세상 사람들은 경박하다 여길 터이고, 제아무리 신분이 높다 하나 결혼을 하면 여인은 어차피 후회가 되는 일. 화가 나는 일도 절로 맛보게 될 터. 그런 것이 가엾어 마음아파하고 걱정하는 것이다. 또 한편으로는 뒤를 보살펴주던 부모가 죽어 의지할 곳이 없어지면 자기 뜻대로 이 세상을 살아가야 하나, 옛날에는 인심도 온화하였고 남자들도 세상이 허락하지 않는 신분이 다른 연애 따위는 하늘에 뜬구름 같은 허황된 일이라 하여 단념하는 것이 보통이었는데, 요즘 세상에서는 여자 문제와 관련하여 치정에 얽힌 풍기 문란한 얘기도 들려오니. 어제까지는 고귀한 집안에서 부모의 손에 애지중지 자랐던 딸이 오늘은 하잘것없는 미천한 신분의 호색한에게 속아 좋지 않은 소문을 내어, 돌아가신 부모의 얼굴에 먹칠을 하고, 돌아가신 분의 혼을 수치스럽게 하는 예가 많다 들었다. 그러하니 결혼을 하든 하지 않든 걱정을 하지 않을 수 없구나.

　신분에 걸맞은 인연은 전생에서부터 정해져 있다고 하지만, 그런 것은 애당초 알 수 없는 것이니 모든 것이 걱정스러워 견딜 수가 없구나. 좋든 나쁘든 부모 형제 같은 믿을 수 있는 사람들의 가르침을 지키고 따르면서 세상을 살다보면 모든 것은 운세 나름이니, 장차 영락하는 일이 있어도 그것은 본인의 실수가 되지는 않는다. 한편 멋대로 인연을 맺어 세월이 흐른 후에 더 없는 행복을 누리고 세상에서도 인정하는 바람직한 결과를 얻는 경우도 나쁘지는 않으나, 그래도 역시 그런 자유연애 얘기를 들었을 당시에는 부모 혹은 보호자의 허락도 없는데 멋대로 연애행각을 벌이는 것만큼 여자로서 큰 오점은 없다고 생각하게 되더구나. 이렇다 할 신분도 아닌 신하들끼리도 그런 연애는 역시 경박하고 바람직하지 못한 일이라 여기니 결혼이란 본인의 뜻을 무시하고 정할 수 있는 것은 아니나, 마음에 들지도 않는 남자를 남편으로 삼아 운명이 정해져버린다면 그런 여자는 평소 마음씀씀이와 태도가 얼마나 경솔하였는지 짐작할 수 있지. 온나산노미야는 유독 성품이 유약하니 너희들이 멋대로 일을 꾸미지 않도록 하거라. 만의 하나 불미스런 소문이 나돌게 된다면 그것보다 한심한 일은 없을 것이니."

　스자쿠 상황은 자신이 출가한 후 온나산노미야의 처지까지 걱정을 하니, 유모들은 일이 점점 골치 아프게 되어간다면서 걱정을 합니다.

"온나산노미야가 조금 더 세상일에 분별이 생길 때까지 내가 지켜주려 하였으나, 마냥 이대로 있다가는 오랜 세월 염원하였던 출가도 이루지 못하고 목숨이 다할 것 같으니 마음만 급하구나. 유모의 말대로 육조원의 겐지는 실로 사리에 밝으니, 안심하고 셋째를 맡길 수 있다는 점에서는 더할 나위 없는 분이시다. 뒤를 보살피는 처첩이 많다는 것이 그리 큰 문제는 되지 않을 것이야. 아무튼 본인이 마음먹기에 달린 일이지. 겐지라면 의연하고 차분하여 세상의 모범으로 널리 추앙을 받고 있으니, 앞날을 믿을 수 있다는 점에서는 둘도 없는 분이시다.

그밖에 사윗감으로 적당한 인물이라면 어떤 사람이 있을까. 반딧불 병부경도 인품은 무난하고 나와는 형제지간이라 마치 남인 것처럼 나쁘게는 말할 수 없으나, 풍류에 치우치고 성품이 유약해서 중후한 점이 부족하니, 아무래도 경박하다는 인상이 강해 믿음직스럽지 못하지. 도 대납언이 온나산노미야를 후견하는 가신이 되고 싶어한다는데, 충직하게 섬기기야 하겠지만 글쎄. 그 정도 신분 가지고는 역시 균형이 맞지 않아 이상할 터이지. 옛날에도 이런 경우에 사윗감을 고를 때에는 만사에 남들보다 뛰어나고 덕망이 높은 사람을 골랐다. 그저 아내를 소중하게 여길 듯하다는 그 하나만으로 사위를 정하고 나면 아쉬움이 남는 법이지. 오보로즈키요 상시가 말하기를, 가시와기 우위문독이 온나산노미야를 마음에 품고 전전긍긍하고 있다 하였는데, 그 정도 인물이 다소 승진만 하면 부족함이 없겠다 여겨지지만 아직은 너무 젊고 관록이 적은 것이 탈이지. 결혼에 대해서 고귀한 신분의 아내를 맞겠다는 이상을 품고 지금도 독신으로 지내면서도 초조해하지 않고 침착하니 그 태도가 남다르고, 한학의 재주도 우수하니 장차 천하의 기둥이 될 인물임에는 틀림이 없어. 그렇게 앞날은 기대가 되나 지금 온나산노미야의 사위로 삼기에는 역시 신분이 좀 낮다 싶구나."

스자쿠 상황이 별 관심을 보이지 않는 다른 황녀에게는 청혼을 하여 상황에게 걱정을 끼치는 남자가 전혀 없습니다. 어찌된 영문인지 스자쿠 상황이 은밀하게 고민하고 의논하는 일들이 절로 밖으로 퍼져나가 모두들 셋째인 온나산노미야만을 사모하여 애를 태웁니다.

"우리 가시와기 위문독은 지금까지 독신으로 지내면서 황녀가 아니면 아내로 삼지 않겠노라 하니, 사윗감을 찾고 있다는 얘기가 나온 이 기회에 스자쿠 상황에게 청을 넣어 만의 하나마음에 들어 사위로 삼아주신다면 나를 위해서라도 무척이나기쁜 일일 터인데."

태정대신도 이렇게 말합니다. 오보로즈키요 상시에게는 그언니인 태정대신의 정부인이 대신의 의향을 전하였습니다. 상시는 온갖 말을 동원하여 스자쿠 상황에게 그 뜻을 전하고 의향을 살폈습니다.

반딧불 병부경은 다마카즈라 아씨를 검은 턱수염 대장에게 빼앗긴 터라 다마카즈라 부인도 들으라는 듯이 어지간한 상대가 아니면 결혼을 하지 않겠노라고 고르고 있었으니, 온나산노미야와의 혼담에 어찌 귀가 솔깃하지 않았겠는지요. 반딧불 병부경은 온나산노미야의 사윗감이 어디로 정해질지 애간장을 태우고 있습니다.

도 대납언 역시 스자쿠 상황의 별당으로 지내면서 온나산노미야를 가까이에서 모셨던 터라 상황이 산으로 들어가면 자신도 의지할 곳 없는 신세가 될 것이니, 온나산노미야의 후견인을 자청하여 사윗감으로 삼아주도록 상황의 눈치를 열심히 살피고 있습니다.

유기리 권중납언도 이런 소문을 많이 들은데다 자신은 사람을 통해서가 아니라 상황께서 직접 혼인을 부추기는 태도를 보였는지라, 우연한 기회에 자신의 마음을 상황께 넌지시 전할 수만 있다면 전혀 제쳐놓지는 않을 것이라고 기대감에 설레기도 하였을 터이지요.

허나 지금은 안심하고 자신을 의지하고 있는 구모이노카리 부인을 보고는 마음을 고쳐먹었습니다.

'오랜 세월, 호되게 마음고생을 하고 있다는 구실로 뭇 여인들과 연애를 할 수 있었던 시절에도 다른 여인에게는 마음을 주지 않고 지냈는데, 지금 와서 분별없이 부인에게 마음고생을 시킬 수는 없는 일 아닌가. 황녀처럼 고귀한 신분의 여인과 인연

을 맺게 되면 무엇 하나 마음대로 할 수 없고, 양쪽 모두에게 신경을 쓰며 괴로워할 터이니.'

유기리 권중납언은 원래가 여인을 탐하는 성품이 아닌지라 스스로 마음을 추스르며 말은 하지 않으나, 온나산노미야의 혼처가 다른 곳으로 정해지는 것 또한 가만히 앉아서 보고만 있을 수는 없는 일일 듯하여 소문에 귀를 곤두세우고 있습니다.

동궁도 이런 소문을 듣고는 스자쿠 상황에게 일부러 소식을 전하는 형태는 아니어도 넌지시 자신의 의향을 상황에게 전하였습니다.

"당장의 일은 그렇다 치고, 이런 예는 훗날에 전례를 남기게 되니 신중하게 생각하고 결정해야 할 것이라 생각됩니다. 아무리 인품이 좋다 하여도 신하는 어디까지나 신하에 지나지 않으니, 역시 셋째 황녀의 혼인을 생각하신다면 육조원의 겐지에게 맡기는 것이 어떨까 싶습니다."

스자쿠 상황은 동궁의 이 말을 기다렸다는 듯이 기뻐하며 결심을 굳혔습니다.

"참으로 지당한 말씀이다. 정말 좋은 충고를 하여주셨어."

스자쿠 상황은 유모의 오빠인 좌중변을 사자로 하여 자신의 의향을 육조원에 전하였습니다.

겐지는 셋째 황녀의 혼인 문제로 스자쿠 상황이 고심하고 있다는 얘기를 사전에 들은 터라 이렇게 말하였습니다.

"참으로 안된 일이로구나. 스자쿠 상황께서 오래 사시지 못할 것이라 하나 나 역시 상황보다 얼마나 더 살지는 알 수 없는 일. 그런 내가 어찌 황녀의 후견을 맡을 수 있겠느냐. 나이순으로 하여 내가 상황보다 조금은 더 산다 하여도, 스자쿠 상황의 황녀는 모두 남이라 여길 수 없는 분들이나 이렇듯 각별하게 신경을 쓰는 온나산노미야는 더욱이 성의를 다하여 보살펴야 할 것인즉. 그렇다 하나 죽고 사는 것이 불안정한 이 무상한 세상에서의 일, 과연 어찌 될지.

더구나 온나산노미야가 나를 완전히 믿고 의지하여 결혼 생활을 한다는 것은 오히려 좋지 않은 일이라 여겨진다. 스자쿠 상황의 뒤를 이어 내가 죽는 날에는 온나산노미야도 가엾을뿐더러 나 역시 마음에 걸려 죽어도 마음이 편치 않을 것이니. 차라리 유기리 중납언이 신분은 그리 높지 않으나 아직 젊고 앞날이 창창한데다 언젠가는 조정의 큰 인물이 될 가능성이 있으니, 그쪽을 사윗감으로 삼는 것이 좋을 터인데. 아아 허나 그 사람은 성품이 곧은데다 벌써 좋아하는 여인과 결혼을 하였으니. 그래서 스자쿠 상황이 꺼려 하시는 것일까."

겐지가 이렇듯 마치 자신은 전혀 마음이 없는 것처럼 얘기하자 좌중변은 스자쿠 상황이 어중간한 생각으로 결정한 일이 아닌 터라 유감스럽게 생각하였습니다. 좌중변이 스자쿠 상황이 고심 고심한 끝에 내린 결정이라는 것을 새삼 자세하게 설명하자 겐지는 온화하게 미소 띤 표정으로 답하였습니다.

"더없이 귀엽고 사랑스러운 따님이기에 그토록 앞날을 걱정하시는 것이겠지. 차라리 폐하게 드리면 좋을 것을. 고귀한 신분의 비가 여럿 있다 하여 공연히 삼가는 것은 불필요한 일, 전혀 구애받을 일이 아니지. 앞서 들어온 비가 있다 하여 나중에 입궁한 사람이 소홀한 대접을 받는 것은 아니지 않느냐. 돌아가신 기리쓰보 선황대에는 동궁 시절에 이미 입궁한 고키덴 여어가 권세를 휘둘렀지만, 한때는 훨씬 훗날 입궁한 후지쓰보 여어에게 압도당한 일도 있었느니라. 온나산노미야의 어머니인 후지쓰보 여어는 바로 그 후지쓰보 여어와 이복 자매이니 용모도 빼어나게 아름답다고 소문이 자자했던 분이니만큼, 부모의 혈통을 이어받는 셋째 역시 그 용모가 아리땁겠지."

겐지가 이렇게 얘기하는 것을 보면 역시 온나산노미야에게 남 못지않은 관심을 갖고 있는 것이겠지요.

그해도 저물어가고 있습니다. 스자쿠 상황의 병세는 조금도 호전되지 않으니 상황은 마음이 급하여 온나산노미야의 성인식 준비를 서두릅니다. 의식은 역사에 그 예가 없을 만큼 엄숙하고 성대하게 치러질 듯하니 모두들 분주하기 그지없습니다.

식장은 주작원 백전의 서쪽 방으로 정하고, 일본의 능직물은 전혀 사용하지 않고 당나라 황후의 침전을 모방하여 화려하고 장엄하게 침소와 휘장을 꾸미니, 그저 눈이 부실 따름입니다.

허리끈을 묶어주는 역할은 미리 태정대신에게 의뢰하였습니다. 이 대신은 만사를 거창하게 생각하는 분이라 마음이 내키지 않았지만, 스자쿠 상황의 말씀은 예부터 거역한 적이 없는지라 이번에도 승낙하였습니다.

또 좌우대신과 그밖의 상달부들은 피치 못할 지장이 있는 경우에도 만사를 제쳐놓고 시간을 내어 의식에 참가하였습니다.

친왕 여덟 명 외에 전상인들은 물론 궁중과 동궁의 처소에 있는 사람들도 한 사람 남김없이 출석하여 성대한 성인식이 되었습니다.

천황과 동궁은 스자쿠 상황이 치르는 행사는 이것이 마지막일 것이라는 생각에 장인소와 납전에 있는 중국에서 건너온 물품들을 넘치도록 선물하였습니다.

육조원에서도 온나산노미야의 성인식을 축하하며 많은 물건을 헌상하였습니다. 찾아온 손님에게 드릴 답례품과 태정대신에게 드릴 선물은 모두 육조원에서 준비한 것입니다.

아키고노무 중궁 역시 옷가지와 빗함 등 정성을 담아 선물하였습니다. 그 가운데, 그 옛날 중궁이 처음 입궁하였을 당시 스자쿠 상황이 선물한 빗을 축하의 마음을 담아 새로이 세공을 한 것도 있었습니다. 그런데도 원래의 멋은 가시지 않아, 바로 그 것임을 알 수 있도록 세공이 되어 있습니다. 중궁은 그것들을 성인식 당일 저녁에 보냈습니다.

중궁직의 권량으로 주작원에서 드나들고 있는 자를 사자로 하여 온나산노미야에게 전하라 명하였습니다. 안에는 이런 노래도 들어 있었습니다.

늘 머리에 꽂으며
상황의 옛정을 지금도
애틋하게 느끼는데
이 아름다운 빗도
그만 낡고 말았으니

그 노래를 본 스자쿠 상황은 옛 추억에 몸이 저미는 듯하였습니다. 중궁이 자신의 행복을 본받으라는 뜻이니 불길하지는 않으리라 여겨 온나산노미야에게 선물하는 고마운 빗이니, 스자쿠 상황도 자신의 추억은 언급하지 않고 이렇게 답가를 보내었습니다.

그대의 행운을 본받아
이 회양목 빗을
물려받은 셋째 황녀가
이 빗이 닳아 없어지도록
만세를 누리기를

스자쿠 상황은 몸이 괴롭고 불편한 것을 억지로 참으면서 성인식 의례를 무사히 끝내었습니다.
그리고 사흘 후, 결심을 하고 끝내 머리를 깎았습니다. 평범한 신분의 사람조차 출가를 위해 머리를 깎을 때는 주위 사람들이 슬퍼하여 눈물을 흘리는데, 하물며 지체 높은 분이니 상황의 여인들은 슬픔을 가누지 못하였습니다.

그 가운데서도 오보로즈키요 상시는 한시도 곁을 떠나지 않고 슬픔에 젖어 있으니, 스자쿠 상황은 뭐라 위로를 하지 못합니다.

"자식을 생각하는 부모 마음에는 한계가 있는 모양입니다. 지금 이렇듯 슬퍼하는 그대를 보니, 그대에 대한 애착을 끊기 어려워 헤어지기가 한없이 괴롭습니다."

스자쿠 상황은 이렇게 말하며 흐트러지려는 마음을 억지로 추스르며 사방침에 기대어 있습니다.

엔랴쿠 절의 주지승을 비롯하여 수계역을 맡은 스님이 셋 찾아와, 상황이 승의를 입고 가사를 걸치는 것을 도왔습니다. 그리하여 드디어 속세와 이별하는 득도식이 치러지니, 모든 것이 슬퍼 견딜 수가 없습니다. 오늘만큼은 득도한 스님들마저 눈물을 감추지 못합니다. 하물며 스자쿠 상황의 황녀들과 여어, 갱의 그밖에 모든 가신과 시녀들이 상하를 막론하고 소리내어 우니, 상황의 마음도 동요하여 이렇게 요란한 의식 따위 치르지 말고 조용히 세상과 이별하고 한적한 산 속에 파묻히려던 계획이 빗나갔다고 후회를 합니다. 그 또한 온나산노미야를 걱정하는 마음에 이렇게 된 것이라 여겼습니다.

천황을 비롯하여 수많은 문안 사절이 문턱을 드나들었음은 말할 필요도 없습니다.

육조원의 겐지 역시 스자쿠 상황의 기분이 그만그만하다는 소식을 듣고 찾아 뵈었습니다.

겐지는 준태상천황이나 조정에서 받는 봉록은 상황과 동급으로 정해져 있습니다. 허나 본인은 상황처럼 격식을 차린 행세는 하지 않습니다. 세상 사람들이 더없이 우러러 받드는 겐지이나, 이번에도 만사를 간략하게 하니 수레도 소박하게 준비하고, 수행하는 상달부도 최소한의 수로 제한하여 말을 타지 않고 수레를 타고 동행하였습니다.

스자쿠 상황은 겐지의 방문을 고대하고 있던 터라 매우 기뻐하여 기운을 내서 불편한 몸을 일으켜 겐지를 만났습니다.

스자쿠 상황 또한 격식을 차리지 않으니, 거처에 자리를 하나 마련하여 맞았습니다.

삭발을 하고 승의를 입은 스자쿠 상황의 모습을 본 겐지는 눈앞이 캄캄해지면서 슬픔에 쏟아지는 눈물을 어쩌지 못합니다.

"기리쓰보 선황께서 돌아가신 십여 년 전부터 이 세상의 무상함을 뼈저리게 느끼고 출가하기를 염원하였으나, 원래가 우유부단한 성격이라 주저하고 꾸물대는 사이에 이렇듯 출가하신 모습을 뵙게 되었습니다.

아직 출가하지 못한 저의 우유부단함이 부끄럽습니다. 저 같은 몸에게 출가는 대단한 일이 아니라고 때로 마음을 굳히곤 하나, 막상 때가 되면 마음을 끊지 못할 일이 두고두고 생겨서."

겐지는 이렇게 무상함을 달래지 못하는 표정으로 말하였습니다.

스자쿠 상황 역시 불안함에 마음을 가누지 못하고 있던 때라 더는 참지 못하고 눈물을 글썽이며 지난날과 요즘 얘기를 힘없는 목소리로 하였습니다.

"남은 목숨이 오늘내일이라 여기면서 간신히 세월을 보내고 있었는데, 그에 마음이 풀어져 출가의 염원을 이루지 못하고 끝나는 것은 아닐까 두려운 생각에 마음을 다잡아 결행한 것입니다. 남은 목숨이 그리 오래지 않을 것이니 불도수행의 뜻을 그리 많이는 이루지 못할 것이나, 잠시나마 염불이라도 하여 공덕을 쌓을까 합니다. 병약하고 변변치 못했던 내가 지금까지 어떻게든 살아남은 것은 오직 그 염원의 공이라는 것을 알고는 있는데, 지금까지 근행을 게을리한 것만 하여도 마음에 걸려 견딜수가 없습니다."

스자쿠 상황은 심중에 두고 있는 많은 얘기를 자세하게 털어놓으며, 이렇게 온나산노미야의 일을 내비쳤습니다.

"몇이나 있는 황녀를 버리고 가는 것이 못내 가엾고 애통할 따름입니다. 특히 의지할 곳 없는 셋째가 마음에 걸리니 걱정을 거둘 수가 없습니다."

겐지는 온나산노미야의 혼담을 딱 부러지게 꺼내지 못하는 스자쿠 상황을 안타깝게 여깁니다. 내심 황녀에게 끌리는 마음이 없는 것은 아니어서 그냥 흘려들을 수는 없으니 겐지는 이렇게 말합니다.

"지당하신 말씀입니다. 예사 신분과는 달라 황녀에게 뒤를 보살펴주는 후견이 없다는 것은 참으로 불안한 일이지요. 다행히 동궁의 인품이 훌륭하여, 이런 말세에는 과분한 실로 후덕한 천황이 될 것이라고 세상 사람들도 믿고 우러러 받들고 있습니다. 하물며 상황께서 부탁하신 일은 절대 소홀히 할 리가 없으니 앞날은 걱정하지 않아도 될까 싶으나 만사에는 한계라는 것이 있는 법이어서, 동궁이 황위에 올라 천하를 주무르게 되더라도 황녀 하나만을 위하여 특별히 마음을 쓰지는 못하겠지요. 모름지기 여인을 위해서 정성껏 보살피려 한다면 역시 결혼을 하여 피할 수 없는 처지에서 보살피는 보호자가 있는 것이 안심이지요. 그럼에도 여전히 앞날이 걱정되신다면, 지금 적당한 인물을 찾아 비밀리에 사윗감이라 정해놓으시는 것이 바람직하지 않을까 싶습니다."

"나도 그리 생각합니다. 허나 좀처럼 쉬운 일이 아니로군요. 고래의 예를 보아도, 재위 중에 있는 천황의 황녀조차 어렵사리 상대를 골라 결혼시킨 예가 많습니다. 하물며 나처럼 황위에서 물러나 세상과 하직하려는 마당에 대단스럽게 생각할 일은 아니나, 또 한편 세상은 버려도 끝내 버릴 수 없는 일도 있으니 마음을 쓰고 괴로워하다가 병세만 깊어지고 돌이킬 수 없는 세월만 흐르니 그저 조급할 따름입니다. 주제 넘는 부탁이나, 어리고 의지할 곳 없는 황녀를 거두어 성장하면 그대가 마음에 둔 사윗감을 골라 혼인을 시켜줄 수는 없을까요. 그 부탁을 드리고 싶었습니다. 유기리 권중납언의 독신 시절에 이쪽에서 먼저 청을 넣었으면 좋았을 것을. 이제 와서 후회스럽습니다. 태정대신이 나를 앞지른 것이 분할 따름입니다."

"유기리 중납언은 실무는 부족함 없이 시중을 들 것이나 아직 만사에 미숙하고 분별력도 모자랍니다. 황송하오나 제가 진심을 다하여 보살핀다면 상황께서 곁에서 지켜주실 때와 다름없지 않을까 생각합니다. 다만 저의 남은 목숨 역시 오래지 않으니 마지막까지 보살필 수 있을까 그 점이 염려됩니다만."

겐지는 이렇게 말하며 결국 온나산노미야를 맡기로 하였습니다.

이윽고 밤이 되니 주인인 스자쿠 상황 쪽이나 손님인 상달부들 모두 스자쿠 상황 앞에서 향연에 참가하였습니다. 요리는 육류를 제외하고 격식에 구애를 받지 않게 차렸으나 풍류에 넘쳤습니다.

스자쿠 상황 앞에 놓인 상은 칠기가 아니라 천향이란 향나무로 만든 소반이고, 그릇도 절의 그릇이 놓여 있습니다. 지금까지와는 다른 그릇에 음식을 드시는 것을 본 사람들은 흐르는 눈물을 남몰래 닦아내었습니다. 마음을 저미는 일이 헤아릴 수 없이 많았으나 거추장스러우니 생략하겠습니다.

겐지가 밤이 깊어 돌아갈 때는 별당 도 대납언이 수행하였습니다. 수행원들 모두에게 신분에 따라 녹을 하사하였습니다.

스자쿠 상황은 오늘 내린 눈 때문에 감기가 도져 괴로워하는

듯 보이나, 온나산노미야를 겐지에게 맡기기로 하여 마음은 한
결 가벼웠습니다.

　겐지는 온나산노미야를 맡기로 하기는 하였으나, 왠지 마음
이 껄끄러워 이런저런 상념에 잠겨 있습니다.
　무라사키 부인도 이런 얘기가 오가고 있다는 것을 얼핏 소문
으로 들었습니다.
　'설마 그런 일은 없겠지. 아사가오 전 재원 때도 꽤나 집착을
보였으나 굳이 결혼까지는 하지 않으셨으니.'
　이렇게 생각하며 그런 일이 있느냐고 묻지도 않고 전혀 의심
하지도 않으니, 그 모습이 가련하여 겐지는 말을 꺼내지 못합
니다.
　'이 일을 알면 뭐라 여길꼬. 부인에 대한 나의 애정은 조금
도 변함이 없을뿐더러, 일이 그리되면 오히려 애정이 깊어질
터인데. 그런 나의 진심을 모르고 얼마나 의심하고 괴로워할 것
인가.'
　하물며 이 무렵에는 두 사람 사이에 허물이 없어져 부부 금실
이 무척이나 좋았는데 잠시나마 숨기는 것이 있어 마음이 무거
우니, 겐지는 그날 밤에는 그대로 잠자리에 들어 아침을 맞았습
니다.

　다음날은 날씨가 스산하고 눈발까지 흩날리니 두 사람은 두

런두런 옛이야기를 나누고 있습니다.

"어제는 스자쿠 상황을 문안하고 왔습니다. 병세가 악화되어 쇠약해진 모습이 무척이나 안쓰럽더구려. 셋째 황녀를 두고 떠나기가 걱정스럽다며 내게 이런저런 부탁을 하니 마음이 아파서 도저히 거절할 수가 없었소이다. 그래서 어쩔 수 없이 받아들였는데, 그것을 가지고 세상에서는 말들이 많은 게지요. 이 나이에 새삼 결혼을 하기는 부끄러운 노릇이라 전혀 응할 마음이 없으니, 사람을 통해 넌지시 그 뜻을 전하여 왔을 때는 어떻게든 구실을 붙여 거절했는데, 직접 만나 뵌 자리에서 아비의 애틋한 마음을 절절하게 털어놓으니 매정하게 어찌 거절을 하겠습니까.

스자쿠 상황이 도읍 밖의 깊은 산 속에 은거하게 될 무렵에 온나산노미야를 이곳으로 맞게 될 것이오. 당신은 몹시 불쾌하게 여길 터이나 무슨 일이 있어도 당신에 대한 나의 애정은 결코 변함이 없을 것이니 마음에 두지 마세요. 오히려 온나산노미야가 안됐다는 생각이 듭니다. 그러하니 그쪽 체면이 깎이지 않을 정도는 보살필 생각이오이다. 그러니 당신도 온나산노미야와 원만하게 지내도록 하세요."

무라사키 부인은 겐지의 사소한 바람기에도 기분이 언짢아하며 화를 내는 성품이기에 이번에도 얼마나 상심이 클까 하여 걱정하였으나, 부인은 전혀 개의치 않는다는 듯 겸손하게 답하였습니다.

"그런 부탁을 다 하시다니. 어찌 저 같은 것이 고귀하신 황녀를 꺼릴 수 있겠습니까. 오히려 그쪽에서 저를 눈에 거슬린다 꺼리지 않는다면 앞으로도 안심하고 이곳에 있을 수 있겠으나. 황녀의 어머니 여어는 저의 숙모이시기도 하니 그런 인연으로라도 저를 어여삐 여겨주면 좋겠군요."

"그렇게 너그러이 받아들이니 무슨 일인가 싶어 오히려 걱정이 되는구려. 허나 정말 그렇게 너그럽게 보아 넘겨 모두들 평화롭고 온화하게 지낼 수 있다면 더없이 기쁘겠소이다. 뭐라뭐라 중상을 하려 드는 자들의 말을 믿어서는 아니 됩니다. 세상 사람들의 입이란 요사스러워서, 부부 사이에 있지도 않은 일을 부풀려 누구랄 것도 없이 떠들어대니 그 때문에 얼토당토아니한 일이 생기는 것입니다. 만사 자기 가슴에 묻어두고 그저 되는 대로 맡기는 것이 가장 좋습니다. 조급하게 굴어 일을 시끄럽게 만들거나 질투를 해서는 아니 되지요."

겐지는 이렇게 가르쳤습니다.

무라사키 부인은 말뿐만 아니라 마음속으로도 이렇게 생각하고 있습니다.

'마른하늘에 날벼락처럼 예기치 못한 사건이나 도저히 거절할 수도 없는 일이었으니 괜한 시샘을 하고 투정을 부리지는 않으리라. 이번 일은 나를 배려하거나 누군가의 의견을 따라 결정할 수 있는 문제가 아니었으니. 당사자들의 마음에서 우러난 연애가 아니라 막으려야 막을 수 없는 일이니, 어리석게 괴로워하고 심통을 부리는 모습을 세상에 보이고 싶지는 않구나. 계모인 식부경의 부인이 내가 불행해지도록 저주하는 듯한 말을 일삼았고, 저 검은 턱수염 대장과 다마카즈라 아씨의 결혼에 관해서만도 무슨 까닭에선가 나를 원망하고 질투하였다 하니, 이 얘기를 들으면 그야말로 저주를 퍼부은 보람이 있었다고 좋아라 할 터이지.'

무라사키 부인이 제아무리 의연한 성품이라고 하나 어찌 이런 생각 정도는 못하겠는지요. 지금은 아무도 넘볼 수 없는 부부 사이라 자만하고 안심하며 살아왔는데, 사람들이 얼마나 업수히 여길까 하고 생각하면서도 겉으로는 아무 일도 아니라는 듯 관대하게 처신하고 있습니다.

새해가 되었습니다. 주작원에서는 온나산노미야의 거처를 육조원으로 옮길 준비를 하고 있습니다. 지금까지 황녀에게 청혼한 남자들은 매우 실망하고 낙담하고 있습니다. 천황 역시 입궁하라는 뜻을 전하였던 터이나 이런 결정을 전해 듣고는 중지시켰습니다.

올해는 겐지가 마흔 살이 되는 해입니다. 그 축하연을 천황도 염두에 두고 있으니, 온 나라의 행사로 사람들은 큰 기대를 하고 있습니다. 겐지는 거추장스러운 일이 많은 의례적인 행사를 싫어하는 터라 모두 거절하였습니다.

정월 이십삼일은 자일이라 하여 검은 턱수염 좌대장의 다마카즈라 부인이 축하의 봄나물을 보내왔습니다. 그 계획을 비밀에 부치고 은밀하게 준비하였는지라 겐지도 그 갑작스러운 선물을 거절할 수가 없었습니다. 집안끼리의 일이라고는 하나 좌대장 집안의 그 대단한 위세를 업고 하는 일이니, 방문의식의 화려함으로 소문이 자자하였습니다.

육조원 남쪽 침전의 서쪽 마루에 겐지의 자리가 마련되었습니다. 병풍과 가리개 등도 모두 새로 만든 것으로 교체하였습니다. 격식을 차린 의자는 준비하지 않았으나, 방석 마흔 장, 깔개, 사방침 등 의식에 필요한 모든 도구류는 다마카즈라 부인이 아름답고 정성스럽게 준비하였습니다.

나전으로 꾸민 문갑 두 쌍과 의류함 네 개에 사계절의 옷가지와 향호, 약상자, 벼루, 머리 감는 물그릇, 빗상자 등 눈에 띄지 않는 곳까지 더없이 아름답게 꾸며져 있습니다. 머리를 장식하는 조화를 올려놓는 받침은 침향목과 자단 목재에 신기한 무늬를 화려하게 새기고, 같은 금속이라도 금과 은의 색을 절묘하게 이용한 것이 현대적인 멋이 있습니다. 다마카즈라 부인은 풍취를 알고 취미가 고상한데다 재기에 넘치는 분이라 온갖 신선한 멋을 부렸습니다. 다만 전체적으로는 지나치게 요란스럽지 않도록 신경을 쓴 듯합니다.

하객들이 많이 모여들어 겐지가 자신의 자리로 나가려 할 때

다마카즈라 부인과 마주쳤습니다. 두 분의 가슴속에는 옛 추억들이 아스라이 떠올랐겠지요. 겐지의 모습은 여전히 젊고 아름다우니, 이런 모습에 마흔 살 생일을 축하하게 되다니 나이를 잘못 헤아린 것은 아닐까 싶을 정도로 화사하고 매력에 넘쳐 자식을 둔 아비라고는 보이지 않았습니다.

다마카즈라 부인은 세월을 건너뛰어 오랜만에 겐지를 만나자 진정 부끄러우나 옛날처럼 눈에 띄게 남을 대하듯 하지는 않고 친근하게 많은 얘기를 합니다. 어린아이들도 아주 귀여운 모습입니다.

"이렇게 잇달아 낳은 아이를 부끄러워 어찌 보여드립니까."

다마카즈라 부인은 자식들을 겐지에게 보이는 것을 꺼려하였습니다. 하지만 검은 턱수염 좌대장이 이런 기회가 아니면 언제 보여드릴 수 있겠냐고 하기에 갈래머리를 하고 평상복 차림을 한 귀여운 모습으로 육조원을 찾은 것입니다.

"해마다 나이를 먹으면서도 나 자신은 그런 줄을 모르고 옛날처럼 젊은 기분으로 살고 있는데, 이렇게 어린 손자를 보니 내 나이가 벌써 이리 되었나 싶어 참으로 부끄럽습니다. 유기리 중납언도 아이를 본 듯한데 어색하게 굴면서 아직 보여주지를 않고 있습니다. 누구보다 먼저 나의 나이를 헤아려 축하하여주는 오늘 자일이 나로서는 몹시 한스럽습니다. 아직도 당분간은 나이를 잊고 살고 싶은데."

다마카즈라 부인은 여인으로서 한창 아름다움을 꽃피우고 있는데 관록까지 붙으니 참으로 훌륭한 모습입니다.

　　새싹이 돋는
　　들판의 어린 소나무 같은
　　어린아이들을 데리고
　　키운 아비의 천세를 기도하는
　　오늘의 경하스러움이여

　다마카즈라 부인은 아이를 둔 어머니답게 의젓하게 인사를
합니다. 겐지는 침향목 쟁반 네 개에 소복하게 담긴 봄나물을
살짝 입에 댑니다. 그리고 술잔을 들어 노래를 주고받는 사이에
상달부들이 남쪽 차양의 방에 착석하였습니다.

　　들판의 어린 소나무처럼
　　앞날이 창창한 손자들이여
　　그 덕을 입어
　　들판의 봄나물인 나도
　　오래오래 살리

　무라사키 부인의 아버지 식부경은 검은 턱수염 대장의 전처
때문에 옥신각신한 일이 있는 터라 다마카즈라 부인이 주최하
는 축하 잔치에 참석하기가 껄끄러웠습니다. 허나 친근한 사이

라 하여 초대를 하였는데 가지 않으면 속에 품은 것이라도 있는
가 하여 이상히 여겨질 터이니, 해가 중천에 오른 후에야 육조
원에 도착하였습니다.

검은 턱수염 대장이 겐지의 사위 자격으로 득의양양하게 오
늘 축하 잔치를 주재하고 있는 것도 식부경으로서는 몹시 화가
나는 일인데, 검은 턱수염 대장이 맡아 키우고 있는 손자들은
양쪽 모두와 피붙이이니, 잔치의 잡다한 일을 도맡아 분주하게
움직이고 있습니다.

유기리 중납언을 비롯하여 연고가 있는 사람들이 순서에 따
라 과자가 담긴 광주리 마흔 개, 음식이 담긴 바구니 마흔 개를
헌상하였습니다. 그 후 술잔을 돌리며 봄나물로 끓인 국을 먹었
습니다. 겐지 앞에는 침향목 소반이 네 개 놓여 있는데, 그릇들
도 모두 우아하고 현대적인 것이었습니다.

스자쿠 상황이 쾌차하지 않아 악인들을 부르는 것은 삼갔습
니다. 피리 등의 악기류는 태정대신이 준비하였습니다.

"세상에 이토록 아름답고 풍성한 축하 잔치가 흔하겠습니까."

태정대신은 이렇게 말하며 고운 음색을 자랑하는 명기를 준
비하였으니, 차분한 음악놀이가 시작되었습니다. 모두들 각자
의 악기를 연주하는 가운데 육현금은 태정대신이 가장 아끼는
명품이었습니다. 육현금의 명수가 평소 정성을 다하여 연주한
명기는 더없이 훌륭한 소리를 내므로, 태정대신이 연주할 때면
다른 사람은 연주를 사양하였습니다.

겐지가 가시와기 위문독에게 연주를 채근하자, 내내 고사하고 있던 위문독이 마침내 악기를 잡았습니다. 과연 연주 솜씨가 남다르니 아버지 대신에게 조금도 뒤지지 않을 만큼 훙겹습니다.

어떤 분야에서든 명인의 자식이라 하여 이렇게까지 그 탁월한 솜씨를 이어받는 일은 흔치 않은데, 사람들은 그 기량에 매혹되어 감흥에 벅차오르는 표정입니다. 선율에 따라 주법이 정해져 있는 곡이나 중국에서 전해진 악보의 곡은 어려운 곡이라도 오히려 습득하는 방법이 분명하여 배우기 쉽습니다. 그런데 육현금은 연주할 당시의 즉흥적인 기분에 따라 현을 뜯는 것인데도 온갖 악기의 음색이 하나의 선율로 조화를 이루니 비유할 바 없이 아름답고 신비로울 정도로 미묘한 울림입니다.

아버지 태정대신은 현을 느슨하게 조절하며 선율을 낮추고 여운이 오래 남도록 연주합니다. 아들 가시와기 위문독은 화려하고 높은 선율로 감미롭고 요염한 느낌이 듭니다. 그 음색을 듣고 친왕들까지 이렇게까지 솜씨가 뛰어날 줄은 몰랐다면서 놀라움을 금치 못하였습니다.

칠현금은 반딧불 병부경이 연주하였습니다. 이 칠현금은 의양전에서 소장하고 있는 것으로 대대로 최고의 명기라 그 이름이 높은 것입니다. 그런 명기를 돌아가신 기리쓰보 선황이 만년에 첫째 황녀가 칠현금에 재주가 있다 하여 물린 것인데, 태정대신이 오늘의 축하 잔치를 위하여 첫째 황녀에게 간청하여 빌려온 것입니다. 그런 사연을 생각하며 연주를 들으니, 겐지는 만감이 교차하여 옛일을 그립게 떠올립니다.

반딧불 병부경도 감동에 취해 눈물을 가누지 못합니다. 그리고 겐지의 심중을 헤아리고 칠현금을 양보하였습니다. 겐지는 감동한 나머지 평소에 듣기 힘든 곡을 연주하였습니다. 이렇게 의례적인 분위기를 배제하니 풍류에 넘치는 음악의 밤이 되었습니다.

가인들을 계단으로 불러 모으니, 아름다운 목소리를 다하여 노래하다가 선율이 여조로 바뀌면서 여유로워졌습니다.

밤이 깊어 선율이 점차 편안하게 풀어지니 사이바라의 「푸른 버들」을 부를 즈음에는 둥지에 들었던 꾀꼬리가 눈을 반짝 뜨리만큼 흥겨워졌습니다.

푸른 버들 외올실로 꼬아
꾀꼬리가 꾀꼬리가
꿰매어 만든다는 갓은
매화꽃 갓

개인적인 행사의 형태를 취하고는 있으나 하객들에게는 실로 훌륭한 선물이 준비되어 있었습니다.

다마카즈라 부인은 날이 밝을 무렵에 집으로 돌아갔습니다.

겐지는 다마카즈라 부인에게 선물을 내리며 이렇게 말하였습니다.

"세상을 등진 사람처럼 이렇게 하릴없이 지내고 있어 세월이 흐르는 것도 모르고 있었는데, 이런 축하의 자리를 마련하여 나이를 알게 하였으니 섭섭하기도 합니다. 앞으로는 나이를 더 먹었는지 어쩐지 간혹 보러 오세요. 이렇게 나이를 먹고 보니 만사가 귀찮고 따분하여 자유로이 만날 수 없는 것이 유감입니다."

다마카즈라 부인은 그 옛날이 그리워 가슴이 찡하고 애틋하니 옛일을 떠올리지 않을 수 없는데 얼굴만 살짝 보이고 서둘러 돌아가야 하는 것을 아쉽게 생각하였습니다. 다마카즈라 부인은 친아버지인 태정대신에게는 그저 부모 자식 간의 인연만 느끼고 있을 뿐인데 세월이 흘러 아내가 되고 어머니가 되어 안정을 찾으니, 겐지의 자상하고 빈틈 없었던 보살핌이 몸에 저미도록 고맙게 느껴졌습니다.

이월 십일이 지나서 드디어 스자쿠 상황의 온나산노미야가 육조원으로 들어오게 되었습니다.

육조원에서는 그 준비에 분망하기 이를 데 없습니다. 겐지가 봄나물을 들었던 서쪽 마루방에 온나산노미야의 침소를 마련하고, 별채로 가는 건널복도는 물론 시녀들이 사용할 방까지 빈틈 없이 청소하고 꾸몄습니다.

궁중으로 들어가는 아씨들의 법도를 따라 주작원에서도 가재도구류를 보내왔습니다. 온나산노미야의 가마가 들어오는 의식의 성대함이란 이루 말할 수가 없었습니다.

수행 행렬에는 수많은 상달부가 따랐습니다. 온나산노미야를 모시기를 원하였던 도 대납언도 마음속은 편치 않으나 행렬에 동행하였습니다.

겐지는 가마 수레가 도착한 곳까지 마중을 나가 황녀를 안아 내리니 그것은 전례가 없는 일이었습니다.

아무리 지체 높다 하나 그래도 신하의 입장인지라 만사에 한계가 있어 궁중에 입궁할 때와는 의식도 다르고, 사위라 하기에도 여느 사위와는 사정이 다르니 그 예가 드문 부부 사이입니다.

사흘 동안 장인인 스자쿠 상황 측에서나 사위인 겐지 측에서나 유례없이 성대하고 우아한 잔치가 벌어졌습니다. 무라사키 부인은 겐지와의 사이에서 평정심을 유지하기가 힘들었습니다. 허나 일이 이렇게 되었다 하여 기를 펴지 못하고 온나산노미야에게 무시당하는 일은 없으리라 여겨집니다. 그래도 지금까지 경쟁 상대가 없는 생활에 길이 든 터라, 앞날이 창창하고 아리따운데다 그 위세도 대단한 분이 시집을 왔으니 무라사키 부인은 역시 마음이 거북하였습니다. 그럼에도 겉으로는 개의치 않은 표정을 지으면서 혼례를 치를 때에도 겐지와 힘을 합하여 사소한 일까지 보살피니, 참으로 의연한 태도입니다. 겐지는 그런 무라사키 부인의 마음가짐을 참으로 기특하다 여겼습니다.

온나산노미야는 아직 어리고 작고, 덜 성숙했다기보다 그저 천진난만한 어린애입니다. 그 옛날 소녀였던 무라사키 부인을 찾아 데리고 왔을 때를 생각하면, 그때 무라사키 부인은 어린 나이에도 이미 눈치가 빨라 상대할 재미가 있었는데, 온나산노미야는 철부지로만 보입니다. 겐지는 이런 어린애이니 무라사키 부인에게 떼를 부리고 얄밉게 구는 일은 없을 것이라 차라리 잘되었다고 생각하는 한편, 맥이 빠지기도 하였습니다.

가마가 들어온 이래 사흘 동안은 매일 밤 거르지 않고 온나산노미야의 처소를 드나들었습니다. 이런 경험이 없는 무라사키 부인은 마음을 진정시키려 애를 쓰나 역시 서글퍼서 견딜 수가 없습니다. 시녀를 시켜 겐지의 옷가지에 평소보다 정성껏 향을 배게 하면서도 수심에 차 넋을 잃고 있는데, 그 모습이 말할 수 없이 가련하고 아름다워 마음을 저밉니다.

'어떤 사정이 있든 왜 이 사람이 아닌 다른 아내를 맞을 필요가 있었을까. 결국은 바람기 많고 심약한 나의 결점 때문에 이런 일도 생긴 것이다. 스자쿠 상황이 나보다 젊어도 유기리 중납언처럼 진지한 사람은 사윗감으로 지목조차 하지 않았는데.'

겐지는 자신이 생각해도 한심한 일이라고 눈물을 글썽이며 무라사키 부인에게 이렇게 말하였습니다.

"오늘 밤까지는 도리를 지켜야 하니 용서하여주겠지요. 앞으로 만의 하나 내가 당신을 홀로 자게 하는 밤이 있다면 나는 나 자신을 용서하지 못할 것이오. 그렇다 하여 황녀를 멀리하면 스자쿠 상황의 귀에 들어갈 터이니."

이렇게 고뇌하는 겐지의 심중이 그저 안타까울 따름입니다.

무라사키 부인은 살짝 미소지으면서 가볍게 말을 받아넘기니 겐지는 오히려 부끄러워 옆으로 누워 턱을 괴었습니다.

"자신의 마음마저 뜻대로 정하지 못하는 듯 보이는데, 이 몸이 어떻게 도리니 뭐니 하는 것을 알겠어요."

무라사키 부인이 벼루를 끌어당겨 노래를 지었습니다. 옛 노래도 섞여 있는 가운데 별 뜻 없는 노래인 듯하나 실로 지당하다 여겨지니, 겐지는 곧바로 온나산노미야의 처소로 건너가지 못하고 우물쭈물거리고 있습니다.

눈앞에서 이렇듯 빨리
마음 변하는
허망한 부부 사이인 것을
죽을 때까지 변치 않을 것이라
믿고 의지하여왔으니

덧없는 사람의 목숨은
꺼질 때가 되면 꺼지겠지만
무상한 이 세상과 다른
우리 두 사람 사이는
꺼질 날이 없지요

"이러시면 사람들이 이상히 여길 것이니 이 몸이 곤란하여

집니다."

무라사키 부인의 채근에 겐지는 알맞게 부드러워진 옷에 향을 먹이고 나섰습니다.

그 뒷모습을 배웅하는 무라사키 부인의 속마음이 오죽하였을까요.

오랜 세월 끝내는 이런 일이 생기지 않을까 조바심하였던 일도 많았지만, 남녀 간의 정분에서 멀어진 요즘 이제는 괜찮다고 푹 안심하고 있었는데, 새삼스럽게 소문이 나기에도 부끄러운 이런 일이 생기다니요. 무라사키 부인은 안심할 수 있는 부부 사이가 아니었으니 앞으로도 어떤 불안한 일이 생길지 모르겠다고 생각하게 되었습니다. 여전히 겉으로는 아무 일 없는 척 태연하게 굴지만 시녀들도 이렇게 말하며 걱정하고 있는 듯합니다.

"일이 뜻하지 않은 방향으로 흘렀습니다. 부인들이 많이 있어도 마님의 위세에 눌려 삼가고 있었기에 불편한 일 하나 없이 평온하게 지냈는데요. 이쪽을 무시하는 저쪽의 뻔뻔스러운 태도에 어찌 지고만 있을 수 있겠어요. 하지만 그렇다 하여 사소한 일로 그쪽과 옥신각신하는 일이 생기면, 그때마다 성가시겠지요."

무라사키 부인은 아무것도 모르는 척하며 밤이 깊도록 유쾌하게 시녀들과 얘기를 나누며 깨어 있었습니다.

이렇듯 주위에서 말들이 많은 것을 무라사키 부인은 듣기가 고달프니, 이렇게 말하였습니다.

"처첩이 많이 있기는 하나 화사하고 고귀한 신분의 이상적인 분이 없어 늘 부족하게 여기시던 차에, 이상에 맞는 온나산노미야 님께서 와주셨으니 참으로 잘된 일입니다. 나는 아직 어린 티를 벗지 못하였는지 함께 사이좋게 지내고 싶은데, 마치 내가 크게 마음을 쓰고 있는 듯 주위에서 이렇게 말들이 많은 것을 보니 난처합니다. 신분이 비슷하거나 낮은 분이라면 듣고 그냥 흘려버릴 수 없는 일도 생기겠지만, 온나산노미야 님의 경우에는 피치 못할 사정이 있으니, 나는 어떻게든 원만하게 지내고 싶습니다."

중무와 중장 같은 시녀들은 서로에게 눈짓을 하면서 이렇게 말합니다.

"배려가 지나치십니다."

이 사람들은 예전에 겐지가 어여삐 여기며 부렸던 시녀들이었지만 겐지가 스마로 내려갔을 때부터는 무라사키 부인을 모시고 있으니 모두 진심으로 사모하고 따르는 게지요.

다른 부인들도 무라사키 부인의 심정을 헤아려 문안을 드렸습니다.

"지금 심정이 어떠하시겠습니까. 애당초 총애를 단념하고 있던 우리들 같은 사람이야 이런 때는 오히려 마음이 편한데."

무라사키 부인은 이런 말을 듣고는 이렇게 생각합니다.

'이렇게 내 속을 짐작하는 사람들이 오히려 성가시구나. 남녀

사이란 어차피 허망하기 그지없는 것, 무에 그리 아쉬워 애를 태울까.'

너무 늦게까지 잠자리에 들지 않으면 평소에 없는 일이라고 시녀들이 이상히 여길 것이니, 그 또한 거북한 일이라 무라사키 부인은 침소에 들었습니다. 시녀들이 이불을 덮어주나, 요즘은 밤이면 밤마다 겐지가 옆에 없어 홀로 지내고 있으니, 역시 평정을 유지하지 못하고 처절한 기분이 듭니다.

'겐지 님이 스마로 떠나 헤어져 지냈던 당시가 생각나는구나. 그때는 아무리 멀리 떨어져 있어도 같은 세상에 무사히 살아 있다는 소식만 들을 수 있으면 내 일을 제쳐놓고 오직 겐지 님 처지만을 안타까워하고 슬퍼하지 않았던가. 만의 하나 그 당시 그 소동에 휘말려 겐지 님과 함께 목숨을 잃었다면 얼마나 허망한 우리 사이였을까.'

무라사키 부인은 이렇게 생각하고 마음을 다잡습니다. 바람이 부는 밤의 기척이 쓸쓸하여 좀처럼 잠을 이루지 못하고 있는데, 시녀들이 알아차리면 어쩔까 싶어 몸을 뒤척이지도 못하니 그 또한 고통스러운 일입니다. 그런 차에 밤이 아직 깊은데 첫 닭이 울어대니 그 소리가 몸과 마음을 에이는 듯합니다.

새삼 원망을 하는 것은 아니나 무라사키 부인이 이렇듯 상심에 젖어 있어서였을까요. 겐지는 꿈에 부인의 모습이 보여 화들짝 놀라 잠에서 깨어납니다. 부인에게 있는 것은 아닐까 하여 가슴이 두근거리는데 닭 우는 소리가 들립니다. 겐지는 기다렸다는 듯이 잠자리에서 벌떡 일어났습니다. 그러고는 밖이 아직 어두운 것도 모르는 표정으로 서둘러 온나산노미야의 침소를 나섰습니다.

온나산노미야가 너무도 어린 탓에 유모들은 늘 곁을 지키고 있습니다. 옆문을 열고 겐지가 나서는 것을 본 유모들이 겐지를 배웅하였습니다.

날이 밝기 전이라 하늘은 어슴푸레한데 정원에 쌓인 눈이 유난히 하얘서 사방이 아직은 부옇게 보입니다. 떠나간 후에도 남아 있는 그윽한 향내에 유모는 '봄날의 어둔 밤은 아무 소용이 없구나 매화꽃은 어둠 속에 보이지 않으나 그 향내만은 숨길 길 없어'란 옛 노래를 홀로 읊조리며 깊은 밤에 돌아간 겐지를 아쉬워합니다.

동쪽 별채에는 군데군데 눈이 남아 있는데 날이 밝지 않아 정원의 하얀 자갈돌과 구별이 쉽지 않습니다. 겐지는 그 경치를 바라보며 한시를 흥얼거렸습니다.

　자성의 그늘에 아직도 남아 있는 눈

격자문을 두드렸으나, 한동안 겐지가 이렇게 이른 아침에 돌아온 일이 없었기에 시녀들은 심술을 부려 자는 척하면서 기다리게 한 연후에 격자문을 열었습니다.

"너무 오래 기다려 몸이 얼어붙고 말았소이다. 이렇듯 일찍 돌아온 것이 당신을 생각하는 마음이 거짓이 아니라는 증거가 아니고 뭐겠소. 그렇다고 하여 내게 허물이 있는 것도 아니거늘."

이렇게 말하며 무라사키 부인의 잠옷을 잡아 끌자 부인은 눈물에 젖은 홑속옷 소맷자락을 숨기며 원망스러워하지도 않는데, 태도는 부드러워도 그리 마음을 활짝 연 듯하지는 않으니 오히려 이쪽이 부끄러워질 정도로 매력이 있습니다. 겐지는 더 없이 고귀한 신분이라 하여도 이만한 여자는 없을 것이라고 온나산노미야와 무라사키 부인을 비교합니다.

이런저런 옛일을 떠올리면서 무라사키 부인이 마음을 풀지 않는 것이 안타까운 겐지는 그날은 결국 둘이서 지냈습니다. 겐지는 온나산노미야의 침전에는 가지 않고 대신 편지를 보냈습니다.

오늘 아침 내린 눈 때문에 몸이 불편하고 괴롭습니다. 편한 곳에서 잠시 쉬고 있습니다.

"그렇게 전해올렸습니다."

온나산노미야의 유모는 이렇게만 겐지의 사자에게 답하였습니다.

'참으로 아무 멋도 없는 썰렁한 답이로구나.'

겐지는 이렇게 생각하나, 이런 일이 스자쿠 상황의 귀에 들어가면 불미스러우니 신혼 기간에는 어떻게든 예의를 차리려 하였는데 그조차 여의치 않아 고민스러웠습니다.

'역시 예상한 대로구나. 아아, 참으로 난감한 일이다.'

무라사키 부인도 불편해하면서 이렇게 생각합니다.

'내 입장은 생각해주지 않는 무심한 분이로구나.'

다음날 아침, 전에 그랬듯이 무라사키 부인의 침전에서 눈을 뜬 겐지는 온나산노미야에게 편지를 보냈습니다. 온나산노미야는 딱히 조심스러워할 것 없는 어린 분이지만, 그래도 일단은 붓을 골라 하얀 종이에 써내려갔습니다.

　　그대와 나 사이에 난 길을

　　가로막을 정도로

　　내리는 눈은 아니나

　　흩날리는 오늘 아침 가는 눈발에

　　마음마저 어지러우니

겐지는 하얀 매화 가지에 편지를 묶고, 편지를 전하는 심부름꾼을 불러 이렇게 일렀습니다.

"서쪽 건널복도에서 전하거라."

겐지는 마루 끝에 나와 앉아 바깥 경치를 바라보고 있습니다. 하얀 옷을 입은 모습으로 하얀 매화꽃을 어루만지며 군데군데 남아 있는 잔설 위로 송이송이 눈이 떨어지는 하늘을 바라보고 있습니다. 가까이에 피어 있는 홍매 가지에서 꾀꼬리가 싱그러운 소리로 우는 것을 들으며 노래를 읊조립니다.

  매화꽃 꺾으니
  소맷자락에 밴 향내에 이끌려
  꾀꼬리 찾아와
  소리 높여 우는구나

소맷자락으로 꽃을 가리고 들어올린 발 아래서 밖을 바라보는 모습이 어느 모로 보나 중납언과 여어를 자식으로 둔 고귀한 분이라고는 여겨지지 않으니, 오직 젊고 풋풋할 따름입니다.

온나산노미야에게서 답장이 오려면 다소 시간이 걸릴 듯하여 겐지는 안으로 들어가 무라사키 부인에게 하얀 매화꽃을 보여줍니다.

"꽃이라면 향이 이 정도는 되어야지요. 벚꽃이 이렇게 좋은 향을 풍긴다면 다른 꽃에는 눈길도 돌리고 싶지 않을 게요. 매화는 다른 꽃으로 시선이 옮아가지 않는 계절에 피기에 주목을 받는 것인지도 모르지요. 벚꽃의 계절에 매화를 나란히 놓고 비교해보고 싶구려."

이렇게 말하는 동안 온나산노미야에게서 편지가 왔습니다. 엷은 분홍색 종이로 상큼하게 싸여 있는데, 무라사키 부인이 보는 앞이라 겐지는 가슴이 철렁하였습니다.

'당분간은 부인에게 보여주고 싶지 않구나. 숨기려는 뜻은 아니나, 경솔하게 타인의 눈에 뜨이게 하는 것은 온나산노미야의 신분에 비추어 황공한 일이니.'

겐지는 온나산노미야의 유치한 필적을 보고 이렇게 생각하나 억지로 숨기려 하는 것도 무라사키 부인의 심기를 거스르는 일이 될 듯하여 끝자락만 살며시 펴 보입니다. 무라사키 부인이 그것을 흘금 쳐다보며 곁에 누워 있습니다.

오시지 않아
허전하고 외로운 마음
바람에 날리는 봄의 눈발이
공중에서 없어져버리듯
나도 필경 죽어버리겠지요

글씨체가 정말 미숙하고 유치합니다. 보통 이 정도 나이가 되면 이렇듯 어리지만은 않은데 싶어 눈살이 찌푸려지나, 무라사키 부인은 못 본 척 외면합니다. 겐지는 이 편지가 만약 다른 부인이 쓴 것이라면 참으로 형편없는 솜씨라고 넌지시 말을 할 터이지만, 온나산노미야가 쓴 편지이고 보니 그저 가여워 무라사키 부인에게 이렇게 말합니다.

"당신은 안심하여도 좋아요."

오늘 겐지는 낮에 온나산노미야의 처소를 찾았습니다. 정성껏 화장한 모습을 새삼스레 본 시녀들은 그 아름다움에 모시는 보람이 있다고 크게 감격하였지요. 유모처럼 나이가 지긋한 시녀들은 기쁘면서도 이렇게 노파심을 보입니다.

"과연 앞일이 어떻게 될지요. 이분은 더할 나위 없이 훌륭한 분이 틀림없지만, 예기치 않은 일이 생기지 않으면 좋으련만."

방의 꾸밈은 모든 것이 과장스러울 정도로 격식을 차려 당당하고 장엄한데 황녀 자신은 그저 귀엽고 어리고 천진난만할 뿐이니, 아무런 분별도 없이 철없는 모습에 몸은 옷에 묻혀서 보이지 않을 정도로 작고 가녀립니다. 겐지에게도 부끄러움을 보이지 않으니 낯을 가리지 않는 어린애처럼 스스럼이 없습니다.

"세상 사람들은 스자쿠 상황이 남자답고 점잖은 학문은 좋아하지 않는다고들 하나, 예술 방면은 취미가 매우 고상한 분인데 황녀는 어쩌면 이리도 철없이 키우셨을꼬. 심히 아끼는 비장의 황녀라고 들었건만."

겐지는 이렇게 유감스러워하는 한편 역시 귀엽다고도 생각합니다.

온나산노미야는 겐지의 말을 순순히 따르고, 대답도 천진하게 머리에 떠오르는 그대로 다 말하니 불안해서 그냥 내버려둘 수가 없습니다.

'옛날 한창 젊었을 시절 같으면 이런 온나산노미야에게 실망하고 염증을 내었을 것이나, 지금은 남녀 사이란 제각각 특색이 있다고 마음 편히 생각하고 있으니 그나마 다행이로구나. 어차피 만사에 유달리 빼어난 사람은 그리 흔치 않으니, 어떤 여인이든 장점이 있고 단점이 있어 이 온나산노미야 역시 남들 눈에는 아주 이상적인 분으로 비치겠지.'

이렇게 생각하며 지금까지 떨어지지 않고 산 오랜 세월만큼이나 무라사키 부인의 인품이 완벽하게 느껴지니, 겐지는 자신이 일궈낸 일이나 참으로 이상적인 여인으로 잘 키웠다고 생각합니다.

겨우 하룻밤을 헤어져 있어도 다른 곳에서 아침을 맞으면 무라사키 부인이 걱정스럽고 그리워 애린의 정이 한결 격해지니, 어찌하여 이렇듯 그리운 것인지 불길한 예감마저 들었습니다.

스자쿠 상황은 이 이월에 서산의 절로 들어가면서 겐지에게 가슴을 저미는 간절한 편지를 수시로 보냈습니다.

온나산노미야를 간곡하게 부탁한 것은 말할 필요도 없습니다.

"내 귀에 들리면 어찌 생각할까 하여 삼갈 일은 없습니다. 그대가 뜻하는 바대로 어떤 식으로든 마음껏 온나산노미야를 다뤄주세요."

말은 이렇게 하나 온나산노미야가 너무도 철이 없으니 가련하고 마음 걸려 걱정을 놓지 못합니다.

무라사키 부인에게도 각별한 내용을 담은 편지가 왔습니다.

"아무것도 모르는 철부지가 그쪽에 가 있으나, 아무쪼록 죄 없는 것이라 너그럽게 잘 보살펴주시기 바랍니다. 그대와는 사촌 자매지간, 연고가 없는 사이도 아니니까요."

출가하여 버린 이 세상에서
끝내 저버릴 수 없는
자식을 생각하는 아비의 은애
그것이 산으로 들어가
수행하려는 자의 앞길을 가로막습니다

"자식을 둔 탓에 마음의 어둠을 걷어내지 못하고 이런 편지를
드리는 것도 어리석은 일이나."
겐지도 그 편지를 읽고 가슴 아파하며 이렇게 말합니다.
"가슴 아픈 편지입니다. 삼가 그 뜻을 받들겠노라 답장을 쓰
세요."
시녀는 편지를 들고 온 사자에게 술잔을 내밀고 몇 잔이나 권
합니다.
무라사키 부인은 뭐라 답장을 써야 할지 고민하나, 과하게 멋
을 부릴 때가 아니므로 솔직하게 있는 그대로를 썼습니다.

버리고 가시는 이 세상에
미련이 남아 걱정이시라면
황녀와의 끊기 어려운 은애의 정을
굳이 버리려 하지는 마시길

겐지는 사자에게 하사품을 내리고 그 어깨에 여자용 평상복을 걸쳐주었습니다.

스자쿠 상황은 무라사키 부인의 필체가 너무도 훌륭하니, 만사에 이렇듯 기가 죽을 정도로 뛰어난 무라사키 부인 옆에서 어린 황녀가 더욱 철없게 보이리라 한결 수심이 깊어집니다.

마침내 여어와 갱의와 작별을 고하고 주작원을 떠날 무렵에도 슬픈 일이 여러 가지로 많았습니다.

오보로즈키요 상시는 돌아가신 고키덴 태후가 생활하였던 이조궁에서 살고 있습니다. 스자쿠 상황은 온나산노미야를 제외하면 이 상시에게만 애착을 보이니, 발길이 시원스레 떨어지지 않았습니다.

오보로즈키요 상시도 출가를 하고자 생각하였으나 스자쿠 상황이 만류하였습니다.

"이럴 때 출가를 하게 되면 내 뒤를 따르는 듯하여 어수선하니."

상시는 그래도 조금씩 출가 준비를 시작하였습니다.

겐지는 오보로즈키요 상시가 그리움을 품은 채 헤어진 분이라 그 후에도 오래도록 잊지 않고, 어떻게 하면 한번 만나볼 수 있을까, 만나서 지나간 옛이야기라도 나누고 싶다는 생각을 해왔습니다. 그 옛날 소동이 일었을 당시의 힘들었던 일이 떠오르나 서로가 세상의 이목에 신경을 써야 하는 신분이기에 만사에 삼가 조심을 하고 있습니다.

허나 지금 오보로즈키요 상시가 홀로 한가로이 지내고 있을 터이니 그 모습이 궁금하여 겐지는 마음이 술렁거렸습니다. 좋지 않은 일이라는 것을 알고는 있으나, 문안 편지를 가장하여 마음을 담은 편지를 은밀히 보내고 있습니다. 지금 와서야 옛날처럼 미숙하고 색정에 얽힌 관계는 아니므로 오보로즈키요 상시도 가끔은 답장을 보냅니다.

옛날보다 한결 원숙하고 모든 것을 갖춘 편지를 보면서 겐지는 역시 만나고 싶은 마음을 억누르지 못하니, 그 옛날 두 사람 사이에 다리를 놓았던 시녀 중납언에게도 애틋한 사연을 담아 수시로 편지를 보내고 있습니다.

겐지는 중납언의 오빠인 전 이즈미의 수를 불러들여 마치 젊은 시절로 돌아간 듯 의논을 합니다.

"가리개가 앞을 가리고 있어도 좋으니 그분과 중개인 없이 직접 하고 싶은 얘기가 있구나. 그대가 넌지시 내 뜻을 알리고 승낙을 얻은 연후에 아무도 모르게 살짝 찾아가고 싶구나. 요즘은 이렇게 은밀히 나다닐 수 없는 답답한 처지이니, 이 일은 반드시 비밀을 지켜야 하느니라. 그대는 함부로 입을 놀리는 자가 아니라고 내 믿고 있으니, 서로가 안심이다."

오보로즈키요 상시는 겐지의 뜻을 전해 듣고 한숨을 쉬면서 이렇게 생각하였습니다.

'어찌 대처하면 좋을까. 남녀 사이의 정은 잘 알고 있으나, 박정한 그분의 마음은 예부터 몇 번이나 보아왔는데, 스자쿠 상황의 안타깝고 슬픈 출가를 제쳐놓고 둘이서 새삼스레 어떤 옛 추억에 잠길 수 있을까. 아무도 모르게 비밀리에 만난다 하지만 자신의 양심에 찔리면 그 얼마나 부끄러울까.'

오보로즈키요 상시는 역시 만날 수는 없노라고 답장을 썼습니다.

겐지는 아무리 만나기가 힘들었던 때에도 사람들의 눈을 피해 만나 마음을 나눈 사이였는데, 출가한 스자쿠 상황에 미안한 마음이 있다 하여 단호하게 결백을 보인다 한들 한번 맺어진 사이가 그리 쉬이 끊길 리는 없다고 생각하며, 이즈미의 수를 안내역으로 하여 몸소 이조궁을 찾았습니다.

"이조 동원에 있는 스에쓰무하나가 요즘 계속 병석에 누워 있다는데, 바쁘다는 구실로 문안도 하지 않았으니 안되었다 싶습니다. 낮에는 사람들 눈이 있어 찾아보기가 불편하니 어두운 밤에 살짝 다녀올까 합니다. 아무에게도 문안차 찾아간다는 소식은 알리지 않을 생각입니다."

무라사키 부인에게는 이렇게 얘기하였습니다. 몹시 가슴이 설레 하는 표정의 겐지를 보고 무라사키 부인은 평소에는 그리 신경도 쓰지 않는 분을 무슨 바람이 불어 불쑥 찾아간다 하는지 의심스러웠습니다. 혹시나 하고 짐작이 가는 바가 없지는 않으나, 온나산노미야가 시집을 온 이후로는 이런 일에 딱히 질투심을 품지 않으니 조금은 답답하여도 모르는 척하고 있습니다.

드디어 당일, 겐지는 온나산노미야의 침전에는 들르지도 않고 편지만 보냈습니다.

　옷가지에 훈향을 듬뿍 배게 하고 한낮을 지내고 밤이 깊기를 기다려 믿을 만한 수행원 네댓 명만 데리고 사람들 눈에 잘 띄지 않는 소박한 삿자리 수레를 타고 길을 나서니 그 모습이 마치 그 옛날의 밀행을 나서는 모습 같습니다.

　겐지는 이즈미의 수를 내세워 인사를 하라 일렀습니다.

　겐지가 은밀하게 찾아온 것을 시녀가 알리자 오보로즈키요 상시는 화들짝 놀라며 언짢아하였습니다.

　"이 무슨 변고인가. 대체 뭐라고 답장을 썼기에."

　"공연한 거드름을 피우며 매정하게 그냥 돌려보내시면 크나큰 실례가 될 것입니다."

　유기리 중납언은 이렇게 말하며 억지로 지혜를 짜내 겐지를 오보로즈키요 상시가 있는 동쪽 별채로 안내하였습니다.

　겐지는 문안 인사를 한 뒤 애절하게 말합니다.

　"이리 좀 가까이 오세요. 이 가리개 앞으로만이라도. 옛날처럼 흑심을 품는 일은 절대 없을 것이니."

　오보로즈키요 상시는 한숨을 쉬면서 나아갔습니다.

　'역시 이렇다니까. 나부끼기 잘하는 습성은 옛날 그대로로군.'

　겐지는 만나고 싶어하는 마음 한편으로 이렇게 생각하였습니다. 두 사람은 예사롭지 않은 사이였던 만큼 사소한 몸짓 하나라도 기척으로 알 수 있으니 그리움도 각별합니다.

그곳은 동쪽 별채. 동남쪽 차양의 방에 자리를 마련하고 장지문 한쪽 끝을 단단히 여며두니, 겐지는 한탄을 하면서 이렇게 말합니다.

"마치 젊은이 취급을 하는군요. 그 후로 만나지 못한 세월을 똑똑히 기억할 만큼 그대를 그리워한 나인데 이렇게 심한 대접을 하다니, 너무합니다."

밤이 많이 깊었습니다. 연못의 수초 사이에서 노니는 원앙새 소리가 애처롭게 들립니다. 그 옛날 번성했을 때에 비하면 인기척도 없어 한적하기만 하니, 세상이란 이렇듯 변하는 것이란 생각이 절실합니다. 여인에게 거짓 눈물을 보인 헤이추를 흉내내는 것은 아니지만 정말 겐지의 눈에 눈물이 고였습니다. 젊었던 시절과 달리 차분하고 느긋하게 얘기를 하나, 가로막은 장지문을 그대로 보고만 있을 수 없어 움직여봅니다.

긴 세월을 건너
이렇듯 겨우 만났는데
이런 관문이 가로막고 있어서야
흐르는 내 눈물 가눌 길 없어
흘러넘칠 뿐이니

겐지가 이렇게 노래하자 오보로즈키요 상시는 이렇게 매정한 노래로 답하였습니다.

만남의 고개의 관문에 있는 샘물처럼
흐르는 내 눈물 역시 가눌 길 없으나
그대와 만날 길은
이미 가로막히고 말았으니

그럼에도 옛일이 떠올라, 대체 누구 탓에 겐지가 스마로 내려가는 수모를 당해야 하였는지. 그것이 내 탓은 아니었을까 하고 생각하니 한번쯤은 다시 만나도 무방하지 않을까 하여 결심이 흔들립니다. 원래 상시는 신중한 분이 아니었는데 그 사건 후로 세상사를 터득하게 되면서 지난 일이 후회스럽고, 공적인 일에서나 사적인 일에서나 마음고생을 많이 겪었기 때문에 자중자애하며 세월을 보내왔습니다.

허나 이렇듯 옛 정인을 다시 보니, 그 당시의 일이 마치 어제 일처럼 되살아나 매정한 태도를 고집할 수는 없었습니다. 상시는 지금도 역시 그 옛날처럼 젊고 기품 있고 애교가 넘칩니다. 사람들의 눈치를 보며 겐지에 대한 견딜 수 없는 그리움에 마음이 혼란스러우니, 자칫 흘러나오는 한숨소리가 처음 만났을 때보다 신선하고 사랑스러워, 날이 밝아오는데도 떠나기 아쉬운 겐지는 아예 돌아갈 생각이 없는 듯합니다.

희붐하게 밝아오는 아름다운 새벽하늘에 갖가지 새들의 지저귐이 영롱하게 울립니다.

꽃이 다 떨어지고 새순이 파릇파릇하게 돋은 벗나무 사이로

낀 자욱한 안개를 바라보니, 그 옛날 이 저택에서 등꽃 잔치를 열었던 것이 지금 이 계절이 아닐까 싶습니다. 그 후로 많은 세월이 흘렀으나, 당시의 일이 감개무량하게 떠올랐습니다.

유기리 중납언이 겐지의 귀가를 채근하려고 옆문을 밀자 겐지는 그쪽으로 다가가 이렇게 말합니다.

"이 등꽃을 좀 보거라. 어찌하면 이리도 고운 빛으로 물이 들었을까. 역시 뭐라 표현할 수 없을 만큼 풍취가 있는 요염한 빛깔이로구나. 이런 아름다운 꽃그늘을 놔두고 내 어찌 돌아갈 수 있으리."

겐지는 발길이 돌아서지 않는다는 듯 귀가를 주저합니다.

마침 산기슭에서 아침 해가 솟으니 그 환한 빛을 받은 겐지의 아름다움에 그저 눈이 부실 따름입니다. 오랜만에 보는 유기리 중납언에게는 관록까지 겸비한 그 모습이 도저히 이 세상 사람 같지 않았습니다.

'어찌하여 오보로즈키요 상시는 이분과 결혼하지 않았을까. 폐하를 모시는 일에는 한계가 있어 여어도 되지 못하였고 각별한 신분으로 올라간 것도 아닌데. 돌아가신 고키덴 황태후가 만사에 지나치게 힘을 써서 그 불길한 소동이 벌어졌고 명예롭지 못하게 이름까지 더럽힌데다 두 사람 사이가 그 사건을 끝으로 소원해지고 말았으니.'

유기리 중납언은 이런 생각을 하지 않을 수 없었습니다.

추억이 한이 없을 두 사람 사이의 사연을 마지막까지 듣고 아쉬움과 그리움을 풀어드리고 싶으나, 겐지는 마음대로 자유롭게 처신할 수 없는 신분이고, 많은 사람들의 눈에 띄는 것도 두려운 일이니 방심할 수 없습니다. 해가 점점 솟아오르면서 겐지는 안절부절못합니다. 복도 옆문에 수레를 갖다 댄 수행원들도 슬며시 헛기침을 하며 귀가를 재촉합니다.

겐지는 수행원을 가까이 불러 축 늘어진 가지에 피어 있는 등꽃을 한 송이 꺾어 오라 일렀습니다.

먼 옛날 그대로 인하여
스마 해변을 유랑했던 것
지금도 잊지 않고 있는데
물리지도 않고 또 그대에게
몸을 던지려 하니

몹시 고뇌하는 모습으로 난간에 기대어 있는 겐지를 유기리 중납언은 애처롭게 바라봅니다. 오보로즈키요도 지금은 어젯밤의 밀회가 부끄러워 갖가지로 괴로워하면서도 아름다운 등꽃송이 같은 겐지가 역시 그립습니다.

몸을 던지겠노라는 깊은 못
진정한 못일 리 없는데
그 잔물결에 또다시

소맷자락 적시고 싶지는 않으니

겐지 자신도 젊은이처럼 이렇게 은밀히 만난 것은 당치도 않은 일이라 여기면서도, 문지기의 감시가 느슨해진 탓에 마음의 여유가 생겼는지 다시 만날 날을 단단히 약속하고 돌아갔습니다. 옛날에도 누구보다 애착이 깊어 그리움에 몸을 태웠는데 잠시 갈라져 만날 수 없었던 사이였으니, 연정이 말라버렸을 리 없겠지요.

사람들의 눈을 피하여 육조원에 들어와 살며시 방으로 들어온 겐지의 흐트러진 모습을 보고, 기다리고 있던 무라사키 부인인 역시 이런 일이었나 하고 사태를 간파하였으나 모르는 척하고 있습니다.

그런 모습이 시샘을 하는 것보다 오히려 마음에 찔리니, 겐지는 어쩌다 부인의 마음이 이렇듯 멀어졌나 하고 걱정하면서 지금까지보다 한결 깊은 애정을 보이며 있는 말을 다하여 변치 않는 사랑을 맹세하였습니다.

오보로즈키요 상시와의 밀회는 절대 발설해서는 아니 되는 일이나, 무라사키 부인은 두 사람의 옛 사건을 알고 있는지라 있는 그대로를 보고할 수는 없어도 이렇게는 털어놓았습니다.

"가리개 너머로 잠시 얘기를 나누었을 뿐이라 참으로 아쉬웠습니다. 사람들이 이상히 여기지 않게 한 번은 다시 만나고 싶구려."

무라사키 부인은 가볍게 미소지었으나 눈가에는 눈물이 맺혀 있으니, 그 모습이 참으로 애처로웠습니다.

"젊은 시절로 돌아간 듯한 모습이로군요. 이 나이에 새삼스럽게 옛사랑을 돌이키려 하시다니. 의지할 사람 없는 이 몸은 괴로워 어찌 견딜지."

"그렇듯 마음 아파하니 나 역시 견딜 수가 없구려. 부탁이니, 마음껏 꼬집든 어떻게 하든 나를 꾸짖으세요. 그렇게 답답한 태도를 취하라고는 가르치지 않았을 터인데. 까다로운 성품이 되고 말았구려."

겐지는 무라사키 부인의 비위를 맞추려 애쓰다 보니 어젯밤의 일을 죄다 털어놓게 되었습니다.

겐지는 온나산노미야에게는 가보지도 못하고 무라사키 부인을 어르고 달래기에 여념이 없었습니다. 온나산노미야는 겐지가 찾아오지 않아도 아무렇지 않은데, 보살피는 유모들은 투덜거리며 난감해합니다. 황녀 자신이 뾰로통하여 겐지를 비난하였다면 무라사키 부인 이상으로 신경을 써야 할 터이나, 겐지는 황녀를 그저 철이 없고 귀여운 놀이 상대로 여길 뿐입니다.

숙경사에 거처하는 아카시 여어는 입궁한 이래 동궁의 허락을 받지 못하여 사가에는 한번도 발길을 하지 못하였습니다. 입궁을 하기 전 편하고 여유롭게 지냈던 어린 마음에 궁중 생활이 따분하고 답답하여 견딜 수가 없습니다. 여름이라 몸도 썩 좋지 않은데, 동궁은 궁 밖 출입을 허락하지 않으니 여어는 그저 답답하고 괴로울 따름입니다. 아무래도 입덧인 듯합니다. 경하스러운 일이나, 아직 나이가 어려 산고가 클 것이라고 모두들 걱정하고 있습니다.

머지않아 여어의 친정 나들이가 허락되었습니다. 육조원에서는 온나산노미야가 거처하는 침전 동쪽에 여어의 방을 마련하였습니다. 아카시 부인이 여어를 따라 퇴궁을 하니, 생각하여보면 더없는 행운이 아닐 수 없습니다.

무라사키 부인이 여어의 방을 찾아가 만나는 길에 온나산노미야도 만나보겠노라 겐지에게 말하였습니다.

"칸막이의 문을 열고 온나산노미야 님에게도 인사를 드리지요. 전부터 그런 생각을 하고 있었으나, 아무 일도 없는데 찾아가 뵙기도 황공하여. 이런 기회에 낯을 익히면 앞으로 서먹할 일도 없어지겠지요."

그 말을 들은 겐지는 반색을 하며 방문을 허락하였습니다.

"오, 내가 바라던 바이오. 온나산노미야는 아직 철부지이니 그런 마음가짐으로 만나 안심할 수 있도록 가르쳐주세요."

무라사키 부인은 온나산노미야보다 아카시 부인을 만나는 것이 오히려 긴장되어 머리도 깨끗하게 단장하고 차림새에도 정성을 들이니, 그 모습이 더 이상 아름다운 분은 없을 것이라 보입니다.

겐지는 온나산노미야의 처소를 찾았습니다.

"저녁나절에 동쪽 별채에 있는 무라사키 부인이 아카시 여어를 만나러 이쪽으로 건너올 터인데, 그참에 이쪽에도 들르겠다 합니다. 허락하고 얘기를 나눠보세요. 무라사키 부인은 성품이 매우 훌륭한 분입니다. 아직 젊기도 하니 놀이 상대로 삼기에도 부족함이 없을 거예요."

"어머나, 부끄러워라. 무슨 말을 하면 좋을까요."

온나산노미야가 이렇게 대답하자 겐지는 자상하게 가르쳤습니다.

"상대가 하는 말에 따라 어떤 대답을 할지 생각하면 됩니다. 남처럼 서먹하게 굴지는 않도록 하세요."

겐지는 두 부인이 사이좋게 지내기를 바라고 있습니다. 철부지 같은 온나산노미야의 모습을 무라사키 부인이 두 눈으로 똑똑히 보는 것은 다소 거북하고 부끄러운 일이나, 애써 만나겠다고 하는 것을 방해하는 것 또한 좋지 않은 일이라고 생각합니다.

무라사키 부인은 온나산노미야를 만나보겠노라 자청은 하였으나, 겐지의 정부인으로 나를 능가할 사람이 있을까, 나의 결점이라면 어린 시절 의지할 곳 없는 몸을 겐지가 거둬들여 보살펴주었다는 것뿐인데, 하고 생각하면서 수심에 잠겨 있습니다. 마음을 달래려 글씨를 써보아도 절로 떠오르는 옛 노래는 애달픈 마음으로 부른 노래들뿐이니, 무라사키 부인은 역시 내 마음에도 어둠과 고뇌가 있었던 것이라고 새삼 깨닫습니다.

그참에 겐지가 나타났습니다. 앞서 온나산노미야와 아카시 여어를 보고 참으로 귀엽다 여긴 그 눈으로 무라사키 부인을 보니, 오랜 세월 보아 익숙한데도 역시 그 훌륭함에 감탄을 금치 못합니다.

'이 사람의 용모가 예사로웠다면 이토록 눈길을 빼앗기지는 않았을 터. 이 사람이야말로 보기 드문 미인이야.'

우아하고 기품 있고 단정한 그 모습에 보는 사람이 오히려 부끄러워질 정도인데, 현대풍의 화사함과 은은한 빛이 새어나오듯 아름답고 요염함까지 모든 것을 한 몸에 갖추었으니, 성숙한 여인의 자태입니다. 작년보다는 올해가 훌륭하고, 어제보다는 오늘이 청신하여 늘 처음 보는 사람처럼 신선한 느낌이 드니, 어쩌면 이리도 완벽할까 감탄하지 않을 수 없습니다.

무라사키 부인은 별 생각 없이 글을 써내려간 종이를 벼루 상자 밑에 감추었으나, 겐지는 그것을 꺼내 펼쳐보았습니다. 소일거리 삼아 쓴 글이라 필적이 뛰어난 것은 아니나 달필이면서 귀여운 느낌이 드는 글씨입니다.

어느 틈에 가을이
이리도 가까이 왔는지
푸르렀던 산이 순식간에
단풍으로 물들었으니
내게 염증을 낼 날 또한

머지않으리

겐지는 이 노래를 보고 그 밑에다 노래를 한 수 읊었습니다.

가을이 되어도 물새의
파란 날갯빛이 변하지 않는 것처럼
내 마음 역시 조금도 변함없는데
싸리의 아랫잎 같은
그대야말로 어째 좀 이상하구려

무라사키 부인은 감추어도 고뇌하는 모습이 얼핏얼핏 엿보입
니다. 그런데도 아무 일 아니라 굳이 감추고 있으니 겐지는 그
모습을 더욱 사랑스럽다 여깁니다.

오늘 밤에는 무라사키 부인이 온나산노미야와 아카시 여어를
만나러 간 덕분에 겐지는 어느 쪽에도 신경을 쓰지 않아도 되니
이조의 오보로즈키요를 만나기 위해 은밀히 나섰습니다. 내심
이 무슨 염치없는 짓이냐고 반성하면서도 발길이 절로 움직이
는 것은 어쩔 수가 없습니다.

아카시 여어는 친어머니인 아카시 부인보다 무라사키 부인에
게 더욱 친밀감을 느끼고 의지하고 있습니다. 무라사키 부인도
여어가 이렇듯 어른스러워진 것을 친자식처럼 진정 반깁니다.

서로가 끝이 없는 얘기를 온화하게 나눈 후에 무라사키 부인은 칸막이 문을 열고 온나산노미야를 뵈었습니다.

온나산노미야는 겐지가 말한 대로 과연 철이 없고 가련한 모습이니, 무라사키 부인은 안심이 되어 웃어른답게 마치 어머니처럼 두 사람 사이의 혈연관계를 얘기해주었습니다.

무라사키 부인은 유모 중납언을 가까이 불러 이렇게 말합니다.

"조상을 거슬러 올라가면 황공한 일이나 저와 온나산노미야 님은 끊으려야 끊을 수 없는 핏줄로 이어져 있습니다. 지금까지 인사를 드릴 기회가 없어 결례를 저질렀습니다. 앞으로는 동쪽 별채에도 부담 없이 들러주세요. 제게 부족함 점이 있으면 주저 말고 주의를 주시면 기쁜 마음으로 받아들이겠습니다."

"온나산노미야 님은 의지할 만한 분들이 앞서 돌아가시는 바람에 매우 허전해하고 있습니다. 그렇듯 따뜻한 말씀을 받자오니 고마울 따름입니다. 출가하신 스자쿠 선황의 의향도 부인께서 지금처럼 격의 없이 친근하게 온나산노미야 님을 보살펴주셨으면 하는 것이었겠지요. 우리에게도 그런 말씀을 하시며 갖가지 부탁을 하셨습니다."

"스자쿠 선황께서 황공무지한 편지를 주셨으니 어떻게든 힘이 되어드리고 싶으나, 제 값을 못하는 몸인 것이 아쉽습니다."

무라사키 부인은 온화하고 침착한 태도로 대응하는 한편, 온나산노미야의 마음에 들도록 그림 이야기를 해주고 인형놀이를 같이 즐기면서 어린아이처럼 말하니, 온나산노미야는 어린 마음에도 정말 젊고 좋은 분이라며 안심하였습니다.

그 후에는 줄곧 편지를 주고받으니, 재미난 놀이가 있을 때에는 서로에게 편지를 보내 같이 놀 것을 권하였습니다.

난감한 일이나 세상 사람들은 이렇게 고귀한 분들에 대해서는 말들을 하기 좋아하는 터라 처음에는 무라사키 부인을 동정하는 소문이 나돌았습니다.

"무라사키 부인의 심정이 어떠하겠어요."

"겐지 님의 총애도 예전 같지는 않을 터이니 부부 사이가 좀 소원해지겠지요."

허나 예전보다 애정이 깊어지고 온나산노미야를 맞고부터는 오히려 더욱 살뜰하게 부인을 생각하니, 이번에는 온나산노미야를 동정하는 온갖 소문이 나돌았으나 두 분이 사이좋게 지내자 나쁜 소문은 사라지고 만사가 원만하게 수습되었습니다.

시월에는 무라사키 부인이 겐지의 마흔 살을 축하하기 위해 사가노의 불당에서 약사불에게 공양을 하였습니다. 겐지가 대대적인 법회를 고사하는지라 내밀하고 조심스럽게 계획을 추진하였습니다. 약사불, 경전을 담는 상자, 경을 싸는 대나무 발 등의 훌륭함은 마치 극락이 이렇지 않을까 상상이 될 정도입니다.

최승왕경, 금강반야경, 수명경 등을 올린 성대한 기원 법회였습니다. 상달부들도 대거 참례하였습니다. 불당의 사방을 둘러

싼 풍경은 더없이 아름답고, 단풍의 그늘을 더듬어가는 사가노를 비롯하여 모든 것이 한창이니, 절반은 그 경치에 이끌려 모여든 것이겠지요. 서리를 맞아 메마른 들판 일대 저 멀리까지 말과 수레가 오가는 소리가 울려퍼집니다.

육조원의 부인들은 뒤질세라 송경을 보시하였습니다.

시월 이십삼일은 정진이 끝나는 날입니다. 육조원에는 많은 부인들이 살고 있는 터라 무라사키 부인은 평소 자신의 사저로 여기는 이조원에서 축하연을 베풀었습니다. 당일 겐지의 의상을 비롯하여 필요한 모든 준비를 무라사키 부인이 손수 맡았습니다. 다른 부인들도 자청하여 준비를 분담하며 정성을 다하였습니다.

시녀들이 사용하던 방을 치워 전상인, 가사들, 사무관과 하급 관리들의 자리까지 훌륭하게 마련하였습니다.

침전의 마루방을 식장으로 꾸미고, 나전 세공 의자를 놓았습니다.

침전의 서쪽 방에 의상을 올려놓는 상을 열두 개 늘어놓고, 여름과 겨울 의상, 침구 등을 쌓고 관례대로 그 위를 보라색 능직비단으로 덮으니, 안에 무엇이 들어 있는지 보이지 않습니다.

겐지 앞에는 장식물을 올려놓는 상이 두 개 놓여 있는데, 중국에서 건너온 얇은 비단 끝자락을 짙게 물들인 덮개가 덮여 있습니다.

머리에 꽂는 꽃 장신구를 올려놓는 받침은 침향목 소반으로, 그 꽃 장신구는 은 가지에 황금빛 새가 앉아 있는 모양입니다. 이것은 아카시 여어가 맡아 만들게 한 것으로 그윽한 멋을 풍기는 의장이었습니다.

의자 뒤에 세워져 있는 병풍 사첩은 무라사키 부인의 아버지 식부경이 맡아 만들게 한 것입니다. 사계절을 그린 흔하디흔한 그림이나 보기 드문 산수와 폭포 등의 경치가 신선하고 풍취가 있습니다.

북쪽 벽을 따라 장식물을 올려놓는 문갑 두 쌍을 놓고 정해진 형식에 따라 장식물을 올려놓았습니다.

남쪽 차양의 방에는 상달부, 좌우 대신, 식부경을 비롯하여 그 아래 사람들까지 누구 하나 참례하지 않은 사람이 없습니다. 정원에 설치한 무대 좌우에 악인이 대기하는 천막을 치고, 정원의 동쪽과 서쪽에는 도시락을 팔십 인분, 답례품이 담겨 있는 궤가 마흔 개씩 놓여 있습니다.

오후 두 시쯤, 악인들이 왔습니다. 무악인 만세악, 황장을 추고 해가 기울어갈 무렵에는 고려악의 시작을 알리는 젓대 소리가 울려 퍼지자 낙존을 춤추었습니다. 역시 좀처럼 볼 수 없는 춤이라서 끝날 즈음, 유기리 권중납언과 가시와기 위문독이 정원으로 내려와 퇴장의 춤을 살짝 추고는 단풍 진 나무 아래로 사라지니, 사람들은 아쉽지만 감동을 금하지 못하였습니다.

그 옛날, 돌아가신 기리쓰보 선황이 주작원에 행차하셨을 때,

당시 겐지 중장과 두중장이 청해파를 추어 더없이 멋들어졌던 밤을 떠올리며 사람들은 유기리 중납언과 가시와기 위문독 두 사람이 아버지 못지않게 훌륭하게 뒤를 이어 부자 이 대에 걸쳐 세상의 상찬을 받은 것하며, 기량과 용모 등의 아버지에 뒤지지 않을 만큼 빼어나고 나이에 비하면 직위도 높은 것을 부자간의 나이까지 헤아려가며 비교합니다. 그리고 역시 전생의 인연으로 이렇듯 대대로 훌륭한 분들이 어깨를 나란히 하는 두 집안이라고 감탄합니다.

밤이 되어 악인들이 돌아갔습니다. 무라사키 부인의 별당들이 하급 관리들을 데리고 궤로 다가와 안에서 답례품을 하나씩 꺼내어 줍니다. 받은 하얀 의상을 어깨에 걸치고 동산 옆을 지나 연못가를 걸어가는 광경을 멀리서 보니 마치 천 년의 수명을 지니고 어울려 노니는 사이바라의 「학의 하얀 털옷」 같아 보입니다.

음악놀이가 시작되자 한결 감흥이 깊은 밤이 되었습니다. 악기류는 주로 동궁이 준비하였습니다.

스자쿠 선황에게서 물려받은 비파, 칠현금, 천황에게 하사받은 쟁 등 모두 옛날이 그리워지는 음색이라 오랜만에 겐지도 합주를 하니 지나간 옛일들이, 선황이 살아 계셨을 때의 모습과 궁중에서 있었던 일들이 절로 떠오릅니다.

겐지는 후지쓰보가 살아 있었다면 내가 직접 이런 축하의 잔치를 베풀어주었으련만 하고 생각하니, 무엇 하나 깊은 정을 보일 수 없었던지라 아무리 세월이 흘러도 그저 아쉬울 따름입니다.

레이제이 제도 어머니가 이미 이 세상에 안 계시니 무슨 일을 해도 신이 나지 않고 미진하게만 느껴집니다. 겐지에 대해서만이라도 친부모 자식 간으로 세상의 예법대로 정성을 다하고 싶으나 그럴 수 없으니 늘 불만스러워하였는데, 올해 마흔 살을 맞는 건미를 위하여 육조원으로 행차할 것을 계획하였으나, 겐지가 세간에 폐를 끼치는 일은 절대 하시지 말라 하며 고사하니 유감스럽지만 중지하지 않을 수 없었습니다.

십이월 이십일이 지나서는 아키고노무 중궁이 육조원으로 퇴궁하여, 올 축하의 마지막 기원이라 하여 나라의 7대 절에 송경의 보시로 포 사천 반, 교토 인근의 마흔 개 절에 비단 사백 필을 각기 나누어 헌사하였습니다. 곱게 키워주신 은혜를 몸에 저미도록 감사하고 있는지라, 어떤 기회가 있어 이 깊은 고마움의 뜻을 전할 수 있을까 하고 생각합니다. 돌아가신 아버지와 어머니 미야스도코로가 살아 계셨다면 필시 축하의 의미로 이렇게 하였으리라는 마음으로 보답의 의미를 담아 계획을 짰으나 겐지가 천황의 행차마저 거절하였으니, 중궁도 많은 계획을 포기할 수밖에 없었습니다.

"선례를 보아도 마흔 살 잔치를 크게 열어 오래 산 자가 적으니, 세상이 떠들썩하도록 연을 베푸는 일이 없도록 하여 쉰 살까지 장수할 수 있도록 기원하여주십시오."

겐지는 이렇게 말하였으나, 역시 중궁이 주최하게 되면 공식적인 축하연이 되니 격식을 차린 성대한 잔치가 되지 않을 수 없습니다.

중궁이 사는 서남쪽의 침전을 축하연의 식장으로 하여 지금까지 치러진 의식과 별반 다르지 않게, 상달부에게 하사하는 답례품도 정월 초이틀 궁중에서의 대향연에 준하여 준비하였습니다. 친왕들에게는 특별히 여인의 옷가지를 참의가 아닌 4위와 대부 등 보통 전상인에게는 하얀 평상복 한 벌, 비단필 등을 내렸습니다.

겐지에게 선물한 의복과 장신구는 더할 나위 없이 정성을 들인 아름다운 것으로, 이름 높은 석대와 큰칼 등은 중궁의 아버지인 전 동궁의 유품으로 전해내려온 것이니 더욱 감개가 깊었습니다.

예로부터 천하에 유일하다는 보물이 모두 모인 경하스런 잔치였습니다. 옛이야기에는 헌상된 물품이 자못 중대한 것인 듯 상세하게 기록되어 있으나, 시시콜콜 쓰자니 성가시기도 하고, 하물며 이렇듯 고귀한 분들이 서로 나눈 거창한 선물을 일일이 헤아릴 수는 없는 노릇이니 쓰지 않으려 합니다.

천황은 모처럼 세운 계획을 허망하게 중지하여야 하는가 하고 생각하며, 유기리 중납언에게 축하 잔치를 주최하도록 명하였습니다.

그 무렵 당대의 우대장이 병을 앓아 사직을 하였기에 축하의 자리에 기쁨을 더하려는 생각에 이 중납언을 급히 우대장의 후임으로 발탁하였습니다. 겐지는 겸손하게 감사의 예를 갖추었습니다.

"이렇듯 갑작스럽게, 분에 넘치는 승진이라 황공한 일이나 당사자에게는 너무 이르지 않나 싶습니다."

유기리 우대장은 잔치 자리를 육조원 동북쪽 침전에 마련하였습니다. 최대한 조촐하게 조용히 준비하였으나 오늘의 의식 역시 여느 때와는 달리 성대합니다. 향연의 자리가 곳곳에 마련되니, 이는 내장료와 곡창원에서 봉사하였습니다.

도시락은 궁중의 향연과 마찬가지로 칙명에 따라 두중장이 준비하였습니다.

출석자는 친왕 다섯 , 좌우대신, 대납언 둘, 중납언 셋, 재상 다섯, 그밖에 전상인은 궁중과 동궁전과 상황전에서 모두 참례하니 출석하지 않은 자가 거의 없었습니다.

겐지의 자리와 갖가지 세간은 천황의 자세한 칙명을 받아 태정대신이 준비하였습니다. 또한 당일에는 칙명에 따라 출석하였습니다.

겐지는 매우 황송해하며 자리에 앉았습니다. 겐지와 마주하는 자리는 태정대신의 자리입니다. 이 대신은 매우 아름답고 살이 쪄 당당하게 보이니, 이분이야말로 지금 관록과 중후한 덕을 겸비한 인물로 절정을 누리는 듯 보입니다.

주인인 겐지는 여전히 젊은 시절과 달라 보이지 않습니다.

사첩 병풍에는 폐하께서 친히 글씨를 썼습니다. 박래품인 엷은 녹두색 능직비단에 그린 밑그림도 실로 빼어납니다.

사계절의 경치를 그린 풍취 있고 우아한 색채화보다 이 병풍의 먹빛 글자가 빛날 듯이 아름다우니 눈이 부시고, 폐하의 친필이라 더욱이 훌륭하게 느껴집니다.

장식물을 올려놓는 문갑과 현악기, 관악기 등은 궁중의 장인소에서 보내온 것입니다.

유기리 우대장의 위세도 가히 남부럽지 않으니, 이 또한 그날의 의식을 빛내는 일이었습니다.

좌우 마료와 6위부 관리들이 관직이 높은 차례대로 폐하께서 하사한 말 사십 마리를 정원으로 끌고 나와 정렬할 무렵에는 해가 어언 기울었습니다.

여느 때처럼 만세악과 하왕은 등의 형식적인 무악 춤을 춘후, 오늘은 육현금의 명수인 태정대신이 자리를 함께하고 있는 터라 모두들 오랜만에 한결 흥겨운 음악놀이에 젖어들었습니다.

비파는 예의 반딧불 병부경이 연주하니, 병부경은 무엇에나 재주가 뛰어난 사람이라 아무도 그를 당해내지 못합니다. 겐지 앞에는 칠현금이 놓이고 태정대신은 육현금을 연주합니다. 겐지는 대신이 오랜 세월에 걸쳐 연습을 쌓았다고 생각하며 듣는 탓인가, 더없이 우아하고 아름다운 음색을 감개에 젖어 듣고 있습니다. 겐지 자신도 칠현금의 비술을 마음껏 피로하니 말할 나위 없이 훌륭한 음색으로 연주합니다.

지금은 이렇듯 친밀한 사이가 되었으니 두 분 사이에 추억담이 오가고, 어느 쪽 인연으로 보나 화목하게 잘 지내자면서 유쾌하게 담소합니다. 술잔도 몇 배나 돌아 그 자리의 흥이 더하여지자, 두 분 다 취한 나머지 감격의 눈물을 가누지 못합니다.

겐지는 태정대신에게 명기인 육현금과 애용하는 고려 피리, 그리고 자단 상자 한 쌍에 갖가지 중국 한자의 표본, 우리나라 초서의 표본 등을 담아 돌아가는 수레를 쫓아가 선물하였습니다. 폐하께서 하사한 말을 삼가 받잡으니 우마료의 관리들이 고려악을 흥겹게 연주하였습니다. 유기리 우대장은 육위부 관리들에게 갖가지 물품을 내렸습니다.

겐지의 의향으로 이번 축하 잔치는 만사를 간결하게 하여 성대함을 피하였으나, 폐하와 동궁, 스자쿠 상황, 아키고노무 중궁을 비롯하여 신분이 가장 고귀한 분들만 배석을 하니, 그 성대함이 필설로 다할 수가 없을 정도로 경하스러웠습니다.

겐지는 아들이 유기리 대장 하나밖에 없어 미진하고 적적한 느낌이 드나, 이 대장은 많은 사람 가운데에서도 각별히 빼어난데다 세상의 신망이 두텁고 인품도 겨룰 자가 없을 정도로 훌륭합니다. 유기리 대장의 생모인 아오이 부인과 이세로 내려간 육조 미야스도코로의 애증이 깊어 겐지의 사랑을 놓고 경쟁하였을 당시, 두 사람의 운세가 지금에 이르러 각자의 자식을 통해 다양한 형태로 결과를 맺고 있는 것입니다.

그날 유기리 대장의 옷가지는 하나치루사토가 지었습니다. 답례품은 삼조 구모이노카리 부인이 대부분 마련하였습니다.

하나치루사토는 지금까지 육조원에서 벌어지는 갖가지 행사나 그 준비에 전혀 연이 없는 남처럼 지내왔습니다. 어떤 일이 있어도 이렇듯 훌륭한 분들과 친분을 갖는 것은 있을 수 없는 일이라 여겨왔는데, 유기리 대장과의 인연으로 지금은 행복하게도 과분한 대접을 받게 되었습니다.

해가 바뀌어 아카시 여어의 산달이 가까워지니 정월 초순부터 순산을 기원하는 수법기도가 쉼 없이 열렸습니다.

수많은 절과 신사에 명하여 기도를 올리도록 하였습니다.

겐지는 과거 아오이 부인의 출산 때 불길한 경험을 한 터라, 그것이 몹시 고되고 두려운 것임을 뼈저리게 느끼고 있습니다. 무라사키 부인이 아이를 갖지 못하여 안타깝고 아쉬우나, 그 대신 두려움을 경험하지 않아도 되니 오히려 다행스러워할 정도입니다.

아카시 여어는 아직 나이가 어린지라 혹여 예기치 못한 일이 벌어지지는 않을까 오래전부터 걱정하고 있었습니다.

이월에 들자 어찌 된 일인지 용태가 변하여 고통을 호소하는지라 모두들 마음 아파합니다. 음양사들도 장소를 바꾸어 몸조심을 하는 것이 좋겠다 하여, 너무 멀리 떨어지면 걱정스러우니 아카시 부인이 사는 서북쪽으로 거처를 옮겼습니다. 이곳에는 침전이 없고 그저 덩그런 별채가 두 동 서 있는데 건널복도로 죽 이어져 있습니다.

빈틈 없이 수법기도단을 만들고 영험한 자들을 불러모아 큰소리로 기도를 올리게 하였습니다. 아카시 부인은 자신의 운명이 결정되는 출산이니만큼 제정신이 아니어서 잔뜩 긴장하고 있습니다.

여어의 할머니인 여승도 지금은 늙은 몸을 주체하기가 어려울 터인데도 경하스런 여어의 모습을 보는 것이 꿈만 같으니, 여어가 몸을 풀 날이 하루빨리 오기를 기다리며 가까이에서 시중을 들고 있습니다.

지금까지 아카시 부인은 옛이야기를 도통 하지 않았는데, 여승은 기쁜 나머지 여어 가까이에 다가가서는 눈물을 흘리며 떨리는 목소리로 옛날 일을 얘기하였습니다.

처음에 여어는 이상한 늙은이라 생각하며 그 얼굴을 수상쩍게 쳐다보았으나, 이런 할머니가 있다는 것은 언젠가 들어 알고 있었던 터라 친절하게 상대하였습니다. 여승은 여어가 아카시에서 태어났을 때의 일이며 겐지가 아카시 해변에 계셨을 때의 일 등을 얘기하여주었습니다.

"끝내 헤어져 겐지 님이 도읍으로 올라가셨을 때에는 모두들 제정신이 아니었습니다. 이것으로 끝이다, 역시 여기까지가 인연이었다고 어쩔 바를 모르고 슬퍼하였는데, 아씨가 태어나 이렇게 우리를 살려준 인연을 생각하면 그 고마움에 가슴이 벅차오릅니다."

할머니가 눈물을 뚝뚝 흘리며 얘기하자 여어는 그런 일이 있었구나, 이렇듯 슬픈 옛날 일은 들려주지 않았다면 아무것도 모른 채 살아갔을 것이라 생각하고 역시 눈물을 흘렸습니다.

'나는 이렇듯 떵떵거리며 여어의 신분에 오를 수 있는 처지가 아니었는데, 무라사키 부인의 양육 덕분에 남들 이상으로 몫을 하게 되었고, 세상 사람들에게서도 그리 허술한 사람이라 여겨지지 않게 되었구나. 그런 자신을 둘도 없는 고귀한 사람이라 착각하고, 입궁을 해서도 다른 여어나 갱의를 무시하고 잘난 척을 하였구나. 세상 사람들이 뒤에서 뭐라 험담을 하였을까.'

여어는 전후 사정을 알게 되니 마음속으로 이렇게 생각하게 되었습니다. 어머니가 다소 뒤처지는 집안의 출신이라는 것을 알고 있었으나, 자신이 태어난 곳이 도읍에서 멀리 떨어진 외딴 시골인 줄은 전혀 모르고 있었습니다. 너무도 철없이 자란 탓일까요. 아무리 그래도 참으로 기묘하고 허황한 이야기입니다.

그 아카시의 뉴도가 지금은 선인처럼 세상을 완전히 등지고 지내고 있다 하니, 그 또한 안타까운 일이라 여어는 이런저런 생각으로 고뇌합니다.

여어가 침울하게 수심에 잠겨 있을 때 아카시 부인이 여어를 찾았습니다. 도처에서 모여든 영험한 스님들이 가지기도를 올리느라 소란스러운데, 여어 앞에는 시녀들도 없었습니다. 여승이 마침 잘되었다 싶어 여어를 가까이 모시고 있었던 것입니다.

"이 무슨 민망한 모습입니까. 낮은 휘장이라도 끌어당겨 모습을 가리면 좋을 것을. 바람이 심한데 휘장 사이로 보이면 어쩌려고요. 마치 의사라도 된 것처럼 가까이 있으니 정말 노망이 들었나 봅니다."

아카시 부인은 이렇게 말하며 안절부절못하였습니다.

여승 자신은 예의바르게 처신하고 있다 여기고 있으나, 늙어서 귀도 잘 들리지 않아 그저 생뚱한 대꾸만 하며 고개를 갸우뚱합니다.

허나 실제로 그리 늙은 나이는 아니니 예순대여섯입니다. 여승이 매우 단정하고 품위 있는 자세로 있는데, 눈가가 촉촉하게 젖은 눈물로 빛나고 눈두덩이 부은 얼굴이 이상하여 아무래도 옛일을 생각하고 있는 듯하니, 아카시 부인은 화들짝 놀랐습니다.

"그 옛날의 일을 잘못되게 얘기한 것은 아닌지요. 할머님이 기억이 혼미하여 있지도 않은 일을 섞어 이상한 옛이야기를 한 것이 아닌지 모르겠습니다. 옛일은 모두 꿈인 듯만 한데."

아카시 부인이 쓴웃음을 지으며 여어를 보니 화사하고 아름답기는 하나 평소보다 침울하게 수심에 잠긴 듯합니다. 자신이 낳은 여식이라 믿기 어려울 정도로 기품이 있어 황송스러운데, 여승이 언짢은 얘기를 하여 괴로워하고 있는 것은 아닐까, 더없이 높은 후궁의 자리에 오르면 알리려 하였는데, 사실을 얘기한다 하여 자신을 비하할 신분은 아니나 지금 얘기를 들었다면 얼마나 낙담이 컸을까 하고 생각합니다.

기도가 끝나 스님들이 물러가자 아카시 부인은 가엾은 마음에 과자 등을 여어 가까이 올렸습니다.

"이거라도 드세요."

할머니 여승은 여어의 귀엽고 아름다운 모습만 보아도 눈물을 가누지 못합니다. 얼굴은 웃고 있어 입가는 보기 흉하게 벌어져 있으나, 눈에는 눈물이 흥건합니다. 그런 모습을 보고 아카시 부인은, 흉물스러운 꼴이라고 눈짓하여 물러가라 채근하나 여승은 그저 모르는 척할 뿐입니다.

　나이 들어 노망 든 지금
　기쁘기 한없는 곳으로 나와
　눈물에 젖어 있는
　이 여승을 대체 그 누가
　탓할 수 있으리

"옛날에도 이런 늙은이는 너그럽게 보아넘겨 무슨 일이든 용서해주었습니다."

여어는 벼루 상자에서 종이를 끄집어내 화답하니, 이런 노래였습니다.

눈물 젖어 있는
할머니의 길 안내에
저 멀리 파돗길을 넘어
찾아보고 싶으니
아카시 해변의 그 옛집을

아카시 부인도 참다못하여 눈물을 흘립니다.

시름에 겨운 세상을 버리고
번뇌를 벗어던졌다 하나
아카시 해변에 홀로 사는
아버지 뉴도 역시
손녀를 생각하는 마음의 어둠은
걷어내지 못하였겠지요

아카시 부인은 이런 노래를 읊으며 눈물을 숨깁니다. 여어는
뉴도와 헤어졌다는 그 아침의 일을 꿈에서도 볼 수 없는 것을
안타까이 여겼습니다.

삼월 십일이 지나 아카시 여어가 순산을 하였습니다. 산기가
있기 전에는 요란스럽게 걱정을 하였으나, 그리 고통을 겪지 않
고 순산을 한데다 태어난 아이가 사내 아이인지라 모든 것이 바

라던 대로 이루어지니 겐지는 안도하였습니다.

지금 여어가 거처하는 곳은 육조원의 뒤쪽으로 사람들이 발길하기가 쉬운 곳이라 순산을 축하하는 행렬이 잇달아 그 시끌벅적하고 화려한 광경이 여승에게는 사뭇 '기쁘기 한없는 곳'이라 읊었던 노래처럼 보입니다. 그러나 구석진 이곳은 사람들 눈에 띄지 않아 의식을 행하기에 적합하지 않으니 여어는 동남쪽 침전으로 돌아가기로 하였습니다.

무라사키 부인도 산실을 찾았습니다. 하얀 옷을 입은 산부의 어미다운 차림으로 갓 태어난 손자를 꼭 껴안은 모습이 말할 수 없이 아름답습니다. 무라사키 부인은 출산 경험이 없고 다른 여인의 출산도 본 적이 없는지라, 갓 태어난 아기가 그저 신기하고 귀여울 따름입니다. 아직 다루기도 어려운 시기인데 무라사키 부인이 꼭 껴안고 내려놓지를 않으니, 친할머니인 아카시 부인은 무라사키 부인에게 갓난아기를 맡기고 목욕시키는 일을 도왔습니다.

동궁의 선지로 전시가 아기를 목욕시켰습니다. 아카시 부인이 곁에서 몸소 거드니 전시는 감동하여 가슴이 뭉클하였습니다. 내밀한 사정도 알고 있는지라 만의 하나 아카시 부인이 실수라도 한다면 여어에게는 불미한 일일 터인데, 아카시 부인은 놀라울 정도로 기품이 있으니, 과연 각별하고도 깊은 인연으로 축복받은 분이라 여겨졌습니다.

그간에 있었던 의식을 일일이 그대로 옮기자니 새삼스럽습니다.

생후 엿새째 되는 날, 여어와 어린 도련님은 동남쪽 자신의 침전으로 돌아갔습니다.

이레째 밤에는 천황께서 친히 순산 축하 선물을 보내었습니다. 스자쿠 상황이 저처럼 출가를 하였으니 그 대신이라 여기는 게지요. 장인소 두 변이 선지를 받들어 그 예가 없을 정도로 성대하게 예를 갖추었습니다.

아키고노무 중궁이 내린 축하품도 공식적인 축하 행사 때보다 더 훌륭하였습니다. 잇달아 친왕과 대신 가에서도 축하의 예를 갖추기에 여념이 없으니 모두 정성을 다하였습니다.

겐지 역시 이번 축하 행사는 마흔 살 축하연 때처럼 간소하게 치르지 않고 예가 없을 정도로 성대하게 치르니, 평판이 자자하게 나서 마치 대소동이 벌어진 듯하였습니다. 우아하고 아름답고 풍류에 넘쳐 훗날에도 전하고 싶은 것은 그에 가려 끝내 사람들 눈에 띄지 않았습니다.

겐지도 드디어 어린 손자를 안아보고 귀여워하니 그럴 만도 합니다.

"유기리 대장이 자손을 여럿 보았으면서도 아직까지 보여주지 않아 한스러웠는데, 이렇게 귀여운 손자를 얻었으니."

어린 도련님은 날로 쑥쑥 자랐습니다. 유모들도 속내를 모르는 자를 서둘러 쓰지 않으니, 부리고 있는 시녀들 가운데 집안과 성품이 좋은 자를 가려 시중을 들게 하였습니다.

또한 아카시 부인의 마음씀씀이는 빈틈이 없습니다. 때로는 품격이 있으며 때로는 너그러우며 겸손할 줄도 알아 얄밉게 나서지를 않으니, 칭찬하지 않는 사람이 없습니다.

무라사키 부인도 그토록 미워하던 사람인데 지금은 어린 손자 덕분에 아카시 부인과 매우 친근하게 지내니 격의 없이 만나면서 소중한 사람이라 여기는 듯합니다. 무라사키 부인은 애당초 아이를 아주 좋아하는 성품이라 액막이 인형을 손수 만드는 등 부지런히 움직이니 참으로 젊어 보입니다. 무라사키 부인은 요즘 밤이나 낮이나 어린 손자를 보살피는 일로 일과를 보냅니다.

그 늙은 여승은 느긋하게 증손자를 볼 수 없는 것을 불만스러워합니다. 어린 증손자를 겨우 한 번 보고는 보지 못하였으니, 그 후로는 그리움을 견디지 못하여 애달파 숨이라도 끊어질 듯한 모습입니다.

아카시의 뉴도는 증손자가 탄생하였다는 소식을 듣고 득도한 마음에도 매우 기뻐하였습니다.

"이제야말로 현세의 처지에서 주저 없이 떠날 수 있겠구나."

뉴도는 제자들에게 이렇게 말하고, 살고 있는 집을 절로 만들고 주변 일대의 논밭을 모두 절에 귀속토록 하였습니다. 이 지방의 깊은 산 속에 사람들도 다니지 않는 오지를 이전부터 소유하고 있었으나, 끝내 그곳에 은거한 후로는 재차 사람을 만나거나 자신의 소식을 알려서는 아니 된다 생각하니, 마음에 걸리는 것이 있어 떠나지 못하고 지금까지 아카시에 머물러 있었던 것입니다. 마침내 염원하던 것이 이루어진 지금, 더 이상의 미련은 없다면서 신불에 의지하여 깊은 산 속으로 들어가고 말았습니다.

　지난 몇 년 동안에는 특별한 일이 없으면 도읍에는 심부름꾼도 보내지 않았습니다. 도읍에서 아카시로 보낸 사자들을 통하여 아내에게 한 마디 정도는 전하곤 하였으나, 이번에는 속세를 버리는 마지막 작별의 편지로 아카시 부인에게 편지를 보내었습니다.

　"지난 몇 년 동안은 시름에 겨운, 같은 세상에 살아 있으면서도 애써 다른 세상에서 다시 태어난 것이라 여기며 특별한 일이 없는 한 소식도 전하지 않았다. 가나로 쓴 편지를 읽으려면 품이 드니 자연 염불을 게을리하게 되는 무익한 일인지라 소식도 전하지 않았으나, 사람을 통하여 듣자 하니 손녀딸이 동궁의 후궁으로 들어가 황자를 생산하였다고 하니 진심으로 기쁘구나. 그렇다 하나 나는 이미 불가에 귀의한 몸, 새삼스레 이 세상의 영달을 바랄 마음은 없다. 지금까지의 오랜 세월, 미련이 남아 하루에 여섯 번 있는 근행 때에도 극락왕생의 발원은 제쳐놓고 오직 그대의 안위와 행운만을 빌었으니, 그대가 태어난 그해 이월 어느 밤에 꿈을 꾸었는데 나는 스미 산을 오른손으로 받들고 있었느니라. 산의 좌우로부터 달과 해의 빛이 비쳐 나와 이 세상을 밝게 비추는데, 나는 산기슭에 숨어 있어 그 빛을 받지 못했구나. 마침내 산을 너른 바다에 띄우고, 나는 조그만 배에 올라타 서쪽 극락정토를 향하여 노 저어 가는 그런 꿈이었다.

꿈에서 깨어난 다음날 아침, 하잘것없는 내가 장래에 꿈을 품을 수 있게 되었다. 허나 어떻게 하면 그런 행운을 얻을 수 있을까 하여 생각이 많았는데, 그무렵 아내에게 태기가 있었느니라. 그 후로는 속세간의 책을 읽으나 불전의 진의를 가늠하여보나 꿈이란 믿을 만한 것이라 씌어 있어 나 같은 미천한 몸에 그대를 안고 황공하게 여기면서도 소중하게 키웠더니라. 허나 결국은 힘이 부족한 신세라 생각다 못해 이런 시골로 내려온 것이다.

그다음에는 하리마의 국수로 영락하였으니, 늙은 몸으로 두 번 다시 도읍으로 돌아가지 않으리라 결심하고 이 아카시의 해변에서 긴 세월 사는 동안에도 너의 운에 의지하여 남몰래 많은 발원을 하였다. 그 염원이 이루어져 바라는 대로 운세가 펼쳐져, 여어가 국모가 되어 숙원을 이루는 날에는 스미요시 신사를 시작으로 숙원을 이룬 감사의 예를 갖추거라. 이제 무엇을 의심하겠느냐. 하나의 염원이 가까운 장래에 이루어질 것이니, 내가 저 먼 서방 십만억불토 떨어진 극락의 구품 연대 위에 다시 태어날 것은 의심의 여지가 없으니, 지금은 오직 미타불의 부름을 기다리고 있을 뿐이니라. 그 부름이 있는 날까지 나는 산천초목이 청렴한 깊은 산 속에서 근행에 전념하고자 떠나려 한다."

광명이 비치는
새벽이 머지않은 것처럼
동궁이 즉위하여
아카시 여어가 국모가 될 날도
머지않았으니
지금에야 옛날에 꾼
꿈 이야기를 하느니

이런 글 아래 날짜가 씌어 있습니다.

"내가 죽는 날은 절대 염두에 두지 말거라. 예로부터 아비의 죽음에 입는 상복 따위 무에 입을 일이 있겠느냐. 그저 그대 자신을 신불이 변화하여 이 세상에 나타난 자라 여기고, 이 늙은 중을 위한다면 공덕이 될 일을 하거라. 이 세상의 즐거움을 만끽하고 있을 때에도 내세를 절대 잊지 말도록 하거라. 늘 바라 마지않는 극락에 내가 가 있다면 언젠가는 다시 만날 날이 있을 것이다. 이 사바를 떠나 저 피안에서 하루빨리 재회할 것이라 여기거라."

그리고 스미요시 신사에서 발원한 무수한 원문을 침향목으로 만든 문서 상자에 담아 단단히 봉을 한 연후에 아카시 부인에게 보내었습니다.

어머니 여승에게는 자세한 사연은 적지 않고 다만 이런 편지를 썼습니다.

"지난 삼월 십사일에 초암을 나와 깊은 산 속으로 들어왔소. 살아 있어도 쓸모 없는 이 몸, 곰이나 늑대에게 보시를 하지요. 극락정토에서 다시 만납시다."

여승은 그 편지를 보고는, 편지를 들고 온 스님에게 뉴도의 상황을 물었습니다.

"이 편지를 쓰고 사흘 후에 사람 하나 다니지 않는 깊은 산 속으로 떠나셨습니다. 졸승도 배웅을 하기 위해 산기슭까지 뒤를 따랐으나, 뉴도는 모두를 돌려보내시고 승려 한 사람과 동자 둘만을 데리고 입산하셨습니다. 그 옛날에 출가를 할 때에도 이런 슬픔은 이것이 마지막일 것이라 여겼는데, 한 가지가 더 남아 있었던 것입니다. 오랜 세월 근행을 하시는 틈틈이 즐겼던 칠현 금과 비파를 연주하시어 부처님에게 작별을 고하고, 그 악기를 불당에 희사하셨습니다. 그밖의 재물 역시 절에 기증하셨기에 남아 있는 제자 60여 명과 친근하게 지냈던 사람들이 나누어 간직하였습니다. 그리고 또 남은 것은 도읍에 계시는 여러분들에게 쓰라 보내셨습니다. 이것으로 세상과는 하직이라시며 저 먼 산 구름 속으로 들어가셨습니다. 그 후에도 뉴도께서 계시지 않은 절에 머물며 슬퍼하는 자들이 아직 많이 있습니다."

이 승려 역시 어린 시절 뉴도를 따라 도읍에서 내려간 사람으로 늙은 법사가 된 지금에도 아카시 해변에 남아 있으니, 뉴도와의 이별이 얼마나 허망하고 슬펐겠는지요. 석존의 제자이며 덕이 높은 성인들조차 석존의 영이 영원히 영취산에 있을 것이라 믿어 의심하지 않으면서도 석존의 열반의 밤을 깊이 슬퍼하였으니, 하물며 여승이 뉴도의 소식을 듣고 슬퍼한 것은 당연한 일이겠지요.

아카시 부인은 아카시 여어가 있는 남쪽 침전에 있었으나 편지가 왔다는 전갈을 받고, 여승의 거처로 은밀히 걸음을 하였습니다. 지금은 어린 황자의 할머니로 근엄하게 처신하고 있으니, 어지간한 일이 없으면 쉬이 오가며 만나기도 어려운 처지가 되었는데, 슬픈 편지가 왔다는 전갈을 듣고 마음에 걸려 사람들의 눈을 피해 온 것입니다. 보아하니 여승은 몹시 슬퍼하고 있었습니다.

등불을 가까이 당겨 그 편지를 읽으니 아카시 부인은 봇물이 터지듯 흐르는 눈물을 어쩔 수가 없었습니다. 남 같으면야 별 느낌이 없을 터이지만, 자식으로 지나간 과거의 일이 주마등처럼 떠오르니 그리워 견딜 수가 없습니다. 끝내 아버지를 다시 만나지 못한 채 영원히 이별하게 된 것이 슬퍼 견딜 수 없으니 유언을 보면서도 뭐라 말문을 열지 못합니다.

아카시 부인은 슬프고 눈물이 앞을 가리는 와중에도 편지에 적혀 있는 꿈 이야기에 희망을 걸었습니다.

'아버님의 완고하고 까다로운 성벽 때문에 나 같은 몸이 어울리지도 않게 겐지 님과 연을 맺게 되었다며, 한때는 나의 불행을 한탄하고 아버님을 원망하였으나, 이렇듯 허망한 꿈에 의지하여 높은 이상을 품었기 때문이었구나.'

아카시 부인은 이제야 아버지의 심정을 이해하였습니다.

여승은 잠시 후 눈물을 거두고 아카시 부인에게 이렇게 말하였습니다.

"그대 덕분에 분에 넘치는 기쁨을 누린 것, 더없는 행복이라 고맙게 여기고 있습니다. 허나 또한 그대 탓에 가슴이 미어질 듯 슬프고 아득한 날도 많았습니다. 하잘것없는 신분이나마, 오래 살아 정든 도읍을 버리고 그 같은 시골에 내려갔을 때는 불행한 숙명을 업이라고 여겼으나, 우리 부부 사이가 이 세상에 사는 동안 이렇듯 멀리 따로 떨어질 운명일 줄은 몰랐습니다. 저세상에서는 반드시 함께하자고 내세를 기약하면서 부부가 오랜 세월을 지내왔는데, 이렇듯 뜻하지 않은 일이 생겨 한번 버린 도읍으로 다시 돌아오게 되었습니다. 이 몸이 산 보람이 있어 그대의 행복한 모습을 보니 기쁘기 한이 없으나, 한편으로는 그대 아버님의 일이 걱정스러워 슬퍼하지 않은 날이 없었습니다. 그러한데 이렇듯 떨어져 사는 채로 다시 만나 보지도 못하고 생이별을 하게 되었으니 안타까워 견딜 수가 없습니다.

그 사람은 속세에 살 때부터 남들과는 다른 성품이라 세상을 등지고 있었으나, 젊었을 때 우리 부부는 서로를 의지하며 금실 좋게 살았습니다. 우리 모두 서로를 마음 깊이 신뢰하고 있었거늘. 무슨 업보로 이렇게 금방 소식을 들을 수 있는 거리에 살면서 괴로운 이별을 해야 하는 것일까요."

슬픔을 가누지 못하여 눈물진 여승의 얼굴을 보며 아카시 부인도 흐느끼며 이렇게 말하며 밤을 새워 갖은 얘기를 나누었습니다.

"남들보다 행복한 미래 따위는 바라지 않습니다. 그늘에 숨어 사는 몸으로 어찌 자랑스럽고 화려한 삶의 보람이 있겠습니까만, 이렇듯 생이별을 한 슬픈 처지에 아버님의 생사도 모르는 채 지내야 한다고 생각하면 아쉽고 마음이 아플 따름입니다. 모든 것이 그리될 아버님의 숙명 탓이라 생각하지만, 그렇듯 깊은 산 속에 들어가셨으니, 이 무상한 세상, 허망하게 돌아가신다면 어찌할 도리가 없지 않습니까.

어제도 여어 곁에 있는 저를 겐지 님이 보셨는데, 급히 숨듯이 이쪽으로 사라져버렸으니 아마도 경솔한 처신이었다 여기시겠지요. 저 혼자만이라면 아무것도 삼갈 것이 없으나, 어린 도련님 곁에 있는 여어에게 불편함이 있어서야 안 될 일이니, 마음대로 운신할 수도 없습니다."

아카시 부인은 이렇게 말하고 새벽녘에 돌아갔습니다.

"어린 도련님은 어떻게 지내고 있습니까. 어떻게 하면 한번이라도 더 뵐 수 있을까요."

여승은 이렇게 물으며 또 눈물을 흘립니다.

"머지않아 볼 수 있겠지요. 여어 역시 할머니를 그리워하면서 할머니 얘기를 하곤 합니다. 겐지 님께서도 무슨 말씀을 하던 차에, '세상이 바뀌어 만사 내 뜻대로 할 수 있는 날이 올 것이니, 불미한 말이기는 하나 할머니 여승이 그때까지 오래도록 살아 계셨으면 좋겠구나'라고 말씀하셨다 합니다. 무슨 생각이신지는 모르겠으나."

할머니 여승은 싱글벙글 웃으며 기뻐하였습니다.

"오호, 그렇습니까. 그러니 나는 기쁨도 슬픔도 함께 지닌 그 전례가 없는 운명의 사람입니다."

뉴도의 유언이 담긴 문서 상자를 시녀에게 들리고 아카시 부인은 여어의 침전으로 돌아갔습니다.

동궁이 여어의 입궁을 몇 번이나 재촉하였습니다.

"동궁이 그리 말씀하시는 것도 지당하지요. 황자의 탄생이란 경사까지 겹쳤으니 얼마나 기다리시겠어요."

무라사키 부인도 이렇게 말하며, 수일 내로 어린 황자를 동궁 전에 데리고 갈 수 있도록 마음을 써주었습니다. 허나 아카시 여어는 동궁이 좀처럼 퇴궁을 허락하지 않는 것에 질려 이런 기회에 좀더 오래 사가에 있고 싶어합니다. 어린 몸으로 그런 끔찍한 경험을 한 터라 조금은 야위고 초췌한 모습이 오히려 여인다워 보입니다.

"몸이 회복되기에는 아직 이르니 이곳에서 좀더 몸조리를 한 후에 입궁을 하면 좋으련만."

아카시 부인은 이렇게 말하며 여어를 가여워하나, 겐지는 생각이 달랐습니다.

"남자란 핼쑥한 여인의 모습을 보면 오히려 애정이 샘솟는 법이니."

저녁이 되어 무라사키 부인이 돌아가 사방이 고요해질 무렵, 아카시 부인은 문서 상자를 들고 여어를 찾았습니다.

"모든 것이 뜻대로 이루어져 국모가 되는 날까지 이런 것을 보이려 하지 않았으나, 사람의 목숨이란 무상한 것이니 마음에 걸려서요. 세상만사를 스스로 판단할 수 있는 나이가 되기 전에 어미 신상에 무슨 변고가 생긴다 해도 임종시 꼭 만날 수 있는 신분이 아니니, 역시 정신이 분명할 때 아무리 사소한 일이라도 들려드리는 편이 좋지 않을까 싶습니다. 이 발원문은 문갑 같은 곳에 넣어 가까이 두었다가, 훗날 국모가 된 날에 반드시 읽어 보고 보시를 하여주세요. 믿을 수 없는 자에게는 절대 이런 얘기를 해서는 아니 됩니다. 그대가 이런 지위에 오르는 것을 지켜보았고, 어미 또한 출가를 하려고 하니 마음이 급합니다. 무라사키 부인의 은혜를 절대 잊어서는 안 됩니다. 그야말로 이 세상에서 보기 힘들게 마음이 고운 분이시니, 나 같은 것보다는 오래오래 사셨으면 좋겠습니다. 원래 이 어미는 그대의 곁을 보살펴서는 안 되는 신분이라 애초부터 무라사키 부인에게 맡겼으나, 이토록 정성스레 보살펴주시고 배려하여주실 리 없으리라 남처럼 여기고 있었습니다. 헌데 지금은 지나간 세월을 보나 앞날을 보나 그분을 의지하는 것이 가장 믿음직스러우니, 이 몸은 안심입니다."

아카시 부인은 이렇듯 속속들이 말하였습니다.

아카시 여어는 눈물을 머금고 듣고 있습니다. 친모녀지간이니 깍듯하게 예의를 지키지 않아도 좋을 법한데, 아카시 부인은 늘 공손한 태도로 조심스럽게 여어를 대합니다.

뉴도의 편지는 그 문면이 딱딱하고 퉁명스러워 친근감이 없습니다. 그런데다 해묵어 누렇게 바래고 두꺼운 종이에 대여섯 장이나 썼는데, 과연 향내는 짙게 배어 있습니다.

아카시 여어는 그 편지를 읽고 너무도 마음이 아파 앞머리가 눈물로 젖어들었습니다. 그 옆얼굴이 기품 있는 가운데 곱고 화사하였습니다.

겐지는 온나산노미야의 처소에 있다가 칸막이 문인 장지문을 열고 불쑥 여어의 방으로 건너왔습니다. 갑작스러운 일이라 아카시 부인은 뉴도의 편지를 감추지 못하니 휘장을 살짝 잡아당기고 편지와 함께 그 뒤에 몸을 가렸습니다.

"우리 도련님은 잠이 깨셨나. 잠시라도 얼굴을 보지 않으면 이렇듯 보고 싶으니."

겐지가 그렇게 말하는데도 아카시 여어가 대답을 않자 아카시 부인이 대신 대답하였습니다.

"무라사키 부인이 데리고 가셨습니다."

"이거야 참. 무라사키 부인은 도련님을 혼자 독차지하고 품에서 내려놓지를 않으니, 옷마다 오줌이 묻어 툭하면 옷을 갈아입는다 합니다. 어찌하여 그렇듯 쉽게 건네주었는지 모르겠습니다. 그쪽에서 이쪽으로 보러 오면 되는 것을."

"무슨 그런 무심한 말씀을 하시는지요. 설사 아씨였다 해도 무라사키 부인의 보살핌을 받을 수 있다면 광영이지요. 하물며 도련님이라면, 더없이 고귀한 신분이어도 마음 편히 맡길 수 있는 좋은 분이라도 생각하고 있는데. 농담이라도 그런 해괴한 말씀은 하지 마세요."

겐지는 웃으면서 이렇게 말하였습니다.

"그렇다면 어린 도련님은 두 분에게 맡기고 나는 상관하지 않는 것이 좋겠습니다. 요즘은 모두들 나를 제쳐놓고 속닥거리니, 공연한 참견이라는 소리를 듣는 것도 어른답지 못한 일이지요. 무엇보다 그대가 그런 곳에 숨어 매몰차게 나를 헐뜯고 있으니."

겐지가 휘장을 걷어내자 나무 기둥에 기대어 있는 아카시 부인의 매무새가 단정한 모습이 기가 죽을 정도로 그윽하고 아름답습니다. 문서 상자를 서둘러 숨기는 것도 보기가 좋지 않은 일이라 그대로 놓아두고 있습니다.

"그것은 무슨 상자인가요. 깊은 사연이 있는 듯하군요. 흠모하는 사람이 긴긴 연가를 써서 단단히 봉을 하여둔 것 같은 느낌이로군요."

겐지가 이렇게 말하자 아카시 부인은 씁쓸히 웃었습니다.

"가당치 않은 말씀입니다. 젊은 마음으로 저 같은 것이야 들어도 모를 농담을 때로 하시니."

허나 모녀의 모습이 어딘가 모르게 침울하게 보입니다. 겐지가 이상히 여기고 의심하는 표정을 보이자 아카시 부인은 일이 성가시게 될 듯하여 이렇게 둘러댔습니다.

"실은 아카시의 암자에서 은밀히 올렸던 기도의 목록과, 소원을 이루고 아직 보은의 보시를 하지 못한 기원문 등이 있는 것을 겐지 님께도 알릴 기회가 있다면 보여드리는 것이 좋을 것이라며 아버님이 보내왔습니다. 허나 지금은 적당한 시기가 아니오니 보여드릴 필요는 없지 않을까 합니다."

겐지는 과연 눈물을 흘리는 것도 무리는 아니라고 생각하였습니다.

"뉴도는 그 후 얼마나 혹독한 수행을 쌓았겠습니까. 오래 살아 다년간 근행한 공덕으로 소멸된 업보도 그 수를 헤아릴 수 없겠지요. 교양이 있고 총명하다 하여 세상이 평가하는 스님들을 보아도, 속세의 명리에 집착을 끊지 못하여 번뇌가 깊고 탁한 탓인가 뛰어난 기지에도 한계가 있으니, 뉴도에는 도저히 미치지 못합니다. 뉴도는 정말 깨달음이 깊으면서도 품격을 갖추었으니, 옛날에도 성승을 자처하며 속세를 버린 듯 보이지는 않았으나 마음은 이미 극락정토를 자유로이 오가는 듯하였습니다. 하물며 지금은 마음을 어지럽히는 굴레도 없으니 해탈을 이루었겠지요. 마음대로 처신할 수 있는 신분이라면 은밀히 걸음하여 꼭 만나보고 싶으나."

"지금은 살던 집을 버리고 새소리조차 들리지 않는 깊은 산 속에 은거하고 있다 합니다."

"그렇다면 그것은 유언이 아닙니까. 편지는 주고받는지요. 어머님이 얼마나 상심이 크실지. 부모자식보다 부부 사이란 각별한 것이니."

겐지는 아카시 부인과 대화를 주고받으며 눈물을 머금었습니다.

"나이를 먹으면서 세상 이치를 점차 알게 되니 더욱 그리웠던 사람이었는데, 부부의 깊은 연을 맺은 어머님은 얼마나 아쉽겠습니까."

겐지가 이렇게 말하니, 아카시 부인은 겐지에게 혹시 짐작 가는 바가 있지는 않을까 하여 예의 꿈 이야기를 꺼냈습니다.

"참으로 기이한 범자 같은 필적이오나, 혹여 봐주실 것이라도 있을까 하여 보여드립니다. 마지막 작별을 고하고 도읍으로 올라왔으나, 그래도 미련이 남아 애틋한 마음 금할 수가 없습니다."

아카시 부인은 눈물을 흘리는 모습도 풍정이 있습니다. 겐지는 때로 눈물을 닦으며 뉴도의 편지를 읽었습니다.

"이 글자를 보니 상당히 건장한 듯싶습니다. 나이는 들었다 하나 노망은 들지 않았나 봅니다. 필적이며 그밖의 모든 기량이 달인이라 해도 좋을 사람이었으나 처세술은 좋았다 할 수 없었지요. 세상에서는 그 사람의 선대인 대신은 매우 현명하고 충성심도 남달라 조정에 헌신하였는데, 사소한 잘못이 있어 그 업보로 이렇듯 자손이 영락하였다고 말하는 듯하나, 그대가 이렇게 건재하고 있는 이상 대가 끊겼다고는 할 수 없지요. 그 또한 뉴도의 오랜 근행의 공덕이라 할 수 있겠지요."

그리고 겐지는 꿈 이야기를 쓴 부분에 눈길을 멈춥니다.

"세상 사람들은 뉴도를 까다롭고 이상만 거창하고 높은 인물이라고 비난하였고, 나 또한 한때의 일이기는 하나 경솔한 처신을 하였다 여겼는데 여어 같은 딸이 태어났으니, 그때에야 전생의 인연이 깊다는 것을 알았습니다. 눈으로 볼 수 없는 먼 훗날의 일은 오리무중이라 여겨왔는데, 뉴도는 이런 꿈에 의지하여 나를 사위로 삼으려 한 것이로군요. 내가 무고한 죄 때문에 그 외딴 시골로 내려갔던 것도 그 딸 하나를 얻기 위함이었던 것 같습니다. 뉴도는 그 심중에 어떤 발원을 하였을까요."

겐지는 그것이 알고 싶으니, 마음속으로 절을 하면서 발원문을 받았습니다. 그리고 아카시 여어에게는 이렇게 말하였습니다.

"달리 같이 드리고 싶은 것이 있습니다. 근일 중에 다시 얘기를 나누지요. 그리고 지금은 이렇게 옛날 사정을 다소나마 알게 되었을 터이나, 무라사키 부인의 호의를 소홀히 여겨서는 아니 됩니다. 부부 사이란 원래가 친근한 것이 당연한 일, 끊으려야 끊을 수 없는 부모자식이나 형제자매의 화목함보다, 타인이 일시적이나마 정을 주고, 한마디라도 상냥한 말을 건네는 것은 예사로운 일이 아닙니다. 하물며 그대 곁을 친어머니가 이렇게 줄곧 지키고 있는 것을 보면서도 무라사키 부인은 초심에 변함없이 그대를 소중하게 여기고 있으니.

예로부터 세상에 나도는 계모 이야기를 듣자 하면 '계모란 겉으로는 귀여워하는 듯하여도'라는 말이 있으나, 의붓자식이 영리하게 처신하는 것은 현명한 듯 보이지만, 설사 계모가 속으로 자신에게 사심을 품고 있어도 절대 그런 식으로 해석하지 말고 순순히 따르면 계모 쪽에서도 마음을 바꾸는 법입니다. 이렇듯 귀여운 아이를 왜 미워하고 괴롭혔을까 후회하고, 그런 짓을 하면 죄를 받을 것이라고 개심하는 것이죠. 어느 쪽이나 그리 나쁜 마음만 먹지 않으면 절로 사이가 좋아지는 예가 얼마든지 있었습니다. 대수롭지 않은 일에 성질을 부리면서 까다롭게 굴고 퉁명스럽게 대하는 성품의 사람은, 친해지기도 어려울뿐더러 마음씀씀이가 부족하다 할 수 있지요. 나는 그리 많은 여인을 알지는 못하나, 지금까지 많은 사람들의 마음을 보아왔습니다. 교양이 있어 올바르게 컸다 싶은 사람은 천차만별이기는 하나 기대에 어긋나지 않는 정도의 마음가짐은 갖추고 있습니다. 누구든 한 가지는 장점이 있어 하잘것없는 인간이란 없으나, 그렇다 하여 아내로 삼고자 고르려 하면 좀처럼 찾기가 어려운 법입니다. 그러하니 순수하고 모진 구석이 없고 인품도 좋다는 점에서는 무라사키 부인을 능가할 사람이 없습니다. 그 사람이야말로 너그럽고 아량이 큰 사람이라 할 수 있지요. 아무리 인품이 좋다 하여도 조심스럽지 못하고 미덥지 못하다면 곤란한 일이지요."

이렇듯 무라사키 부인 이야기만 하니 다른 분들과의 관계는 대충 상상이 가겠지요.

　겐지는 목소리를 낮추어 아카시 부인에게도 이렇게 말합니다.

　"그대는 세상사의 도리를 다소는 알고 있는 듯하니 참으로 잘된 일입니다. 무라사키 부인과 잘 사귀어, 두 분이 힘을 합하여 여어를 잘 보필하도록 하세요."

　"굳이 말씀하시지 않아도 무라사키 부인을 이 세상에 둘도 없는 후덕한 분이라 여기고 조석으로 입이 마르도록 칭찬하고 있습니다. 부인께서 이 몸을 눈에 거슬린다 하여 받아주지 않았다면, 이런 입장에 있지도 못할 터인데 사람대접을 하여주시니 황공할 따름입니다. 하잘것없는 이 몸이 이렇게 살아 있는 것에 세상 사람들은 뭐라 말할까 부끄럽고 괴로워 몸을 낮추고 있는데, 무라사키 부인은 싫은 말씀 한 마디 안 하시고 오히려 늘 감싸주시니."

　"그분이 딱히 그대를 위하느라 마음을 쓰는 것은 아니지요. 다만 여어의 곁을 온종일 지킬 수는 없으니 그대에게 대신하게 하는 것이겠지요. 허나 그대가 어미라 내세우지 않으니 만사가 원만하게 풀리는 것입니다. 나 역시 걱정할 것이 없으니 기쁠 따름입니다. 몰상식한 사람이 하나 있으면 주위 사람에게도 해가 미치는 법입니다. 그대들은 두 분 모두 그런 결점이 없어 고칠 것이 없으니 나 역시 마음이 편합니다."

　겐지의 말을 듣고 아카시 부인은 이렇게 생각하였습니다.

'아아, 지금까지 용케 몸을 낮추고 살아왔구나.'

겐지는 동쪽 별채로 돌아갔습니다.

"저리하여 무라사키 부인에 대한 총애는 점점 더 깊어질 터이지. 무라사키 부인은 모든 것을 이상적으로 겸비하여 남들보다 한결 빼어나니, 총애하는 것은 당연한 일. 그런데 온나산노미야는 겉으로는 소중히 여기는 듯하나 종종 만나는 것 같지는 않으니, 참으로 난감한 일이지. 같은 핏줄이라고는 하나, 온나산노미야 쪽이 신분이 높은 만큼 애처로운 일이로구나."

아카시 부인은 혼자 이렇게 중얼거리면서, 자신은 참으로 강한 운세를 타고났다고 생각합니다. 신분이 고귀한 분이라도 부부 사이란 뜻대로 되지 않는 법인데, 하물며 자기 같은 몸이 그런 분과 어깨를 나란히 할 수 있으랴 하며, 지금은 모든 것을 체념하고 원망하지도 않습니다. 다만 속세를 버리고 산 속 깊은 곳으로 들어간 아버지 뉴도를 생각하면 슬프고 허망하기 이를 데 없습니다.

어머니 여승은 그저 '극락에서 재회하자'는 뉴도의 한 마디에 의지하여 다음 세상을 생각하며 수심에 잠겨 있습니다.

유기리 대장은 온나산노미야와의 결혼을 전혀 염두에 두지 않았던 것은 아니어서, 그런 분이 가까이에 있으니 마음이 평온하지 않았습니다. 무슨 볼일이 있을 때마다 황녀의 처소를 자주 걸음하다보니 절로 황녀의 모습과 인품 등을 보고 들을 수 있는데, 매우 어리고 철이 없을 뿐입니다. 사람들 눈에 띄는 대외적인 의식이 있을 때는 세간의 전례가 될 만큼 격식 차린 소중한 대우를 받고 있으나, 그다지 품위 있고 그윽한 분으로는 보이지 않습니다.

시녀들도 예법을 아는 연배의 사람은 없고, 젊고 용모가 빼어난 자들만 많아 화사하게 차리고 들뜬 기분으로 시중을 들고 있는 듯 보이니 아무런 불편은 없는 듯하였습니다. 허나 그런 가운데에도 무슨 일에든 침착한 시녀도 있는데, 그런 사람들은 속내를 타인에게 드러내지 않습니다. 남모르는 고뇌를 품고 있어도, 아무 걱정 없이 즐겁게 지내는 사람들 속에 섞여 있다 보면 주위 사람들을 따라 화사한 분위기를 맞추게 되니, 이곳에서는 늘 여동들이 철없는 놀이에만 열중하고 있습니다. 종종 겐지는 그런 광경을 난감한 표정으로 바라보고 있으나, 만사를 일률적으로 생각하거나 말하지 않는 성품이기에, 그러고 싶은 나이라 여기고 마음껏 놀 수 있도록 너그러운 마음으로 대하니, 꾸짖거나 가르치려 들지는 않습니다.

다만 온나산노미야의 처신이나 태도에는 엄격하니, 철저하게 가르친 덕분에 조금은 어른스러워진 듯 보입니다.

유기리 대장은 그런 모습을 보고, 세상에 이상적인 여인은 정말 흔치 않은 모양이라고 생각하였습니다. 허나 무라사키 부인의 고운 마음이며 태도며 지금까지 어디 한 군데 세상 사람들의 입방아에 오른 일이 없으니, 성품이 차분하고, 마음씨가 곱고,

사람을 무시하지 않고, 품위가 있는데다 자신을 소중히 여겨 우아한 자태를 늘 뽐내니, 과연 대단한 여인이라고 감탄합니다.

5년 전, 태풍이 몰아치던 저녁에 언뜻 엿본 부인의 모습이 잊히지 않으니, 늘 떠올립니다. 유기리 대장은 자신의 정실인 구모이노카리 부인을 깊이 사랑하기는 하나, 이분은 금방금방 반응을 보이는 매력적인 재주는 없으니 대장은 지금, 평온한 결혼 생활에 안주하여 매일 보는 부인에 대한 관심이 엷어졌습니다. 역시 많은 분들이 모여 있는 육조원의 여인들이 한결같이 훌륭하고 매력적인 것에 끌려 내심 관심을 저버리지 못하고 있습니다. 하물며 온나산노미야는 신분을 보아도 더없이 각별하고 고귀한 분인데, 겐지가 각별히 총애를 하는 기미가 보이지 않고 체면만을 유지하고 있을 뿐이라고 그 속사정을 알게 되니, 엉뚱한 흑심을 품고 있는 것도 아닌데 혹여 얼굴을 볼 수 있지는 않을까 하여 기회를 엿보곤 합니다.

가시와기 위문독 역시 늘 스자쿠 상황을 찾아다니며 친근하게 지내는 터라, 스자쿠 상황이 얼마나 온나산노미야를 귀여워하고 소중하게 키웠는지 잘 알고 있습니다. 무수한 혼담이 오가면서 사위를 고르기 시작한 때부터 일찍이 청혼을 하였고, 스자쿠 상황 역시 처지를 모르는 자라고 꺼려하지는 않는 듯하였는데, 기대와는 달리 겐지에게 시집을 보낸 터라 몹시 서운하여 가슴 아파하며 지금도 단념하지 못합니다.

당시부터 친분이 있었던 시녀를 통해 온나산노미야의 모습을 전해 듣는 것으로 마음의 위로를 삼고 있으니, 참으로 허망한 일입니다.

"온나산노미야 님은 역시 무라사키 부인의 위세에 눌려 지내고 있다."

세상에서 이런 소문이 나돈다는 소리를 들으면, 유모의 여식인 소시종이란 시녀를 책망합니다.

'황송한 일이나 내게 주셨으면 그런 마음고생은 없었을 것을. 온나산노미야 님은 더할 나위 없는 신분이니 나는 넘겨다보지 못할 상대이기는 하나. 허나 세상일은 무상하여 알 수 없는 것이니, 겐지 님이 만약 숙원인 출가를 이루는 날에는.'

이렇게 생각하며 기회를 엿보려 소시종의 주변을 어슬렁거립니다.

날씨가 화창한 삼월 어느 날, 반딧불 병부경과 가시와기 위문독이 육조원을 찾았습니다. 겐지는 그들을 맞아 두런두런 담소를 나눕니다.

"한적한 이곳에 살아보니, 이 시절이 되면 따분함을 달랠 만한 거리가 없어 난감합니다. 공적으로나 사적으로나 평온무사하여 시간이 남아돌아가니, 무엇을 하며 오늘 하루를 지내면 좋을지요. 오늘 아침에 유기리 대장이 왔던데, 지금은 어디로 갔는고. 활이라도 쏘아주면 구경을 하면서 이 무료함을 달래련만. 소궁을 좋아할 법한 젊은이들도 왔었는데, 안타깝게 다들 가버렸는가."

겐지가 이렇게 물었습니다. 유기리 대장은 동북쪽 침전 앞에 많은 사람들이 모여 축국을 하고 있는 것을 구경하고 있다 전하였습니다.

"축국은 시끄러운 놀이이나, 기량의 차가 뚜렷하고 활기도 있으니 재미있겠구나. 이곳에서 하면 어떻겠느냐."

이렇게 부르니, 유기리 대장은 젊은이들을 데리고 동남쪽 침전 앞으로 왔습니다.

"공은 가지고 왔습니까. 어떤 이들이 왔는지요."

겐지가 묻자 유기리 대장은 이러저러한 자들이 왔노라고 대답하였습니다.

"이쪽으로 오는 것이 어떻겠습니까."

침전 동쪽은 아카시 여어의 처소이나 마침 어린 도련님을 데리고 동궁전으로 들어갔는지라 비어 있었습니다.

시냇물의 흐름이 서로 마주치는 언저리에 축국을 하기에 좋은 풍취 있는 장소가 있어, 모두들 그곳으로 모였습니다.

태정대신의 아들인 두 변, 병위좌, 대부 등 다소 연배가 있는 자들과 아직 소년처럼 어린 젊은이들이 모였는데, 축국의 기량은 남들보다 훨씬 뛰어난 자들뿐입니다.

이윽고 해가 기울 무렵, 바람도 불지 않아 축국을 하기에는 더 없이 좋은 날씨라 변관도 참지 못하고 축구 놀이에 끼었습니다.

"변관도 신분을 잊고 가만히 있지를 못하는데, 상달부라지만 젊은 위부사들이 어찌하여 체면을 벗어던지지 못하는고. 나도 저들처럼 젊었을 때에는 그저 앉아서 구경만 하는 것이 아쉬웠는데. 허나 이 놀이는 참으로 시끄럽구나.”

겐지는 이렇게 말합니다. 유기리 대장과 가시와기 위문독 역시 마당으로 내려가, 말로 표현할 수 없을 정도로 아름다운 벚꽃 아래를 거닐고 있습니다. 마침 저녁노을이 비쳐 그 모습이 한결 돋보이니, 참으로 아름다운 광경입니다.

축국은 시끄러운 놀이어서 보기에는 차분하지 않으나, 그것도 장소나 하는 사람들의 인품에 따라 다른 모양입니다. 정취가 넘치는 정원의 나무 사이로는 짙은 안개가 끼고, 그 나무에는 색색이 예쁜 꽃이 활짝 피어 있고, 새싹이 푸릇푸릇 돋은 나무 그늘에서 서로가 지지 않으려고 기량을 다투는 가운데, 가시와기 위문독이 슬쩍 끼어들었습니다. 공을 차는 발놀림이 따를 자가 없었습니다. 용모가 해맑고 우아한 풍정이 있는 사람이 몸놀림에 몹시 신경을 쓰면서도 기운차게 활약하는 모습이 실로 멋들어졌습니다.

침전 계단으로 늘어진 벚나무 가지 아래 사람들이 모여 꽃의 아름다움에는 아랑곳하지 않고 축국 구경에 여념이 없고, 겐지와 반딧불 병부경 역시 난간에 기대어 구경을 하고 있습니다.

평소 연습을 쌓은 기술도 피로하는 등 공을 차는 횟수가 늘어나면서 고관들은 너무 열심히 뛰어다닌 나머지 관이 벗겨지려 합니다. 유기리 대장은 그 신분을 생각하면, 평소에는 전혀 볼 수 없으리만큼 매무새가 풀어져 있으나 그 누구보다 젊고 아름 답게 보입니다. 하양 빨강 부드러운 겹 옷에 약간 부푼 바짓자 락을 살짝 들고 있습니다. 그런 차림인데도 경망스럽게 보이지 않으니, 상큼하고 체면을 차리지 않는 그 모습에 눈송이 같은 벚꽃이 흩날립니다. 유기리 대장은 휘날리는 벚꽃을 살짝 올려 다보고는, 휘어진 가지를 꺾어 계단 중간쯤에 앉았습니다.

가시와기 위문독도 그 뒤를 따랐습니다.

"꽃이 하염없이 떨어지는군요. 부는 바람도 꽃은 비껴 가면 좋으련만."

위문독은 그렇게 말하면서 온나산노미야의 처소 쪽을 힐끔 바라봅니다. 조심성 없는 시녀들의 기척이 느껴지고 발 아래로 갖가지 색상의 소맷자락과 치맛자락이 언뜻언뜻 보이는데, 그 모습이 가는 봄에 손짓하는 오색 실주머니 같습니다.

휘장을 한쪽으로 밀어놓고 발 근처에 모여 있는 시녀들의 모 습이 어쩐지 요염하여 가까이하기 쉬운 느낌이 듭니다. 그때 조 그맣고 귀여운 중국 고양이와 그 뒤를 쫓아 다소 큰 고양이가 발 끝에서 달려나왔습니다. 시녀들은 놀라 일어서서 허둥대는 데, 옷이 스치는 소리를 일부러 요란스럽게 내니 귀에 거슬릴 정도입니다.

고양이는 아직 사람에게 익숙하지 않은지 긴 줄을 매달고 있 었는데, 그 줄이 다른 것에 걸려 휘감기고 말았습니다. 고양이 가 도망치려고 줄을 잡아당기자 발의 옆 자락이 안이 훤히 보일 정도로 말려 올라가고 말았습니다. 허나 그것을 금방 내리는 눈치 빠른 시녀도 없었습니다. 기둥 바로 옆에 있는 시녀들도 제정신을 못 차리고 허둥댈 뿐입니다.

휘장의 조금 안쪽에서 소례복 차림으로 서 있는 사람이 보입니다. 그곳은 계단에서 서쪽으로 두 번째 기둥과 세 번째 기둥사이의 동쪽 끝이라서 숨을 수도 없으니 그대로 다 보입니다. 자홍색 겹옷일까요, 짙고 옅은 색이 겹겹이 겹친 화려한 치맛자락이 쌓아 놓은 이야기책의 끝처럼 보입니다. 윗도리는 하양 빨강 평상복을 입은 게지요. 머리카락의 끝자락까지 선명하게 보입니다. 머리는 꼰은 실처럼 등 뒤에서 나부끼고, 그 탐스러운 끝자락은 키보다 7, 8촌은 길게 늘어뜨려져 있으니 그 모습이 참으로 귀엽습니다.

몸집이 가냘프고 작아 옷자락이 길게 끌리는 탓에 마치 옷이 서 있는 듯한데, 그 용모며 머리를 늘어뜨린 옆얼굴하며, 뭐라 말할 수 없이 기품 있고 가련합니다. 저녁나절이라 사방이 어슴푸레하여 방 안이 어두운 것이 안타까울 정도였습니다.

공에 맞아 꽃이 떨어지는 것도 아까워하지 않고 축국에 열심인 젊은 공달들의 모습을 구경하느라 정신이 없는 시녀들은 안이 훤히 다 보이는 것도 금방 알아차리지 못하는 듯합니다.

가시와기 위문독은, 고양이가 울어대는 소리에 뒤돌아보는 표정과 차림새, 어리고 귀여운 모습으로 온나산노미야라는 것을 순간적으로 알아버리고 말았습니다.

유기리 대장도 알아보고 어쩔 줄을 모르는데, 발을 내리기 위해 다가가는 것은 오히려 점잖지 못한 일이라 시녀들에게 이를 알리려 헛기침만 해대니, 온나산노미야는 황급하게 안으로 들어갔습니다. 실은 유기리 대장 자신도 몹시 아쉬웠으나, 고양이의 목줄이 풀려 발이 내려진 터라 그만 한숨을 내쉬었습니다.

하물며 그토록 마음을 빼앗긴 가시와기 위문독은 가슴이 벅차올라, 많은 시녀들이 있는 가운데 온나산노미야라는 것을 분명하게 알아볼 수 있는 소례복 차림과 그 자태를 마음에 새기게 되었습니다. 가시와기 위문독이 아무 일도 없었던 것처럼 가장하고 있으나 그 모습을 못 보았을 리 없다 여겨지니, 유기리 대장은 온나산노미야 때문에 난감한 일이 생겼다고 생각합니다.

가시와기 위문독은 애타는 마음을 달래려 고양이를 불러 안고는, 향긋한 향이 나고 귀여운 소리로 우는 고양이가 온나산노미야였더라면 하는 아쉬운 마음으로 고양이를 쓰다듬으니, 참으로 민망한 일입니다.

겐지가 이쪽을 보고 이렇게 말합니다 .

"상달부들이 계단에 자리하고 있으니, 마루 끝에 너무 가까워 점잖지 못하게 보이는군요. 이리로 오지요."

겐지가 동쪽 별채의 남쪽 방으로 들어가자 모두들 그곳으로 자리를 옮겼습니다. 반딧불 병부경도 자리를 옮겨 담소를 나눕니다. 그밖의 젊은 전상인들은 마루에 방석을 깔고 둥그렇게 앉아 활기찬 대화를 나누며, 갖가지 상자의 뚜껑에 담겨 있는 동백떡, 배, 밀감 등을 먹고, 건어물을 안주 삼아 술도 마십니다.

가시와기 위문독은 침울한 표정으로 간혹 벗나무를 바라보면서 마음이 다른 곳에 있는 사람처럼 멍하게 있습니다. 유기리 대장은 사정을 간파하고, 그 신비로웠던 순간에 눈앞을 스쳤던 발 안의 인물의, 마치 환영 같았던 모습을 떠올리고 있는 것일까 하고 상상하였습니다.

'허나 너무 마루 끝에 나와 있었던 온나산노미야의 태도를 경솔하다 여기기도 할 터이지. 무라사키 부인 같았으면 절대 그런 경솔한 처신은 하지 않았을 터인데.'

유기리 대장은 그렇게 생각하면서, 그러하기에 성망이 높은 온나산노미야인데도 겐지의 애정이 뜨뜻미지근한 것처럼 보이는지도 모르겠다고 수긍을 합니다. 역시 자신에 대해서나 타인에 대해서나 조심성이 부족하고 유치한 사람은 귀여운 듯 보여도 위태로워 안심할 수 없다고 마음속으로 온나산노미야를 가벼이 여기게 되었습니다.

허나 가시와기 위문독은 온나산노미야의 결점을 돌아볼 여유가 없으니, 뜻하지 않게 말려 올라간 발 안으로 그 모습을 언뜻 볼 수 있었던 것은 오래전부터 사모했던 마음이 통해서였던 것은 아닐까, 전생에 깊은 인연이 있어서는 아니었을까 하여 기쁜 마음이 한이 없었습니다.

때마침 겐지가 옛이야기를 꺼내며 가시와기 위문독을 칭찬하였습니다.

"태정대신이 모든 일에 나를 상대로 경쟁을 하였는데, 축국만큼은 내가 당해낼 수가 없었으니. 이렇듯 사소한 놀이에 따로이 전수된 비법 따위는 없을 터이나 역시 그런 핏줄을 이어받은 사람과는 겨룰 수가 없는 모양입니다. 오늘 그대의 축국 솜씨는 실로 날렵하고 훌륭하였습니다."

"중요한 공무에는 뒤떨어지는 우리 가문에서 축국의 기량을 물려받았다 해서, 자손에게 무슨 각별한 일이 있겠는지요."

가시와기 위문독은 쓸쓸히 웃으며 이렇게 대답하였습니다.

"무슨 당치 않은 말을. 어떤 사람이든 남보다 뛰어난 점은 기록하여 후세에 남겨야 하는 법. 그대의 축국 솜씨 역시 가문의 기록에 남기면 좋을 터이지요."

농담을 하는 겐지의 모습이 빛나도록 아름답습니다.

'이렇게 훌륭한 분을 남편으로 모시고 늘 보다 보면 어찌 다른 남자에게 마음을 빼앗길 수 있으리. 어떻게 하면 이 가엾은 나를 다소나마 어여삐 여길 수 있도록 마음을 돌리게 할 수 있으리.'

가시와기 위문독은 이렇게 생각하고 궁리하지만, 생각을 하면 할수록 온나산노미야를 가까이할 수 없는 자신의 신분이 뼈저리게 느껴지니, 오직 번뇌에 가득한 가슴을 안고 그 자리를 떠났습니다.

유기리 대장은 가시와기 위문독과 같은 수레를 타고 길을 가는 내내 이야기를 나누었습니다.

"역시 한가로운 때에는 육조원을 찾아 기분전환을 하는 것이 좋군요."

가시와기 위문독이 이렇게 말하자, 유기리 대장은 말하였습니다.

"꽃이 지기 전에 오늘처럼 한가한 때를 봐서 놀러 오라고 아버님께서 말씀하였네. 가는 봄이 아쉬우니 삼월 중에 활이라도 들고 놀러 오는 것이 어떻겠나."

두 분은 이렇게 약속을 나누고, 헤어질 때까지 내내 담소하였습니다. 가시와기 위문독은 역시 온나산노미야 얘기를 하고 싶은지, 이런 공연한 소리까지 하였습니다.

"겐지 님은 지금도 무라사키 부인의 처소만 찾으시는 듯하더군. 무라사키 부인을 각별히 총애하시는 것이겠지. 그러니 온나산노미야 님의 심정이 어떠하겠는가. 스자쿠 상황께서 그 누구보다 사랑하고 귀여워하셨는데, 육조원에서는 그에 미치지 못하는 대우를 받고 있으니 상심이 크실 것 같으이. 참으로 안된 일이야."

"당치도 않은 소리. 어찌 그런 일이 있겠는가. 무라사키 부인은 예사롭지 않은 사정으로 어렸을 때부터 아버님께서 손수 키우신 분. 그러하니 다른 분보다 정이 깊은 것은 당연한 일 아닌가. 허나 아버님은 온나산노미야 님을 특별히 소중하게 여기고 계시네."

"아니지. 다 알고 있네. 다 들어 알고 있어. 보는 이가 마음이 안타까울 때가 종종 있다고 들었네. 스자쿠 상황께서 그토록 귀여워하셨던 분인데, 좀 심한 대우가 아닌가."

가시와기 위문독은 이렇게 온나산노미야를 동정합니다.

이 꽃에서 저 꽃으로
가지를 옮겨 다니는 꾀꼬리는
어찌하여 많은 꽃들 가운데
벚꽃만을 골라
둥지를 틀지 않는 것일까

"벚나무 가지 하나에만 앉으려 하지 않는 봄날의 들뜬 새의 마음이여. 나는 참으로 이해할 수가 없구나."

이처럼 가시와기 위문독이 혼잣말을 중얼거리니, 유기리 대장은 공연한 간섭이라고 불쾌해하면서도, 역시 짐작한 바가 맞노라고 생각합니다.

깊은 산 해묵은 나무를
자신의 둥지라 정한
아리따운 새가
어찌 아름다운 벚꽃에
싫증을 낼 리 있을까

"함부로 그런 말을 하지 말게나. 그리 일방적으로 단언해서는 아니 되지."

유기리 대장은 이렇게 대답하고, 더 이상은 성가셔서 온나산노미야 얘기를 다른 화제로 돌리고, 각기 헤어졌습니다.

가시와기 위문독은 지금도 태정대신의 자택 동쪽 별채에서 독신으로 살고 있습니다. 생각하는 바가 있어 몇 년 전부터 이런 생활을 하고 있는데, 자신이 뜻한 바라고는 하나 쓸쓸하고 호젓할 때도 있습니다. 허나 이토록 훌륭한 가문 출신에, 용모도 뛰어나고 재주도 많은 나의 희망이 이루어지지 않을 리 없다고 자만해왔는데, 그날 저녁때부터는 마음이 몹시 처절하였습니다.

'오늘 본 만큼이라도 좋으니 또 어떤 기회에 다시 한 번 그 모습을 엿볼 수 있으리. 무슨 일을 하든 사람들 눈에 띄지 않는 신분이었다면, 방향이 불길하다는 둥 꺼려야 하는 일이 있다는 둥 빌미를 만들어 나다니기도 쉬우니, 틈을 보아 가까이할 기회도 있을 터인데.'

이렇게 생각하나 상심에 젖은 마음을 달랠 길이 없습니다. 구중궁궐에 있는 온나산노미야에게 무슨 수를 써서 이렇듯 깊이 사모하는 마음만이라도 전할 수 있을까 하여 마음은 타고 기분은 침울하기만 하니, 결국은 소시종에게 편지를 보냈습니다.

"지난날에는 부는 바람에 이끌려 육조원 울타리 안에 발을 디뎠으니, 온나산노미야 님은 이런 나를 전보다 더욱 경멸하고 있겠지요. 그 저녁나절부터 기분이 우울하여, 이유도 없이 오늘 하루도 수심에 젖어 허망하게 지냈습니다."

멀리서만 넌지시
아름다운 꽃을 바라볼 뿐
꺾을 수 없는 한스러움 깊어만 가는데
그 꽃의 자취가
지금도 아쉽고 그리워

이렇게 씌어 있는데, 축국을 하던 날 무슨 일이 있었는지 모르는 소시종은 세상 사람들과 다름없는 사랑병이라 여기고 있습니다.

온나산노미야 곁에 시녀들이 적은 때를 보아 소시종은 편지를 들고 들었습니다.

"이 사람이 늘 이렇게, 잊을 수 없다고 편지를 보내니 난감한 일입니다. 그 안쓰러운 모습을 보다 못해 동정이 가기도 하니 제 마음을 저도 모르겠습니다."

소시종이 웃으면서 이렇게 말하자 온나산노미야는 천진난만하게 소시종이 내미는 편지를 펼쳐보았습니다.

"참으로 그대는 몹쓸 말을 하는군요."

전혀 보지 않은 것도 아니고
그렇다고 보았다고도 할 수 없는 사람이 그리워

　이런 옛 노래를 인용한 부분에 눈길이 멈추니, 발이 말려 올라갔을 때의 일이라고 짐작이 갑니다. 온나산노미야는 저도 모르게 얼굴을 붉히며 겐지가 그토록 주의하였던 일을 떠올립니다.

　"유기리 대장에게 모습을 보이지 않도록 하세요. 그대는 어리고 철이 없으니 자칫 실수를 하여 대장에게 보일 수도 있으니까요."

　유기리 대장이 그날 이런 일이 있었노라고 겐지에게 말을 전하면 얼마나 꾸중을 하실까 하고, 사람들 눈에 띈 실수의 중대함은 생각하지 못하고 겐지가 질책할 것만 무서워하고 있습니다. 그야말로 철없는 어린아이처럼 천진난만합니다.

　온나산노미야는 기분이 언짢아서 한마디 대답도 하지 않습니다. 소시종은 더 이상 무리하게 말할 일도 아니어서, 여느 때와 같이 은밀하게 제 손으로 답장을 썼습니다.

　"그날은 시치미를 떼고 계셨지요. 신분도 맞지 않는 무례한 사람이라고 용서하지 않고 있는데, '전혀 보지 않은 것도 아니고'라니, 무슨 뜻이지요. 민망한 일이로군요."

　새삼 내색하지 마시길

손도 닿지 않는
산벚나무 가지에
마음을 두었다고

"소용없는 일이지요."
답장에는 이렇게 씌어 있었습니다.

봄나물 하

아아, 후회스럽구나
그분을 억지로 범하고 만
나의 이 깊은 죄
신이 허락하지 않은 접시꽃을
그만 따고 말았으니

◆ 가시와기

💠 제35첩 봄나물 하(若菜下)

겐지는 스자쿠 상황의 쉰 살 축하연을 준비하면서 '쉰 살을 축하하는 봄나물을 헌
상하고 축하연을 베풀면 어떨까' 하고 계획한다. 하지만 이 첩이 끝나도록 축하연
은 실현되지 못하는 한편, 가시와기가 그동안 연모해왔던 스자쿠 상황의 셋째 황
녀이며 지금은 겐지의 부인인 온나산노미야와 불륜의 사랑을 저지르고 만다.

가시와기 위문독은 소시종의 대답을 지당한 말이라 여기면서도 한편 이런 생각을 하고 있습니다.

　'참으로 못마땅한 말투로군. 허나 상투적인 인사치례만을 위로 삼으며 언제까지 참을 수 있을까. 이렇게 사람을 통해서가 아니라, 한마디라도 좋으니 온나산노미야와 직접 얘기를 나누고 싶구나.'

　그러하니 이런 속사정만 없다면 당연히 훌륭한 사람이라 존경했을 겐지에 대해서도 공연한 혐오감이 생겼겠지요.

　삼월 그믐날에는 많은 사람들이 육조원을 찾았습니다. 가시와기 위문독은 왠지 마음이 차분하지 못하여 발길이 떨어지지 않는데, 온나산노미야가 있는 언저리에서 꽃이나마 바라볼 수 있다면 이 마음을 달랠 수 있지 않을까 하여 육조원을 찾았습니다.

　올 이월에 궁중행사로 도궁 대회가 예정되어 있었는데 연기

되었습니다. 삼월은 또 폐하의 모후 후지쓰보의 기월이라 어쩔 수 없이 중지되니 사람들은 유감스럽게 생각하였습니다. 그런데 육조원에서 이런 행사가 있다 하니 여느 때처럼 많은 사람들이 모여 들었습니다. 검은 턱수염 좌대장은 양녀 다마카즈라의 부군이요 유기리 우대장은 적남인지라 친척인 관계로, 중소장 이하의 사람들도 좌우 모두 육조원을 찾았습니다. 겐지가 오늘은 소궁 시합을 열겠노라고 하나, 걸으면서 활을 쏘는 재주에 능한 명수들도 있는지라, 그들도 불러 시합에 임하도록 하였습니다.

전상인들도 활을 쏘는 사람들은 조를 나누어 승부를 겨루었습니다.

점차 날이 기울면서 '오늘로 봄도 마지막이라 여겨지는 안개 자욱한 풍경' 속에, 불어오는 저녁 바람에 꽃잎이 흩날리는 벚나무 아래에서 사람들은 모두 술에 흥건히 취해 그 자리를 떠나지 못합니다.

"부인들이 풍류에 넘치는 상품을 내놓아 그것을 보면 부인들의 취향이 어느 정도인지 알 수 있을 터인데, 버들잎을 쏘아 백발백중이었다는 초나라의 명수가 무색한 명사수들만 나와 솜씨를 겨루는 것은 별 재미가 없지요. 평범한 재주를 지닌 사수들도 경쟁을 하는 것이 좋겠습니다."

겐지가 이렇게 말하여, 대장들을 비롯하여 상달부들이 마당으로 내려갔습니다. 그런데 가시와기 위문독만 유독 침울한 표

정으로 상념에 잠겨 있습니다. 그 속내를 암암리에 알고 있는
유기리 대장은 그 모습을 못마땅해하며 자신마저 고뇌를 짊어
진 듯이 생각합니다.

'역시 수상하구나. 성가신 연애 사건이 한바탕 벌어질 것
같아.'

두 사람은 서로 마음이 잘 통하는 친구인지라, 사소한 걱정거
리라도 있어 상대가 수심에 잠기면 마치 자신의 일처럼 걱정을
합니다.

가시와기 위문독은 겐지를 만나니, 왠지 두렵고 눈이 부셔 고
개를 들지 못합니다.

'이런 사심을 품어 무사할 수 있을까. 아무리 사소한 일이라
도 사람들에게 손가락질을 받을 만한 불미한 처신은 하지 않으
려 애써왔는데, 하물며 처지를 모르고 이렇게 끔찍한 일을.'

이렇게 고뇌한 나머지 가시와기 위문독은 그때 그 고양이라
도 어떻게든 손에 넣을 수 없을까, 하고 궁리를 합니다.

'그때 그 고양이라도 있다면 이 애타는 마음을 고양이를 상대
로 말할 수는 없어도 홀로 자는 밤의 외로움을 덜 수는 있을 터
인데.'

이런 생각이 한 번 들자 이성마저 잃고 어떻게 하면 그 고양
이를 훔쳐낼 수 있을까 하고 생각합니다. 허나 그것조차 쉬운
일은 아니지요.

가시와기 위문독은 여동생인 고키덴 여어를 찾아가 얘기라도

나누며 마음을 달래려고 합니다. 여어는 매우 조심성이 많아, 늘 마치 타인을 대하듯 하면서 절대 그 모습을 직접 보이는 일이 없습니다. 오누이 사이라도 이렇듯 허물없이 지내지 않는 것이 관례인데, 생각하여보면 그날 뜻하지 않게 온나산노미야의 모습을 본 것은 참으로 운명적인 일이었다 여겨집니다.

이미 깊은 사랑에 빠진 마음은 그날 온나산노미야의 처신이 얼마나 철없는 것이었는지를 판단하지 못합니다.

가시와기 위문독은 돌아오는 길에 동궁전에 들렀습니다. 동궁은 온나산노미야와는 남매지간이라 당연히 온나산노미야를 닮았으리라 여기고 주의 깊게 살펴보니, 화사하고 빛나는 생김은 아니나 역시 신분이 높은 동궁이니만큼 고귀하고 우아하였습니다.

폐하께서 키우고 있는 고양이가 많은 새끼를 낳아 동궁전에서도 새끼 한 마리를 키우고 있었습니다. 가시와기 위문독은 귀여운 모습으로 걸어다니는 새끼 고양이를 보자 온나산노미야의 중국 고양이가 떠올라 이렇게 말하였습니다.

"온나산노미야의 어전에 있는 고양이는 정말 생김이 신기하고 귀여웠습니다. 언뜻 보았을 뿐이나."

동궁은 뜻밖에도 고양이를 좋아하여, 자세한 것을 물었습니다.

"중국 고양이로 우리나라 고양이와는 달랐습니다. 고양이는 모두 비슷하나, 그 고양이는 얌전하고 사람을 잘 따라 매우 끌리더이다."

가시와기 위문독은 이렇게 동궁이 관심을 갖도록 말하였습니다. 동궁은 그 얘기를 듣고, 아카시 여어를 통해 고양이를 청하니 온나산노미야는 동궁에게 고양이를 드렸습니다.

　"참으로 귀엽기도 하지."

　궁녀들은 매우 기뻐하며 재미있어하였습니다. 며칠 후 가시와기 위문독이 동궁전을 찾았습니다. 동궁이 자신의 얘기를 듣고 그 고양이를 갖고 싶어하였던 터라, 물려받은 것이 틀림없다고 헤아렸습니다. 가시와기 위문독은 어렸을 때부터 스자쿠 상황이 신뢰하여 부렸던 터라 상황이 출가를 한 후에는 동궁과 친하게 지내고 있었습니다.

　"고양이들이 많이 모여 있군요. 어디에 있나요, 제가 본 그 고양이는."

　가시와기 위문독은 동궁에게 칠현금을 가르치다가 고양이를 돌아보며 예의 고양이를 찾아내었습니다. 너무도 귀여워 참을 수가 없어 고양이를 쓰다듬었습니다.

　"정말 귀여운 고양이입니다. 아직은 사람을 잘 따르지 않으나, 낯을 가리는 게지요. 허나 다른 고양이들도 이보다 못하지는 않습니다."

　동궁이 이렇게 말하자 가시와기 위문독은 대답하였습니다.

　"고양이에게는 사람을 분별하는 재주가 없는 법인데, 영리한 고양이라면 절로 그런 재주가 생기겠지요. 훌륭한 고양이들이 이렇듯 많은데, 이 고양이는 잠시 제가 맡아 기르면 어떻겠습니까."

허나 속으로는 이 무슨 바보 같은 짓이냐고 생각하지 않을 수 없었습니다.

가시와기 위문독은 이렇게 그 고양이를 데리고 와 잠자리를 같이합니다. 날이 밝으면 고양이를 보살피느라 여념이 없으니 쓰다듬고 어루만지며 키우고 있습니다. 사람을 따르지 않던 고양이도 지금은 스스럼없이 엉겨 붙으니, 때로는 옷자락에 휘감기고 때로는 곁에 누워 어리광을 피우기도 하는데, 가시와기 위문독은 그런 모습을 정말 사랑스럽다 여깁니다. 툇마루 끝에 나와 앉아 수심에 잠겨 있으면 고양이가 옆으로 다가와 귀여운 목소리로 야옹거립니다.

"그래 자자, 자자꾸나. 참으로 성미도 급하구나."

가시와기 위문독은 웃으면서 고양이를 쓰다듬고 귀여워합니다.

　애가 타도록 그리운
　그분을 추억하며
　너를 쓰다듬고 귀여워하거늘
　어찌하여 그런 소리로 울어
　내 마음을 더욱 애처롭게 하느냐

"이것도 전생의 인연이런가."

이렇게 고양이의 얼굴을 보며 말하자 고양이는 더욱더 귀여

운 목소리로 야옹거리며 어리광을 피우니, 품에 안고 다시 생각
에 잠깁니다.

　그런 가시와기 위문독의 모습을 보며 시중을 든 지 오랜 시녀
들은 참으로 이상한 일도 다 있다고 수상쩍어 합니다.

　"이상한 일도 다 있지요. 갑자기 고양이를 귀여워하시다니.
지금까지 동물이라면 쳐다보지도 않는 성품이셨는데."

　동궁이 고양이를 돌려달라고 재촉하여도 돌려주지 않고, 고
양이만을 상대로 이야기하고 있습니다.

　검은 턱수염 좌대장의 정실인 다마카즈라 부인은 친형제인
태정대신의 자식들보다 유기리 우대장을 지금도 친근하게 여기
고 있습니다. 다마카즈라 부인은 태생이 재치가 넘쳐 친하기 쉬
운 분인지라, 유기리 대장을 만날 때에도 남처럼 대하지 않고
늘 자상하게 대접을 합니다. 유기리 대장도 배는 달라도 친여동
생인 아카시 여어가 서먹한 태도를 보여 가까이하기가 어려우
니, 오히려 다마카즈라 부인을 마치 친형제처럼 여기며 친하게
지내고 있습니다.

　검은 턱수염 좌대장은 전처와는 완전히 인연을 끊고 지금은
오직 다마카즈라 부인만을 소중하게 여기고 있습니다. 허나 후
사가 아들밖에 없는 것을 아쉬워하여 마키바시라 아씨를 데려
다가 키울까 하고 생각하나, 할아버지인 식부경은 도무지 허락
을 하지 않습니다.

"그나마 이 아이라도 세상의 웃음거리가 되지 않도록 키우고 싶으니."

식부경은 이렇게 말합니다.

식부경의 덕망은 그 누구 못지않으니 천황도 백부인 식부경을 더없이 신뢰하여, 진언하는 일을 거절하지 못하고 안쓰러울 정도로 마음을 씁니다. 현대적인 화려함을 좋아하는 성품이라 겐지와 태정대신에 이어 식부경 댁에도 많은 사람들이 모여드니, 사람들은 그를 우러러 시중을 듭니다.

검은 턱수염 대장 역시 동궁의 백부로 장차는 국가의 큰 기둥이 될 인물이니 마키바시라 아씨의 평판이 나쁠 리가 없지요. 구혼을 하는 자들도 많으나, 식부경은 일절 응하지 않습니다.

식부경은 가시와기 위문독 쪽에서 먼저 의향을 보인다면 하고 생각하는 듯한데, 고양이보다 아씨가 못한지 구혼할 기미를 보이지 않으니 안타까운 일입니다.

어머니는 아직도 귀신에 씌어 있는지 정신을 못 차리고 있는지라 아씨는 속상하게 여기면서, 오히려 의붓어머니인 다마카즈라 부인에게 마음이 끌려 하는 현대적이고 밝은 성품이었습니다.

반딧불 병부경은 아직도 독신을 관철하고 있습니다. 애착을 보였던 혼담은 어느 것 하나 성사되지 않으니, 여자와의 관계에도 별 재미를 느끼지 못하고 세상의 웃음거리가 되는 것은 아닐까 하여 마냥 가만히 있을 수도 없는 노릇이라, 식부경 댁을 찾아가 마키바시라 아씨에게 마음에 있는 척하여 보았습니다.

"그것 참 잘된 일이로구나. 금지옥엽 같은 손녀딸을 궁으로 들여보내거나 아니면 친왕에게 주고 싶었거늘 사람들이 성실하기만 한 평범한 신하를 중히 여기는 것은 그다지 품위 있는 생각이 아니니."

할아버지 식부경은 이렇게 말하며 반딧불 병부경의 애도 태우지 않고 구혼을 승낙하였습니다. 반딧불 병부경은 일이 너무도 순조롭게 풀려 사랑의 원망을 할 틈도 없는 것을 오히려 어이없게 생각하였습니다. 허나 상대는 권세가 대단한 식부경이라 새삼 말을 뒤바꿀 수는 없으니, 그대로 마키바시라 아씨의 처소를 드나들게 되었습니다.

식부경의 집안에서는 이 사위를 더할 나위 없이 소중하게 여겼습니다.

식부경은 딸이 여럿 있는 까닭에 마음고생을 많이 하여 딸의 뒤를 보살피는 데는 진력이 나 있었습니다. 허나 이 손녀딸만은 마음에 쓰이니 그냥 내버려둘 수 없다 여겼던 게지요.

"어미는 나이가 들면서 점점 정신이 흐려지는데, 아버지인 검은 턱수염 대장은 자신의 말을 듣지 않는다 하여 이 딸을 박정하게 내버렸으니, 가여워 견딜 수가 없구나."

식부경은 이렇게 말하며 스스로 나서서 부부의 방을 꾸미는 것을 감독하고 만사에 모자람이 없도록 신경을 썼습니다.

반딧불 병부경은 세월이 흐를수록 죽은 본처가 그리워 본처

를 닮은 사람과 재혼을 하고 싶었는데, 마키바시라가 못생긴 것
은 아니나 죽은 사람과는 전혀 느낌이 다른 것을 유감스럽게 생
각하는지, 드나들면서도 썩 내켜하지 않습니다. 그런 모습을 본
식부경은 마땅치 않아하며 한심한 처사라고 한탄합니다. 어머
니 역시 정신이 돌아올 때면 분해하며 너무도 성급한 결혼이었
다고 안타까워합니다.

검은 턱수염 대장도 애당초 자신은 허락하지 않은 인연이었
던 탓인가 몹시 불쾌해하며 이렇게 말하였습니다.

"그러니, 내 말하지 않았던가. 바람기가 심한 분이라고."

다마카즈라 부인도 이렇듯 믿음직스럽지 못한 반딧불 병부경
의 처사에 관하여 듣고는, 만약 그때 자신이 그 사람과 결혼하
였더라면 어떤 처지에 놓였을까, 겐지와 태정대신이 얼마나 상
심에 젖었을까 하고 생각하니 옛일이 우습기도 하고 그립기도
하였습니다.

'그 당시에도 반딧불 병부경과 결혼을 하겠다는 생각은 없었
지만, 너무도 자상하고 따뜻하게 말을 건네주었으니, 이렇게 검
은 턱수염 대장과 결혼한 것을 두고 박정한 여자라고 얼마가 경
멸하였을까.'

다마카즈라 부인은 지금까지 줄곧 이렇게 생각하여왔는데,
지금 마키바시라 아씨와 반딧불 병부경이 부부의 연을 맺으니,
만의 하나 마키바시라 아씨가 자신과 병부경의 옛일을 알게 되
면 어찌할까 싶어 몹시 염려합니다.

의붓어머니이기는 하나, 다마카즈라 부인은 마키바시라 아씨를 최대한 보살펴주었습니다. 또 반딧불 병부경의 매정한 태도를 모르는 척하면서 아씨의 형제들을 불러 친근하게 대하니, 반딧불 병부경도 마음을 써서 마키바시라 아씨와 인연을 끊어버리려는 생각은 하지 않았습니다. 그러하나 식부경의 까탈스러운 부인은 사소한 일도 용납을 하지 못하고 잔소리를 퍼부어댑니다.

"친왕과 결혼하면 너그럽고 바람도 피우지 않고 오로지 손녀딸만을 사랑해줄 것이니, 생활은 화려하지 않은 대신 마음고생은 하지 않을 것이라 여겼건만."

이런 불평이 자연히 반딧불 병부경의 귀에도 들어갔습니다.

"나는 지금까지 그런 말을 듣지 않고 살았는데, 참으로 심한 분이로구나. 그야 옛날에는 사랑하는 본처가 있어도 다소 바람은 피웠지만, 이렇듯 심한 말은 들어본 적이 없었는데."

병부경은 불쾌해하면서 한층 죽은 본처를 그리워하니, 본처와 살았던 자신의 처소에 틀어박혀 우울하게 나날을 보내고 있습니다.

허나 세월이 2년 정도 흐르자 그런 관계에도 익숙해져 지금은 부부로 그럭저럭 살고 있습니다.

이렇다 할 일 없이 세월만 흘러 레이제이 제가 즉위한 지 18년이 되었습니다.

"내게는 대를 이어 천황이 되어줄 황자도 없으니 의욕도 없고 언제까지 살 수 있을지도 불안하니, 앞으로는 공무에서 은퇴하여 마음 편히 친한 사람들을 만나며 한가로이 살고 싶구나."

천황은 오래도록 마음속으로만 생각해오던 것을 말로써 공언한바, 그때 마침 중한 병에 걸려 갑자기 양위를 하고 말았습니다.

세상 사람들은 아직 아까울 정도로 한창 젊은 나이인데 이렇듯 갑작스럽게 양위를 하다니 어찌 된 일이냐며 한탄하였습니다. 허나 동궁도 성인이 되었는지라 즉위를 하니 정치적인 면에서는 큰 변화는 없었습니다.

태정대신은 사직원을 내고 사가에 은거하였습니다.

"세상의 무상함을 수도 없이 보아왔고, 황공하옵게도 폐하마저 양위를 하셨으니, 나 같은 노인이 관직에서 물러나는 것에 무슨 미련이 있을까."

그리하여 검은 턱수염 좌대장이 우대신으로 승진하여 천하의 정무를 집행하게 되었습니다.

검은 턱수염 우대신의 여동생으로 새로운 천황의 생모인 쇼쿄덴 여어는 이렇게 기쁜 날을 기다리지 못하고 이미 돌아가셨는지라 최고의 황태후 직위를 추증받았으나 그 영광도 그늘에 가려 소용없으니, 허망한 일이었습니다.

드디어 아카시 여어가 낳은 제1황자가 동궁이 되었습니다. 옛날부터 그리될 것이라 예상은 하고 있었으나 정작 그리 실현이 되고 보니, 눈이 번쩍 뜨일 만큼 경사스러운 일이었습니다.

유기리 우대장은 대납언으로 승진하였습니다. 검은 턱수염 우대신과는 이상적인 관계로 여전히 화목하게 지내고 있습니다.

겐지는 퇴위한 레이제이 상황에게 후사가 없는 것을 은근히 아쉬워하고 있었습니다. 새로이 동궁의 자리에 오른 제1황자도 자신의 핏줄이기는 하나, 레이제이 상황에 대한 겐지의 마음은 각별합니다. 상황이 재위 중에 가슴속에 있는 번뇌를 내뱉지 않은 덕분에 출생의 비밀도 밖으로 새어나가지 않아 겉으로는 아무 탈 없이 치세를 마쳤습니다. 그 업보인지 후사가 없어 천황의 자리를 자손에게 물려주지 못하였으니 겐지는 레이제이 상황의 운명을 안타깝게 여겼습니다. 그 또한 다른 사람들에게는 할 수 없는 말이니, 그저 가슴만 답답하였습니다.

동궁의 생모인 아카시 여어는 그 후에도 많은 자손을 얻으니, 천황의 총애를 넘볼 자가 없었습니다.

아키고노무 중궁은 황족 출신이 잇달아 황후의 자리에 오를 것 같다 하여 세상 사람들이 불만스럽게 여겼는데, 이렇다 할 이유도 없이 굳이 자신을 황후의 자리에 올려준 겐지의 후의를 생각하면 세월이 흐를수록 그 고마움에 사무칩니다.

레이제이 상황은 오래전부터 바라왔던 대로 자유롭게 나다니면서, 황위에 있을 때와는 달리 이상적이고 바람직한 생활을 하고 있습니다.

새 천황은 온나산노미야의 일을 각별히 유념하여 하나에서 열까지 걱정을 합니다. 온나산노미야는 세상 사람들이 모두 소중한 분이라 존경하지만 무라사키 부인의 위세를 이기지는 못합니다. 세월이 흘러도 겐지와 무라사키 부인 사이에는 아무런 불만이 없으니 부부 금실이 날로 좋아질 뿐입니다.

허나 무라사키 부인은 진지한 표정으로 겐지에게 이렇게 간청할 때도 있습니다.

"앞으로는 이렇듯 세속에 물든 생활이 아니라, 마음을 차분히 가라앉히고 근행에 정진하고 싶습니다. 이 세상에 더 이상의 바람도 미련도 없는 나이가 되었습니다. 아무쪼록 제 소원을 들어, 출가를 허락하여주세요."

"그 무슨 당치 않은 말이오. 나야말로 이전부터 출가를 바라왔으나 혼자 남을 그대가 외로워하지는 않을까, 내가 떠나면 그 처지가 일변하지 않을까 걱정스러워 결행하지 못하고 있는 터인데. 내가 그 바람을 이룬 날에는 그대도 마음대로 하시구려."

겐지는 무라사키 부인의 간청을 이런 말로 늘 들어주지 않았습니다.

아카시 여어는 무라사키 부인을 생모 이상으로 받들고 존경합니다. 친모인 아카시 부인은 몸을 낮추고 겸손하게 뒷일을 하는 역할에 충실하니, 오히려 앞날에 걱정이 없었습니다. 어머니 여승은 툭하면 흘러넘치는 눈물을 닦곤 하기에 눈가가 벌겋게 물렀으나, 장수한 늙은이의 표본처럼 지내고 있습니다.

겐지는 이제 슬슬 스미요시 신에게 발원한 소원을 이룬 감사의 참배를 드려야겠다고 생각합니다. 또한 아카시 여어의 장래를 위해서도 기도를 올리려 하니, 아카시 뉴도의 발원문을 보관한 상자를 꺼내어 보았습니다. 무수한 소원들이 기록되어 있었습니다.

매해 봄과 가을에 반드시 신악을 봉납하고, 대대손손 장래의 번영을 기원하는 내용까지 적혀 있으니 겐지처럼 권세가 대단한 사람이 아니고는 도저히 감사의 참배를 드리기 어려운 큰 소원들뿐이었습니다. 다만 아무렇게나 휘갈겨 쓴 듯 보이는 문면은 학식의 높음이 엿보이는 훌륭한 것이고 글투도 신불이 반드시 들어주리라 여겨질 만큼 분명합니다.

"어찌하여 세상을 버리고 깊은 산 속에 들어간 사람에게 이렇듯 소원이 많단 말인가."

겐지는 신분에 걸맞지 않은 대망이라고 여겨지기도 하나, 뉴도는 전생에는 수도승이었다가 잠시 이 세상에 인간으로 태어난 자였다는 말인가 하고 생각되기도 하니, 뉴도를 가벼이 여길 수가 없었습니다.

그리하여 이번에는 뉴도의 발원 답례라는 취지는 겉으로 내세우지 않고 그저 겐지 자신의 참배라 하고 출발하였습니다.

스마와 아카시를 유랑하였던 시절에 발원한 많은 소원들에 대해서는 이미 감사의 참배를 하였으나, 그 후에도 이렇듯 세상에서 번영을 누리고 있어 동궁과 여어들의 영화가 극치에 달하였으니, 스미요시 신의 가호를 잊을 수 없어 무라사키 부인도 함께 데리고 참배길에 올랐습니다. 그 소문에 들끓은 사람들의 소동이란 이루 말할 수가 없었습니다. 겐지는 만사를 간략하고 검소하게 준비하여 세상에 폐가 되지 않도록 하였으나, 신분이 신분이니만큼 정해진 격식이 있는지라 그 의식은 더없이 휘황찬란하였습니다.

공경도 좌우대신을 제외하고는 모두 동행하였습니다. 무인은 위부 차장 가운데서 용모가 단정하고 키가 고른 자들만을 골랐습니다. 예능에 능한데 이 선발에 뽑히지 못하였다 하여 비탄에 젖어 지내는 자도 많았습니다. 악인도 이와시미즈 하치만 궁과 가모 신사의 임시 제의 때 연주를 하는 자들 가운데에서, 각각의 악기에 각별히 우수한 재능을 보이는 자들만을 골랐습니다. 그리고 근위부에서 평판이 자자한 명수 두 명이 임시로 참가하였습니다. 신악 쪽에도 많은 사람들이 동행하였습니다.

천황과 동궁, 레이제이 상황에 속한 전상인들이 각기 나뉘어 정성스럽게 시중을 들었습니다. 화려함과 아름다움의 극치를 보이는 상달부들의 말과 안장, 말을 부리는 마부, 수행원, 시종들까지 모두 멋들어지게 차려입고 줄지어 행렬하는 모습이 보기 드문 훌륭한 구경거리였습니다.

아카시 여어와 무라사키 부인은 한 수레에 함께 타고 있습니다. 그다음 수레에는 아카시 부인과 어머니 여승이 타고 있습니다.

여어의 유모도 사정을 아는 자라 하여 함께 탔습니다.

수행하는 시녀의 수레는 무라사키 부인이 다섯 대, 아카시 여어가 다섯 대, 아카시 부인 일가가 세 대, 눈부시게 치장한 시녀들의 의상과 그 모습은 형용할 수가 없습니다.

실은 겐지가 이렇게 말하였기 때문입니다.

"이왕이면 어머니 여승의 주름이 좍 펴질 정도로 여어의 가족답게 훌륭하게 차려서 참배케 하도록."

아카시 부인은 오히려 어머니 여승의 참배를 만류하였습니다.

"이번에는 이렇듯 온 세상이 떠들썩한 성대한 참배이니 그에 섞이는 것을 고사하는 것이 어떻겠는지요. 훗날 원하는 대로 경하스러운 날이 올 때까지 살아 계시면, 그때에."

허나 어머니 여승은 남은 목숨이 오래지 않아 불안한데다 성대한 의식을 구경하고 싶은 마음에 굳이 따라나선 것입니다.

그러하니 운세를 타고나 영화의 극치를 누리는 사람들보다 한결 큰 행운을 누리고 있는 어머니 여승입니다.

시월 십이일의 일이었습니다. '신사의 울타리를 휘감은 칡잎의 색도 변하고 소나무 아랫잎도 물드니, 바람 소리로 가을을 느꼈다'는 옛 노래와는 달리 단풍이 든 나뭇잎의 색깔에서 가을이 기척이 느껴졌습니다.

거창한 고려악과 중국의 아악보다 귀에 익숙한 아즈마아소비가 정겹고 흥겹게 바닷바람 소리와 어울리니, 높은 소나무 위로 부는 바람 소리에 맞춰 불어대는 젓대 소리 역시 다른 곳에서 듣는 선율과 달리 마음을 저밉니다. 그 가운데에서도 큰북을 사용하지 않고 박자로 가락을 맞추는 육현금 소리가 소름이 돋을 정도로 우아하고 요염하게 흥취를 북돋우는데다, 장소가 장소인지라 한결 아름답게 들렸습니다.

무인들이 입고 있는 포는 쪽물로 대나무 모양을 찍은 것이라 자칫 소나무처럼 보이기도 합니다. 머리를 장식한 조화의 다양한 색상은 가을에 일찍이 피는 꽃과 무엇이 다른지 구분이 가지 않으니, 눈에 비치는 모든 것이 어지럽게 눈앞에서 반짝이는 듯합니다. 「구자」 곡이 끝날 무렵, 젊은 상달부가 마당으로 내려와 포의 옷섶을 벗어내리고 춤을 추었습니다. 지금까지 특별할 것 없는 포였는데, 갑자기 상반신이 드러나면서 진홍색과 진보라색 소맷자락이 꽃이 피듯 드러나니, 진홍색 속옷 자락이 때마침 부슬부슬 내리는 가을비에 젖은 솔밭 위로, 떨어지는 낙엽같아 보이는 광경입니다. 무인들은 한결같이 눈부신 모습에 새하얗게 마른 갈대를 머리에 높이 꽂고 한바탕 춤을 추고 돌아가니 흥겹고 물리지 않는 구경거리입니다.

겐지는 자연스레 옛날 일이 떠올라 한때 불운한 처지에 놓였던 시절이 마치 오늘 일처럼 느껴지는데, 당시의 일을 마음 편히 얘기할 수 있는 사람이 한자리에 없는지라 은퇴한 태정대신을 그리워하였습니다. 겐지는 안으로 들어가 품에서 첩지를 꺼내 노래를 지어 어머니 여승이 타고 있는 두 번째 수레에 슬며시 전하였습니다.

    그대와 나 말고 그 누가
    옛일을 알고 있어
    스미요시 신사의 해묵은 소나무에게
    그 시절 일을 묻겠는지요

  어머니 여승은 첩지를 펴보고 흐느껴 웁니다. 지금 겐지는 이
렇듯 영화를 누리고 있는데, 여승은 아카시의 해변에서 겐지와
마지막 작별을 나누었던 때의 일이며 아카시 여어가 아카시 부
인의 뱃속에 있었던 때의 일을 생각하며 자신의 운명이 주제넘
을 정도로 행복에 겨운 것에 가슴 벅차합니다.
  속세를 버리고 깊은 산 속으로 은거한 남편 뉴도가 그리워 슬
픔이 밀려오기도 하나, 이런 날 눈물은 불길하다고 마음을 고쳐
먹고 경하스러운 날에 어울리는 말을 신중하게 골라 답장을 썼
습니다.

    이 스미요시의 바닷가가
    살 만한 곳이며
    행운이 깃들인 곳이라는 것을
    오래도록 붙박혀 사는 어부들조차
    오늘에야 알았겠지요

답장을 얼른 보내지 않으면 실례가 될 듯하여, 그저 마음에 떠오르는 대로 쓰고는 또 혼자서 이렇게 읊조렸습니다.

　　이렇게 스미요시 신의
　　무한한 영험을 보면서도
　　그 옛날의 아카시 해변을
　　잊지 못하니

　가무놀이가 밤새도록 이어졌습니다. 스무날의 달이 하늘 높이 청명하게 떠올라 달빛을 받아 빛나는 수면이 저 멀리까지 내다보이고, 모래사장에는 서리가 두껍게 끼어 있고 솔밭 역시 서리와 분간할 수 없을 만큼 하얗게 빛나니, 모든 것이 몸에 저미도록 써늘하여 정취도 애달픔도 한층 깊게 느껴집니다.

　무라사키 부인은 사계절을 따라 열리는 풍취 있고 우아한 음악놀이 소리를 아침저녁으로 들어 귀에 익숙한데, 집 밖에서 구경한 적은 거의 없는데다 하물며 이렇게 도읍을 떠나 여행지에서 보고 듣는 것은 첫 경험이라서 모든 것이 신기하고 흥겹게 느껴졌습니다.

　　깊은 밤
　　스미요시의 해송에 내린
　　깨끗하고 하얀 서리는

스미요시의 신이 씌워준
솜가발일까요
참으로 성스럽습니다

무라사키 부인의 이 노래는 오노노 다카무라가 히라 산의 눈
을 솜가발에 비유하여 '히라 산도 솜가발을 썼구나'라고 노래한
눈 내린 아침의 경치를 상상하게 하니, 서리가 이 제의를 스미
요시 신이 기쁘게 받아들인 증거라 여겨져 더욱 믿음직스럽습
니다.

신관들이 손에 받들고 있는
청정한 비쭈기나무 잎 위에
하얀 실을 달아놓은 것처럼
깊은 밤 하얗고 깨끗한
서리 내렸으니

아카시 여어는 이렇게 노래하였습니다.

무라사키 부인의 시녀인 중무도 노래를 곁들였습니다.

신관들이 받들고 있는 실이라
착각할 정도로

하얗게 내린 서리는
말씀대로 신이 기꺼이 받아들였다는
명백한 증거이겠지요

이렇게 잇달아 무수한 노래가 읊어졌으나, 일일이 기억할 필
요는 없겠지요. 평소에는 득의양양하게 노래를 잘 짓는 분들도
이런 경우에는 의외로 제 솜씨를 발휘하지 못하니 '천 년을 사
는 소나무'란 정해진 문구 외에는 이렇다 할 만한 새로운 것이
없어 일일이 적기도 성가시니 생략하기로 하겠습니다.

밤이 어렴풋이 밝아오면서 서리는 점점 더 깊게 내리고, 신락
가의 본가와 말가의 구분조차 분명하지 않을 정도로 취한 악인
들은 자신의 얼굴이 얼마나 빨개진지도 모른 채 흥에 겨워 있습
니다. 마당에 피워놓은 화톳불도 불꽃이 사그라들고 있는데,
"만세, 만세" 하고 외치며 비쭈기나무를 휘두르며 축하를 합니
다. 이렇게 축복을 받는 겐지 일가의 앞날이 얼마나 영화로울
지, 상상만 해도 경하스럽기 그지없었습니다.

모든 것이 훌륭하여 흥은 한이 없는데, 천의 밤의 길이를 하
룻밤에 응축시켜놓은 듯했던 즐거운 밤도 덧없이 밝고 말았습
니다. 이제 빠져나가는 썰물과 앞을 다투듯 돌아가야 하는 젊은
이들은 날이 밝는 것을 매우 아쉬워하였습니다.

솔밭에는 끝없이 수레가 늘어서 있는데, 바람에 흔들리는 속

발 사이사이로 들여다보이는 화사한 의상이 솔의 푸르름과 대조를 이루니, 마치 꽃 비단을 깔아놓은 듯합니다. 직위의 높낮이에 따라 서로 다른 색깔의 포를 입은 관리들이 풍류에 넘치는 상을 나르며 아침 식사를 바칩니다. 아랫사람들은 눈이 부실 정도로 훌륭한 그 모습에 그저 넋을 잃고 있습니다.

아카시 여승의 앞에도 천향나무로 만든 네모진 쟁반에 엷은 감색 종이를 접어 깔고 정갈한 음식을 담아 올렸습니다. 그 광경을 본 사람들은 입을 모아 이렇게 수군덕거렸습니다.

"참 운도 좋은 여자지."

참배길에 오를 때에는 넘치는 공물 때문에 여간 힘이 들지 않았는데, 돌아가는 길은 가벼우니 이곳저곳 산천을 유람하며 구경을 즐깁니다. 이 또한 일일이 적기가 성가시니 생략하겠습니다.

이렇듯 그 위세가 하늘을 찌를 듯한데 아카시 뉴도는 이 광경을 볼 수도 들을 수도 없는 깊은 산 속에 들어가 있으니, 그 점이 한스럽습니다.

누구나가 뉴도 같은 결단을 내릴 수 있는 것은 아닙니다. 그렇다 하여 이런 자리에 뉴도가 얼굴을 내밀었다면 그야말로 보기 흉한 일이겠지요.

승승장구하는 아카시 일가의 행렬을 보면서 세상 사람들이 높은 이상을 품는 것이 유행될 정도였습니다. 세상에서는 무슨 일이 있으면 놀라고 칭찬하면서 화젯거리로 삼고는, '아카시 여승'을 행운의 상징처럼 삼았습니다.

전 태정대신의 딸 오미 아씨는 쌍륙놀이를 하면서 주사위를 던질 때도 "아카시 여승, 아카시 여승" 하고 주문을 외면서 좋은 수가 나오기를 기도하였습니다.

출가한 스자쿠 상황은 불도 수행에 전념하고 있어 궁중에서 벌어지는 일과 정치적인 일에는 전혀 귀를 기울이지 않습니다. 다만 봄가을로 천황이 스자쿠 상황을 만나기 위해 행차를 할 때면 출가 전의 옛일을 떠올리기도 합니다.

다만 온나산노미야의 신상에 대해서만은 아직도 걱정을 떨쳐 버리지 못하니, 역시 겐지를 표면적인 후견인으로 여기고 있으나 폐하께도 내밀하게 배려를 부탁하였습니다.

온나산노미야의 품위가 2품으로 오른 덕분에 덩달아 봉록도 많아졌습니다. 이렇게 온나산노미야의 위세는 날로 성대해졌습니다.

무라사키 부인은 세월이 흐르면서 다른 분들의 위세가 높아지는 가운데, 오래전부터 이런 생각을 갖고 있었습니다.

'나는 지금까지 오로지 겐지 님의 총애에 의지하여 남들에게 기죽지 않고 살아왔지만 나이가 들면 그 총애도 시들 터. 그런 비참한 꼴을 당하기 전에 차라리 출가를 하고 싶구나.'

허나 그렇다 말을 꺼내면 겐지가 똑똑한 체한다고 여길까봐 염려스러워 아직 분명하게 말하지 못하고 있습니다.

폐하까지 온나산노미야에게 각별한 배려를 보이는데 온나산노미야를 소홀히 다루고 있다는 둥의 소문이 행여 폐하의 귀에 들어가면 황망한 일이라, 겐지는 요즘 온나산노미야와 무라사키 부인 곁을 공평하게 드나들고 있습니다. 그것도 당연한 일이라 생각하면서도 무라사키 부인은 역시 이렇게 될 줄 알았노라고 몹시 상심하고 있습니다. 그럼에도 겉으로는 아무렇지 않은 듯 지금까지와 변함없이 지내고 있습니다.

무라사키 부인은 동궁의 바로 아래 여동생인 첫째 황녀를 데리고 와 소중하게 키우고 있습니다. 황녀를 보살피는 데 몰두하여 겐지가 없는 밤의 외로움을 달래려는 것입니다. 무라사키 부인은 동궁의 형제인 아카시 여어의 아이들을 모두 어여삐 여기고 있습니다.

여름 침전의 하나치루사토는 무라사키 부인이 이렇듯 많은 손자들을 보살피는 것이 부러워, 유기리 대납언이 고레미쓰의 딸 도 전시와 정을 통하여 낳은 셋째 딸을 데리고 와 키우고 있습니다. 이 셋째 딸은 몹시 귀여운데다 나이에 비하면 영리하고 성숙하여 겐지도 사랑스럽게 여기고 있습니다. 겐지는 자식이 많지 않은 것을 늘 한탄하였는데, 이렇게 이쪽저쪽에서 손자들이 번성하니, 지금은 오직 그 손자들의 재롱을 낙으로 따분함을 달래고 있습니다.

검은 턱수염 우대신은 전보다 훨씬 자주 육조원을 드나들며 친하게 지내고 있습니다. 지금은 다마카즈라 부인도 나이가 들어 부인으로서의 관록을 보여주니, 겐지가 옛날처럼 연애 감정에 애를 태우는 일은 없는지라 마음놓고 육조원을 찾는 것입니다. 검은 턱수염 우대신은 육조원을 찾을 때마다 무라사키 부인에게도 인사를 빼놓지 않으니, 더없이 화목하게 지내고 있습니다.

온나산노미야만 옛날이나 지금이나 변함없이 철부지로 남아 있습니다.

겐지는 아카시 여어의 일은 모두 폐하께 맡기고, 온나산노미야를 마치 어린 딸이라도 되는 것처럼 염두에 두고 소중하게 보살핍니다.

스자쿠 상황이 온나산노미야에게 편지를 보냈습니다.

요즘은 죽을 때가 된 것인지, 왠지 마음이 허전하고 불안합니다. 속세의 일은 모두 잊어버리려 출가를 하였는데, 다시 한 번 그대를 보고 싶은 마음 간절합니다. 이 미련이 만나지 못한 원한이 되어 혹 왕생에 장애가 될까 염려스럽습니다. 은밀하게 한번 와주세요.

겐지는 편지를 보고 이렇게 말하며 온나산노미야의 방문을 계획하였습니다.

"지당한 말씀이지요. 이런 말씀이 없어도 우리 쪽에서 먼저 찾아 뵈었어야 하는 건데 그랬습니다. 이렇게 기다리시도록 하였으니, 참으로 황공한 일입니다. 허나 딱히 이렇다 할 계기도 명분도 없이 갑작스럽게 찾아가기는 민망하니, 무슨 행사를 준비하는 것이 좋겠습니다."

마침 내년은 스자쿠 상황이 쉰 살이 되는 해입니다. 쉰 살을 축하하는 봄나물을 헌상하고 축하연을 베풀면 어떨까 하고 생각하니, 선물할 승복과 축하연에서 베풀 음식 등 속세의 사람들에게 베푸는 것과는 그 형식이 달라 부인들의 지혜를 빌려가며 이런저런 계획을 짰습니다.

출가하기 전 스자쿠 상황은 음악에 조예가 깊은 사람이었는지라, 무인과 악인도 그 방면의 명수들만을 골라내었습니다.

검은 턱수염 우대신의 자식 둘, 유기리 대납언의 자식은 도전시가 낳은 아이를 포함하여 셋, 아직 어리나 일곱 살이 넘은 아이들은 동전상을 시켰습니다. 그밖에 반딧불 병부경의 자식 등, 모두 황가의 자식들과 공달들을 골랐습니다. 젊은 전상인 중에서도 용모가 빼어나 춤을 추는 모습이 훌륭한 사람들만을 골라, 갖가지 춤을 준비하게 하였습니다.

축하연이 매우 성대한 의식이 될 듯하니, 모두들 열심히 연습에 임하고 있습니다. 음악과 춤은 각 방면의 스승과 명인이라 불리는 사람들이 이리저리 분주하게 움직이며 지도하고 있습니다.

온나산노미야는 오래전부터 칠현금을 배우고 있습니다. 겨우 열네댓 살 어린 나이에 아버지인 스자쿠 상황과 헤어진 탓에, 솜씨가 얼마나 늘었는지 걱정스러워한다는 말이 나돌았는데, 그것이 폐하의 귀에도 들어갔습니다.

"이쪽으로 오게 되면 온나산노미야의 칠현금 소리를 반드시 듣고 싶구나. 아무리 철이 없다 하나, 칠현금 솜씨 정도는 많이 늘었을 터."

"그야, 몰라보도록 능숙해졌겠지. 스자쿠 상황 앞에서 있는 솜씨를 다 부려 연주하는 것을 나 역시 듣고 싶구나."

스자쿠 상황과 폐하의 이런 말을 겐지도 사람을 통하여 들었습니다.

'지난 세월, 틈날 때마다 온나산노미야에게 칠현금을 가르쳤으니 솜씨가 는 것은 분명하지만, 아직 스자쿠 상황께 들려드릴 만큼 맛깔 난 솜씨에 이르지는 못했는데. 아무 준비 없이 뵈었다가, 칠현금 연주를 꼭 듣고 싶다 하시면 큰 낭패를 보겠구나.'

겐지는 이렇게 생각하며 요즘 들어서는 더욱 공을 들여 연습을 시킵니다.

평소에는 듣기 힘든 비곡을 두세 곡, 흥겨운 대곡 등 사계절에 따라 울림을 바꾸고 춥고 더운 날씨에 따라 가락을 조율하는 귀중한 비술을 모두 성의를 다하여 가르칩니다. 온나산노미야는 미덥지 않은 구석도 있었으나, 점차 요령을 터득하면서 기량이 몰라보게 숙달되었습니다.

"낮에는 사람들의 출입이 빈번하여 차분하게 현을 뜯고 누를 수 없으니, 사방이 조용해진 밤에 곡의 진수를 가르쳐야겠습니다."

겐지는 무라사키 부인에게도 사정을 이야기하니, 밤이 되어도 무라사키 부인의 침소에 건너가지 않고 가르칩니다.

아카시 여어나 무라사키 부인은 칠현금을 배우지 않은지라, 여어는 평소에 흔히 들을 수 없는 비곡을 연주할 터이니, 이 기회에 꼭 듣고 싶다고 생각하였습니다. 폐하께서 좀처럼 외출을 허락하지 않는데, 잠시 다녀오겠노라 청하여 육조원을 찾았습니다.

여어는 후사가 이미 둘이나 있는데 또 회임을 하여 오개월에 접어들었으므로, 궁중에 제의가 있는 것을 빌미로 퇴궁한 것입니다.

십이월 십일일 제의가 끝나자 폐하로부터 어서 돌아오라는 전갈이 수시로 날아들었으나, 여어는 어차피 사가에 나와 있는 데다 밤마다 흥겨운 음악회가 열리는 것을 부러워하며 돌아가지 않았습니다.

"어째서 아버님께서는 내게는 칠현금의 비곡을 가르쳐주시지 않았을까."

여어는 이렇게 원망스러운 생각을 하기도 하였습니다.

겐지는 남들은 좋아하지 않는 겨울밤의 달을 좋아하는 등 취향이 유별하니, 정취가 그윽한 겨울밤의 눈빛을 감상하면서 이

계절에 어울리는 곡을 몇 곡이나 연주하였습니다. 곁을 모시고 있는 시녀들도 다소 음악에 조예가 있는 자들에게는 각기 악기를 연주하게 하여 합주를 합니다.

세밑에는 무라사키 부인도 새해 준비로 분망하고, 다른 부인들의 새봄의 의상을 짓는 것도 살펴보아야 합니다.

"새봄이 되면, 화창한 저녁나절에 온나산노미야의 칠현금 소리를 꼭 들려주시지요."

무라사키 부인이 늘 이렇게 말하는 사이에 해가 바뀌었습니다.

스자쿠 상황의 생일을 축하하는 잔치는 우선 천황이 주최하는 성대한 행사가 여러 번 있을 터이니, 겐지는 그런 날들과 겹치면 불편하다 하여 온나산노미야가 주최하는 축하연의 날짜를 뒤로 미루었습니다. 그날을 이월 십며칠로 잡으니, 악인과 무인들이 날마다 육조원에 들어와 연습에 여념이 없습니다.

"무라사키 부인이 늘 그대의 칠현금 소리를 듣고 싶어하니, 쟁과 비파를 그대의 칠현금과 합하여 합주를 하는, 여악을 한번 열어보는 것이 어떻겠습니까. 당대의 내로라하는 명수들도 이 육조원 여인들의 솜씨는 당해내지 못할 겝니다. 나는 음악에 관해서는 딱히 전수받은 것이 없으나, 어렸을 때부터 모르는 것이 있으면 무슨 수를 써서든 배웠습니다. 세상에 내로라하는 스승, 또 유서 깊은 명문가의 명인들에게서 비전을 배웠으나, 그 가운데 실로 음악에 조예가 깊어 도저히 당해내지 못할 위대한 인물은 없었습니다. 내가 젊었던 그 시절에 비해 요즘 젊은이들은 지나치게 멋을 부리고 잘난 척을 하니 도리어 천박해진 듯합니다. 칠현금은 특히 배우는 사람이 전혀 없다 들었습니다. 그대의 소리만큼도 내는 사람이 거의 없다는 말입니다."

겐지가 이렇게 말하니 온나산노미야는 천진난만하게 미소지으며, 겐지가 인정할 만큼 능숙해진 것을 기뻐합니다. 벌써 스물한두 살이 되었으나, 아직도 여자로 충분히 성숙하지 않아 어려만 보입니다. 너무도 가냘파서 건드리면 깨질 듯 약하니, 그저 귀엽기만 한 모습입니다.

"아버님을 오래도록 만나지 못한 채 세월이 흘렀으니, 만나 뵙게 되면 어엿하게 자랐다고 생각하실 수 있도록 어른답게 처신하여야 합니다."

겐지는 이렇게 사소한 것까지 가르칩니다. 시녀들도 이렇듯 아비처럼 일일이 가르쳐주는 후견인이 없었다면 온나산노미야는 언제까지나 어린 티를 벗지 못할 것이라고 생각합니다.

정월 이십일경이 되자 화창한 날씨에 바람까지 따스하게 불어와, 정원에는 매화가 한창 꽃을 피웠습니다. 그밖에 봄꽃들도 봉우리가 터지기 시작하였고, 사방에는 안개가 자욱하게 끼었습니다.

"내달이 되면 축하연 날짜가 임박하여 그 준비로 분주하고 시끄러울 터인데, 그런 때 합주를 하면 사람들이 축하연을 위한 시연이라고 말들이 많겠지요. 하니 이렇게 한가로울 때 합주를 하도록 합시다."

겐지는 이렇게 말하고 무라사키 부인을 온나산노미야의 침전에서 맞았습니다. 시녀들도 듣고 싶어 서로들 가려 하나, 음악에 둔감한 자는 남겨두고 다소 연배라 하더라도 음악에 조예가 있는 자만을 골라 동행하였습니다. 여동은 예쁘고 귀여운 아이 넷을 빨간 윗도리에 하양 빨강의 한삼, 엷은 보라색 속옷을 받쳐 입히고, 진홍색 광택이 나는 돋을무늬 겉바지를 입히니, 그 모습과 행동거지가 곱고 반듯합니다.

아카시 여어 쪽에서도 새해답게 밝고 화사하게 새로 꾸민 방에서, 시녀들이 앞을 다투어 멋을 부리며 옷을 차려입으니 더없이 화려하여 눈이 번쩍 뜨일 듯합니다. 여동에게는 똑같이 파란색 윗도리에 진홍색 한삼, 능직 겉바지, 당의 기라는 직물로 만든 황매색 속옷을 받쳐 입혔습니다.

아카시 부인의 여동들은 너무 요란하지 않게, 둘은 진분홍 윗도리를 나머지 둘은 하양 빨강 윗도리를 입고, 넷 다 청자색 한삼에 속옷은 짙은 보라색과 옅은 보라색을 입었습니다. 홑옷도 광택이 말할 수 없이 고운 것을 입고 있습니다.

온나산노미야 쪽에서도 이런 분들이 모인다는 소식을 듣고 여동의 차림에 각별히 신경을 썼습니다. 초록빛을 띤 파란 윗도리에 하양과 연두색 한삼, 붉은빛을 띤 연보라색 속옷 등, 취향이 각별하다고는 할 수 없어도 품위 있고 장중한 전체적인 느낌은 어느 누구에 비할 바가 없습니다.

　부인들은 차양의 방의 중간 장지문을 떼어내고 휘장만 친 가운데에 겐지의 자리를 마련하였습니다. 오늘은 아이들을 불러 박자를 맞추도록 하였습니다. 검은 턱수염 우대신의 셋째 아들로, 다마카즈라 부인이 낳은 아이들 중에서는 장남인 아이가 생황을, 좌대장이 된 유기리의 장남은 젓대를 불기로 하고 자리에 대기하고 있습니다.

　안쪽에 있는 차양의 방에 방석을 나란히 깔고 앉아 있는 부인들에게는 현악기를 각각 건네었습니다. 겐지는 감색 주머니에 담겨 있는 비장의 악기류를 꺼내 아카시 부인에게는 비파를, 무사라키 부인에게는 육현금을, 아카시 여어에게는 쟁을 건네었습니다. 온나산노미야는 이렇듯 유서 깊은 명기를 다루기에는 아직 서투른지라, 연습할 때 쓰는 칠현금을 조율한 후에 건네었습니다.

　"쟁은 현이 느슨해지지는 않지만, 이렇게 다른 악기와 합주를 할 때에는 가락에 따라 기러기발의 위치를 바꿔야 합니다. 미리 그 점에 주의하여 조율을 해두어야 하는데, 여자 힘으로는 줄을 단단히 당기기가 힘들겠지요. 역시 유기리 대납언을 부르는 것이 좋겠습니다. 그런데 이 아이들은 아직 너무 어려, 박자를 잘 맞춰낼 수 있을지 미덥지 않군요."

　겐지는 웃으며 이렇게 말하고는 유기리 대납언을 불렀습니다.

부인들은 어색하여 긴장하고 있습니다.

아카시 부인을 제외하면 모두 버리기 아까운 자신의 소중한 제자들인지라 겐지는 각각에게 주의를 기울이면서 유기리 대납언이 듣더라도 흉이 되지 않도록 합니다.

아카시 여어는 천황 앞에서 연주를 할 때에도 늘 다른 악기와 합주를 하였기에 안심이 되는데, 무라사키 부인의 육현금은 가락에 변화를 줄 수 없는데다 일정한 연주 방식이 없는 터라 오히려 여자가 연주하기에는 벅찹니다. 봄에는 현악기의 음색을 고르게 맞추어 합주하는 것이 예사인 터라, 육현금의 가락이 흩어지면 어쩌나 하고 겐지는 염려합니다.

유기리 대납언은 몹시 긴장하여 굳은 표정을 하고 있습니다. 천황 앞에서 엄숙하게 정식으로 시연을 할 때보다 오늘은 긴장이 더하니, 말쑥한 평상복에 향이 밴 옷을 겹쳐 입고, 소맷자락에는 향을 더욱 짙게 배게 하여 빈틈 없이 차리느라 해가 완전히 기울고 말았습니다.

고즈넉한 저물녘 하늘 아래 작년에 내린 눈이 아직도 남아 있나 싶을 정도로 가지가지마다 새하얀 매화가 소담스럽게 피어 있습니다.

한들한들 부는 바람에 발 너머로 흘러나오는 뭐라 말없이 그윽한 향이 매화향과 어우러져, 옛 노래에도 있듯이 꽃향기가 '꾀꼬리를 꼬이듯' 하니, 침전 주위에는 향그런 향내가 가득합니다.

겐지가 발 아래로 쟁을 살며시 내밀며 말하였습니다.

"무례한 부탁이나, 이 쟁의 현을 잡아당겨 조율을 좀 하여주세요. 이곳으로 그대가 아닌 사람을 쉬이 불러들일 수는 없는 일이라."

삼가 쟁을 받아드는 유기리 대납언의 태도는 조심스럽고 늠름합니다. 일월조의 음으로 기러기 발을 조정하고는 바로 퉁겨보지 않고 기다립니다.

"시험 삼아 한 곡 연주해보는 것이 어떠할지."

겐지가 말하자 유기리 대납언은 겸손하게 이렇게 대답하였습니다.

"오늘처럼 대단한 분들이 모인 자리에 끼어들 만한 솜씨는 아니온지라."

"그야 그렇지만, 여악의 상대도 못하여 도망을 갔다 소문이라도 나면, 그것이 더욱 난감한 일 아니겠습니까."

겐지는 이렇게 말하며 웃습니다. 유기리 대납언은 조율을 끝낸 후에 흥을 돋우는 정도로 살짝 현을 퉁기고는 쟁을 발 안으로 밀어 넣었습니다. 어린아이들이 귀여운 차림으로 불어대는 피리 소리가 아직 울림이 약하기는 하나 앞으로 숙달되리라 기대가 되니, 흥겹게 귀를 기울입니다.

모두 악기를 조율하고 나자 드디어 합주가 시작되었습니다. 누가 덜하다 못하다 우열을 가릴 수 없는 가운데, 아카시 부인은 명수 못지않은 솜씨로 엄숙하고 고풍스럽게 비파를 놀리니, 맑은 음색이 영롱하게 울려 퍼집니다. 유기리 대납언은 특히 무

라사키 부인의 육현금 소리에 귀를 쫑긋하고 있는데, 손톱으로
뜯는 부드럽고 정겹고 애교 있는 소리와 현을 긁는 소리가 가슴
이 서늘해지도록 신선한데다, 요즘 평판이 자자한 명수들이 거
들먹거리며 거창하게 퉁겨대는 곡이나 선율에 전혀 뒤지지 않
게 화려하니, 육현금을 이렇게 연주할 수도 있구나 싶어 감탄을
금치 못합니다. 음색에 맹연습을 한 보람이 드러나니, 겐지는
안도하며 참으로 이 세상에 둘도 없이 훌륭한 분이라고 생각합
니다.

아카시 여어의 쟁 소리는 다른 악기들 사이사이에서 새어나
오듯 은은하게 들리니, 그 또한 멋스럽고 귀엽고 우아하게 들립
니다.

온나산노미야는 아직은 미숙하나 열심히 연습을 하는 도중이
라 그 소리가 위태롭지 않고, 다른 악기와도 잘 어울려 상당히
숙달된 느낌을 주었습니다.

합주 소리에 맞추어 유기리 대납언이 박자를 치며 창가를 부
릅니다. 겐지도 간혹 부채를 치면서 흥을 돋우고 함께 노래하는
데 그 소리가 이전보다 한결 정취가 있고, 목소리가 다소 굵어
진 탓인가 묵직한 느낌이 더해진 듯 들립니다. 유기리 대장도
목소리가 좋은 분이라, 깊어가는 밤의 정적 속에서 친근함이 감
도는 멋들어진 음악의 향연이 펼쳐졌습니다.

달이 늦게 뜨는 계절이라, 여기저기 등을 매달아 적당한 밝기

로 불을 밝혔습니다.

겐지가 온나산노미야가 있는 곳을 들여다보니, 다른 부인들보다 한결 작고 귀여운 몸매가 마치 옷만이 그곳에 놓여 있는 듯한 느낌이었습니다. 화사한 매력은 다른 분들보다 못하나 품위가 절로 흐르고 아름다우니, 이월 이십일경 싹이 튼 버드나무가지가 늘어진 듯한 풍정인데, 꾀꼬리가 날며 일으키는 바람에도 흔들릴 듯 연약한 가지처럼 보입니다. 하양 빨강 평상복에 좌우 어깨 너머로 흘러넘치는 머리카락 역시 휘어진 버드나무가지처럼 보입니다.

겐지는 저런 모습이야말로 더없이 고귀한 분의 모습일 것이라고 생각합니다.

아카시 여어도 우아하고 아름다운 모습이나 요염함이 더하고, 몸짓과 기척에서 그윽한 풍정이 풍깁니다. 초여름 흐드러지게 핀 등꽃이 아름다움을 다툴 꽃이 주위에 없는 가운데 홀로 아침 햇살을 받고 있는 듯한 느낌입니다. 허나 회임을 한 탓에 몸은 불편하고 기분도 썩 좋지 않아, 악기를 저만치 밀어놓고 사방침에 기대어 있습니다. 자그마한 몸을 맥없이 사방침에 기대고 있는데, 사방침이 몸집에 비해 커 억지로 몸을 펴고 있는 듯이 보입니다. 특별히 크기가 작은 사방침을 만들어 드리고 싶을 정도로 가련하고 안쓰러운 모습을 하고 있으나, 자홍색 겹옷 위로 늘어진 머리칼은 아름답고, 불빛에 어른거리는 그림자가 이 세상에 둘도 없이 귀여운 분이라 여겨집니다.

무라사키 부인은 옅은 홍색 평상복에 짙은 보라색으로 물들인 소례복을 입고 있는데 탐스러운 머릿결이 옷자락 끝까지 늘어져 있고, 몸집도 적당하고 용모며 자태가 더할 나위 없으니, 사방으로 그 향기가 번질 듯한 아름다움입니다. 꽃에 비유한다면 만발한 벚꽃이라 할 수 있을까요, 아니 벚꽃보다 더 빼어나고 훌륭하니 비유할 말이 없습니다.

이런 분들 가운데서 아카시 부인은 기가 죽어 보일 듯하나, 실은 전혀 그렇지 않으니 매무새가 단정하고 세련되어 품위가 느껴지고, 그 속내를 알고 싶어지는 풍정을 띠고 있으니 고아하고 화사하게 보입니다. 연두색 평상복에 비슷한 색깔의 소례복을 입고 얇고 가벼운 겉치마를 살짝 걸친 모습으로 같이 자리한 다른 분들에게 못 미치는 듯하고 있으나, 여어의 생모라 생각하는 탓인가 그 자태며 마음씨가 그윽하고 범접하기 어려운 위엄이 느껴집니다.

삼가 조심스럽게 마루 끝자리에 파란색 고려 비단으로 테두리를 두른 방석을 놓고 앉아 비파를 가볍게 살며시 퉁기기 시작합니다. 유연하게 주를 다루는 손놀림에, 악기 소리를 듣기도 전에 뭐라 비유할 수 없는 우아함과 부드러움이 느껴지니, 오월을 기다리는 감귤꽃의 꽃과 열매가 달린 가지를 꺾어온 것처럼 청초한 향기가 풍기는 듯합니다.

모두 삼가 조심스럽고 단정하게 앉아 있는 기척이 느껴지니 유기리 대납언은 자신도 어떻게든 발 안을 들여다보고 싶어집니다. 태풍이 몰아치던 날 저녁 얼핏 보았던 무라사키 부인이 그동안 얼마나 더 아름다워졌을까 궁금하여 마음이 술렁대니 차분하게 앉아 있지를 못합니다. 온나산노미야만 해도 만약 전생의 인연이 깊었다면 결혼하여 함께 살았을 터인데, 하고 지난 시절 자신의 우유부단함이 후회스럽습니다.

'스자쿠 상황께서 때로 그런 바람을 넌지시 내게 비치며 의향을 떠보셨었는데. 또한 사람들에게도 그렇게 말씀하였다 하였던 것을.'

유기리 대납언은 새삼스럽게 지난 일을 후회합니다. 허나 온나산노미야가 다소 빈틈이 보이고 경솔하게 여겨져, 무시하는 정도는 아니나 마음이 동하지 않았던 것입니다. 무라사키 부인만을 도저히 손이 닿지 않는 먼 분이라 동경하며 오랜 세월을 보냈는데, 이 흑심 없는 한결같은 호의만이라도 알아주었으면 하고 바라니, 그 점이 아쉽고 한심할 따름입니다.

허나 유기리 대납언은 도리에 어긋나는 허황된 생각은 전혀 품고 있지 않으니, 자신의 감정을 마음속 깊이 가두고 냉정하게 처신하고 있습니다.

밤이 깊어지면서 사방이 서늘해졌습니다.

늦게야 달이 얼굴을 내미니 겐지는 이렇게 말합니다.

"달빛이 무척이나 어슴푸레하구나. 가을에는 음악 소리에 풀벌레 소리까지 섞여 들리니 말할 수 없는 정취가 있고, 악기 소리에도 깊이가 더한 듯 느껴지거늘."

겐지의 말에 유기리 대납언은 이렇게 답합니다.

"가을 밤, 구름 한 점 없는 하늘에 달빛이 비치면 모든 것이 투명하게 보이니, 금과 피리 소리마저 맑고 영롱하게 들리는 것이지요. 허나 만들어놓은 듯한 경치나 가을 풀에 내린 이슬에 눈길이 쏠리고 마음이 흩어지니, 가을의 좋은 점에는 한계가 있습니다. 자욱한 봄 안개 사이로 비치는 어스름한 달빛 아래 고즈넉한 피리 소리가 울리는 정취에는 가을이 미치지 못하지요. 피리 소리도 가을에는 맑게 멀리 퍼지지 않습니다. '옛사람들이 여인들은 봄을 좋아한다 하였는데', 참으로 옳은 말이라 생각됩니다. 봄날의 저녁나절에야말로 음악 소리가 조화를 이루지요."

"그야 물론, '봄과 가을에는 우열이 있을 터이지'요. 허나 옛사람들도 정하지 못한 일을 말세에 사는 우리들이 어찌 분명한 결론을 내릴 수 있겠습니까. 다만 가락이나 곡에 관해서는, 가을의 율조를 봄의 여조만 못하니, 그것은 그대가 말한 이유에서이겠지요.

어떤가요. 요즘 명인이라 평판이 자자한 모모가 폐하 전에서 종종 연주를 할 터이나, 정말 명인이라 할 수 있는 사람의 수가 적어진 듯합니다. 자신은 그들보다 뛰어나다고 자부하는 명인 역시 실은 대단한 실력은 갖추지 못한 것이 아닐까요. 오늘 밤이 대수롭지 않은 부인들 사이에 섞여서 연주를 한다 해도 각별히 뛰어나다는 생각은 들지 않습니다그려. 오래도록 이렇게 집에만 틀어박혀 있으니, 유감스럽게도 귀가 둔해진 것인지도 모르겠으나. 어찌 된 셈인지 이 육조원은 학문이든 사소한 예능이든, 같은 것을 배워도 다른 곳보다 배운 보람이 더하여 훌륭하게 보입니다. 폐하 전에서 관현놀이를 하기 위해 일류라 뽑힌 명수들과 이 육조원의 부인들을 겨루어보게 하고 싶을 정도입니다."

"저 역시 그런 말씀을 드리고 싶었으나, 아무것도 모르는 자가 주제넘는 소리를 하는 것은 아닌가 하여 삼가고 있었습니다. 먼 옛날 명수들의 소리를 들어 비교할 수 없으나, 요즘 세간에서 가시와기 위문독의 육현금이나 병부경의 비파는 더없이 훌륭한 솜씨라고 칭찬들을 합니다. 과연 두 분 모두 겨룰 자가 없는 명수이나, 오늘 저녁 이 음악회의 연주는 실로 훌륭하여 경탄할 정도입니다. 공식적인 행사가 아니고 그저 놀이 삼아 여는 음악회라고 방심하여 허를 찔리고 깜짝 놀란 탓이겠지요. 창가를 부르기도 쉽지 않았습니다. 육현금은 이런 경우에도 전 태정대신만이 자유자재로 그 자리에 어울리는 연주를 하였는데, 정말 최고의 솜씨였지요. 전 태정대신을 제외하면 일반 사람들은 쉬이 숙달하기 어려운 악기인데, 무라사키 님의 솜씨는 정말 훌륭하십니다."

유기리 대납언은 이렇게 무라사키 부인의 육현금 솜씨를 칭찬합니다.

"무에 그리 대단한 솜씨라고, 과찬을 하는군요."

겐지는 말은 그렇게 말하면서도 득의양양하여 싱글거렸습니다.

"과연 칭찬을 들을 만한 제자들입니다. 특히 비파는 내가 뭐라 흠잡을 데가 없는 솜씨인데, 역시 나의 영향이 있는지 어딘가 모르게 조금 느낌이 다릅니다. 아카시처럼 뜻하지 않은 고장에서 처음 들었을 때도, 보기 드문 훌륭한 음색이라고 감탄하였는데 그 무렵보다는 한층 더 능숙해졌으니까요."

겐지가 이렇듯 무엇이든 자신의 공로인 듯 자랑을 하니, 시녀들은 서로를 툭툭 치며 웃음을 참지 못합니다.

"어떤 예능이든 그 길에 들어서 연습을 하려고 들면 해도 해도 끝이 없는 깊이를 알게 되니, 스스로 만족할 수 있을 만큼 습득하기는 쉽지 않은 일이지요. 허나 요즘 세상에 그리 깊은 재능에 도달한 사람은 흔치 않은 듯합니다. 어느 정도 연습을 하고 난 뒤에는 만족을 하여도 상관이 없지만, 칠현금은 다소 성질이 다르니 엄두를 내기가 어렵지요. 옛 주법대로 정식으로 배워 그 정수를 습득한 옛사람은, '칠현금의 음색으로 천지를 마음대로 주무르고, 귀신의 마음까지 어루만졌다 합니다.' 다른 모든 악기가 칠현금의 소리를 따라 깊은 슬픔에 젖어 있는 사람은 행복하게 하고, 천하고 빈곤한 자들은 고귀한 신분으로 변하게 하여 재물의 영화를 누리고 세상의 인정을 받게 하는 예가 많았습니다. 우리나라에 칠현금의 주법에 전래된 초창기에 그 주법을 터득하고자 한 사람은 오랜 세월 낯선 외국에 나가 방랑하며 신명을 다하여 연주법을 습득하기 위해 온갖 고생을 다한 듯합니다. 그렇게까지 하였지만 높은 경지에 오르기는 쉽지 않은 일이었지요. 그럼에도 칠현금의 절묘한 음색이 하늘의 달과 별과 비구름을 움직이고, 때 아닌 서리와 눈을 내리게 하고, 천둥을 울리게 한 예가 옛날에는 있었습니다. 이렇듯 최고의 악기인데, 이 말세에는 그 기법을 완전히 습득한 사람이 드무니, 어디에 그 옛날의 비법의 편린이나마 전해지고 있는지 알 수 없는 지경입니다. 허나 역시 귀신도 넋을 잃고 귀 기울인다는 칠현금이라 하여, 어중간히 연습을 해서는 오히려 화를 자초한다는 불미한 구실이 붙어 허술한 대접을 받았으니, 오늘날에는 거의 그 비법을 배우고 전하는 사람이 없다 합니다. 참으로 안타까운 일이지요. 칠현금의 소리가 없다면 무엇을 기준으로 악기의 음률을 맞추겠습니까. 모든 것이 너무도 빨리 쇠퇴하는 이 말세에, 예도에 뜻을 두고 부모와 처자식을 버리고 홀로 고국을 떠나 외지를 방랑한다면 세상은 그를 외면하겠지요. 그렇게까지는 못하더라도, 역시 칠현금의 주법이 어떤 것인지 그 일부라도 알고 싶습니다. 한 가지 주법을 완전히 터득하는 것도 쉽지 않은 일이라고 하는데, 하물며 그 많은 선율과 난곡을 어찌 다 연습하겠습니까. 내가 젊은 시절 열심히 연습에 임했을 때는, 우리나라에 전해지는 모든 악보란 악보를 참고하며 연구를 하였습니다. 끝내는 배울 만한 스승도 없어, 내가 좋아 스스로 터득하기는 하였으나 역시 옛 명인의 경지에는 도저히 이를 수 없었습니다. 더구나 그 재주를 전수할 만한 자손이 없으니, 너무도 아쉽습니다."

겐지가 이렇게 말하니, 유기리 대납언은 자신의 부족함이 몹시 유감스러웠습니다.

"아카시 여어의 황자들 가운데 내가 바라는 대로 성장하는 분이 있고 내가 그때까지 장수를 한다면, 그때에야말로 나의 대수롭지 않은 재주나마 전부 전수를 해야지요. 둘째는 벌써부터 음악에 재능이 있는 듯 보이는데."

아카시 부인은 겐지의 이런 말에 명예로운 일이라며 눈물을 머금습니다.

아카시 여어는 쟁을 무라사키 부인에게 물리고 물건에 기대어 비스듬히 몸을 뉘었습니다. 겐지는 육현금을 잡아당기니 한결 화기애애한 음악놀이가 시작되었습니다.

사이바라의 「가즈라키」를 화려하게 합주하자 흥이 절로 납니다.

후렴구를 노래하는 겐지의 목소리는 무엇에다 비유할 수 없을 정도로 매력적입니다.

달이 점차 높이 떠오르니 꽃향기까지 한결 피어올라, 한없이 그윽한 봄날의 밤입니다.

아카시 여어가 쟁을 뜯는 소리는 가련하고 부드러워, 아카시 부인의 연주와 어우러져 현을 누르고 흔드는 유의 음색은 깊고 투명하게 들리는데, 교대한 무라사키 부인의 손놀림은 그 취향이 달라 여유롭고 멋이 있으니, 듣는 사람들은 감흥을 이기지 못하여 마음이 술렁일 정도로 매력이 있습니다. 차분하게 퉁기는 기법과 빠르게 퉁기는 기법이 섞인 윤은 물론, 모든 것이 재기에 넘치는 음색입니다.

곡이 여에서 율로 바뀌자 다른 악기도 조를 바꾸어 율조로 소품을 연주하는데, 그 또한 부드럽고 현대적인 세련된 감각을 보입니다. 칠현금에는 다섯 개의 조가 있고 수많은 주법이 있는데, 그 가운데 반드시 주의하여야 하는 다섯째 여섯째 현에 충분한 주의를 기울이며 퉁기니 절로 좋은 소리가 납니다. 봄가을 어느 계절의 곡에도 어울리는 조를 자유롭게 변화시키며 조화롭게 연주를 합니다. 겐지는 자신이 가르쳐준 그대로 실로 정확하게 습득하여 연주하는 것이 매우 가상하니, 체면을 세웠다고 만족해합니다.

또한 피리 부는 아이들이 실로 귀여운 소리를 내며 열심히 연주하니 너무도 사랑스러워 이렇게 말합니다.

"몹시 잠이 올 터인데. 오늘 밤의 음악놀이는 짧게 끝내려 하였는데, 도중에 그만두기가 아쉬울 정도로 음악 소리가 훌륭한데다 모든 악기가 우열을 가리기 어려운 소리를 내니, 둔한 귀로 가리지 못하여 우물쭈물하는 동안 밤이 깊고 말았구나. 염치없는 짓을 하고 말았어."

생황을 부는 다마카즈라 부인의 장남에게 술잔을 내밀고, 자신의 옷을 벗어주었습니다. 젓대를 부는 유기리 대납언의 장남에게는 무라사키 부인이 평상복과 바지를 주며 요란스럽지 않을 정도로 성의 표시만 하였습니다.

유기리 대납언에게는 온나산노미야가 술잔을 권하고, 온나산노미야 자신의 옷 한 벌을 내렸습니다.

그런 광경을 본 겐지는 이렇게 말하였습니다.

"이것 참 이상하군요. 스승이 먼저 상을 받아야 하는데, 나는 뒷전으로 하다니 섭섭합니다."

온나산노미야가 휘장 밑으로 피리를 올렸습니다. 겐지는 웃으면서 그것을 받아들었습니다. 실로 멋들어진 고려 피리였습니다. 다들 일어서서 돌아가려던 참이었는데, 겐지가 피리를 입에 대고 슬쩍 불자 유기리 대납언이 멈춰 서서 아들이 들고 있던 젓대를 흥겹게 불어대니, 말할 수 없이 아름답게 들렸습니다. 손수 가르친 제자들이 전수받은 대로 더없이 훌륭한 솜씨를 보이니, 겐지는 자신의 음악적 재능은 세상에 그 유례가 드문 것이라고 절감하였습니다.

유기리 대납언은 아들을 수레에 태우고 환한 달빛을 받으며 돌아갔습니다.

가는 길, 평소와는 달랐던 무라사키 부인의 그 멋들어진 쟁소리가 귀에서 떠나지 않아 그리운 마음이 더하였습니다. 구모이노카리 부인에게는 할머니가 쟁을 가르쳤으나, 많이 배우지도 못하였는데 돌아가시는 바람에 숙달하지 못한 것입니다. 그 탓인가 유기리 대납언 앞에서는 매우 부끄러워하며 현을 퉁기지도 않습니다. 만사에 순순하고 차분한데다, 잇달아 낳은 아이들을 돌보느라 틈이 없으니, 정취 있는 풍정은 즐기지 못하는 듯합니다. 허나 토라지기를 잘하고 질투도 곧잘 하니 애교 있고 귀여운 성품입니다.

겐지는 그 밤, 동쪽 별채에 들었습니다. 무라사키 부인은 온나산노미야의 침전에서 묵으며 담소하다가 새벽녘에 동쪽 별채로 돌아갔습니다. 그리고 그날은 한낮이 되도록 두 분이 동쪽 별채에서 쉬었습니다.

"온나산노미야의 칠현금 솜씨가 무척이나 숙달되었습니다. 어떠했나요, 소리가."

"처음 저쪽에서 얼핏 들었을 때는 다소 위태로웠는데, 지금은 정말 많이 숙달되었더군요. 그야 당연한 일이지요. 당신이 그렇듯 열심히 가르치셨으니까요."

"암, 그렇지요. 날마다 손수 가르치고 있으니, 듬직한 스승이지요. 칠현금은 어렵고 복잡하여 연습에 시간이 많이 걸리니 다른 사람에게는 가르치지 못하였는데, 스자쿠 상황이나 폐하 역시, '온나산노미야에게 칠현금만큼은 가르치고 있을 터이지'란 말씀을 하였다는 소리가 들렸는지라, 그 정도도 하지 않으면 온나산노미야를 맡아 뒤를 돌보게 된 보람조차 없겠다 싶어 마음먹고 가르친 겝니다. 옛날 아직 어린 그대를 애지중지 돌보았을 때는 내게 틈이 없어 차분하게 가르쳐드릴 여유가 없었지요. 요즘에도 이렇다 할 일은 없으면서 바쁘게 날만 흘러 그대의 육현금 소리를 들어드리지 못하였는데, 어제의 그 훌륭한 솜씨에 내가 다 우쭐하였습니다. 유기리 대장의 놀라고 감동하는 모습 역시 예상한 바였지요. 참으로 기뻤소이다."

무라사키 부인은 이렇게 음악적 재능도 뛰어난데, 지금은 성숙한 여인답게 자청하여 손자들을 열심히 보살피니, 사람들이 비난할 만한 빈틈이나 결점이 없는 완벽한 사람이었습니다.

허나 이렇게 모든 것을 갖춘 보기 드문 성품의 사람은 오래 살지 못하는 예가 많으니, 겐지는 그런 불길한 생각까지 하고 맙니다. 지금까지 많은 여인들의 삶을 보아온 만큼, 이렇게 모든 것을 갖춰 모자람이 없는 분은 정말 둘도 없을 것이라고 생각합니다.

무라사키 부인은 올해로 서른일곱 살이 되었습니다. 지금까지 함께 살아온 세월 동안 실로 많은 일이 있었으니, 하나 둘 떠오르는 옛일이 그립습니다.

"올해는 액년에 해당하니 필요한 법회에도 예년보다 각별한 신경을 쓰도록 하시구려. 나는 일 년 내내 분주하여 미처 생각이 미치지 못하는 것도 있을 터이니, 이것저것 생각해서 만전을 기하세요. 대대적인 법회를 열 계획이면 내게 맡기도록 하세요. 이런 때 북산의 승도가 돌아가시고 안 계시는 것이 정말 아쉽소이다. 기도를 부탁하기에 실로 믿음직스러운 분이었는데.

나는 어려서부터 남다른 운명이었기에 특별한 대우를 받으며 궁중에서 자란데다 세상의 성망과 부귀영화를 다 누렸으니, 그런 예가 과거에 없을 정도였소이다. 허나 반대로 슬프고 비참한 처지에 놓였던 적도 있으니, 그 점에서도 나를 능가할 자가 없을 게요. 나를 사랑해주셨던 분들은 잇달아 돌아가셨고, 살아남아 이렇게 만년이 되어서는 본의 아니게 슬픈 일만 많고, 생각만 해도 당치도 않고 도리에 어긋나는 일 때문에도 늘 번뇌가 끊이지 않고 채워지지 않는 마음으로 지내왔소이다. 그 덕분에 이렇게 오래 살고 있는 것이라 생각되기는 하나, 그대는 그때를 제외하고는 이별의 아픔 때문에 괴로워하고 고통스러웠던 일이 없었지요. 허나 황후라 하여도 그렇고, 하물며 그 아래 지위에 있는 사람은 아무리 신분이 높아도 마음이 편치 않은 고통스러운 일이 있기 마련이외다. 폐하를 모시는 여인이라 한들 마음고생은 면할 수 없지요. 폐하의 총애를 다퉈야 하니 한시도 마음이 편할 날이 없을 겝니다. 그 점, 다른 여인들이 넘보지 못할 행운을 타고 났다는 것을 그대는 알고 있는지요. 온나산노미야를 아내로 맞은 것을 그대는 뜻하지 않은 일이라 괴로워하겠으나, 그 때문에 나의 사랑이 더욱 깊어진 것을 그대만 모르고 있는지도 모르겠구려. 허나 그대는 도리를 잘 분별하고 있으니, 모든 것을 다 헤아려줄 것이라 안심하고 있습니다그려."

"당신이 말씀하신 대로, 남들은 변변치 못한 제게는 분에 넘치는 행복이라고 여길 터이나 제 마음은 참을 수 없는 슬픔으로 가득합니다. 그 슬픔이야말로 신불에 대한 기도처럼 저를 연명

시켜온 것이 아닐까 합니다."

무라사키 부인은 이렇게 말하고도 하고 싶은 말이 더 남아 있는 듯한 표정을 지으니, 그 모습이 겐지가 주눅이 들 정도로 우아하고 아름답습니다.

"저 역시 살 날이 오래지 않을 듯한 기분이 드니, 액년인 올해를 이렇게 아무 생각 없이 지내기가 불안하여서 견딜 수가 없습니다. 전에도 말씀드렸지만, 아무쪼록 출가할 수 있도록 허락하여주세요."

"그것은 아니 될 일이지요. 그대가 출가를 한 후에 나 홀로 남으면 사는 보람이 무에 있겠소. 나는 이렇게 별 탈 없이 평온하게 흐르는 세월 속에서, 그대와 아무런 격의 없이 화목하게 함께 사는 것이 무엇보다 큰 낙이거늘. 그대를 사랑하는 내 깊은 마음을 끝까지 헤아려주시구려."

이렇게 겐지는 무라사키 부인의 바람에 늘 똑같은 대답만 하니, 부인은 괴로워서 눈물을 머금습니다. 겐지는 그 모습이 오히려 사랑스러워 이런저런 말로 기분을 풀어주고 위로합니다.

"그리 많이 여인들과 사귀어본 것은 아니나, 여인마다 각기 장점이 있고 버리기 힘든 성품이 있다는 것을 차차 알게 되고 보니, 심성이 곱고 착하고 온화한 사람은 그리 흔치 않다는 것도 알게 되었소.

유기리 대납언의 친모와는 어렸을 때 결혼한데다 고귀한 신분이었기에 소중하게 여겨야 한다는 생각은 있었지만, 늘 부부 사이가 원만하지 않아 어색하였고, 서로 마음을 열지 못한 채 끝나버리고 말았소이다. 지금 생각하면 정말 안타깝고 후회스럽구려. 허나 그 모든 것이 내 잘못만은 아니었다는 생각을 합니다. 늘 반듯하고 신중하고, 딱히 이렇다 하게 불만스러운 결점이 있었던 것은 아니었소. 허나 너무 꼼꼼해서 마음이 편하지 않았지요. 너무 총명했다고 해야 할까요. 아내로서는 신뢰하고 있었지만, 함께 살기에는 답답하고 피곤한 인품이었지요. 중궁의 친모인 육조 미야스도코로야말로 남달리 애정이 깊고 우아한 성품이었으니, 그런 면에서는 가장 먼저 떠오르는 사람이외다. 다만 다소 까다로워서 만나도 마음이 푸근하지 않아 힘들었어요. 그러니 그 사람이 나를 원망하는 것은 당연한 일이었지요. 허나 어쩔 수 없었소이다. 그렇게 나를 줄곧 원망하였으니, 나 또한 얼마나 고통스러웠겠습니까. 서로가 느긋하게 마음을 허락하고 밤낮으로 화목하게 지내고 싶었지만, 다소 긴장이 풀어지면 깔보지는 않을까 하여 방심할 수 없었으니, 체면만 차리고 있다가 그대로 소원해지고 말았구려. 나와의 일로 얼토당토아니한 허황된 소문이 퍼져 명예와 신분을 더럽히고 그 일로 몹시 힘들어하였으니, 그 또한 안된 일이었소이다. 그 인품으로 보아서 내 쪽에 죄가 있다고 여기고 있었는데, 그 상태로 끝내 헤어지고 말았지요. 그 죄의 대가를 치르기 위해 나는 전생의 업이라 여기면서 세상의 비난이나 사람들의 원망을 아랑곳하지 않고 중궁을 보살폈던 것입니다. 그러니 미야스도코로도 저세상에서 그런 나를 보며 생각을 달리하겠지요. 옛날이나 지금이나 나의 이 충동적인 연애 감정 때문에 상대를 애처롭게 만든 일이 많으니, 나로서는 후회가 될 뿐이오."

겐지는 이렇게 지금까지 관계한 분들의 신상에 대하여 조금씩 얘기를 풀어놓았습니다.

"지금 여어를 보살피고 있는 아카시 부인은 처음에는 그리 대단한 신분이 아니라 가볍게 여기고 편하게 대하였지요. 지금은 그 마음의 깊이를 헤아릴 수 없으니 참으로 신중하고 바른 사람이라고 생각됩니다. 겉으로는 온순하고 얌전하게 보이나, 쉬이 허락하지 않는 굳은 마음을 숨기고 있으니, 왠지 마음이 쓰이는 사람이에요."

"다른 분들은 만나 뵌 적이 없어 알 수 없으나, 아카시 부인은 오가며 마주치는 일이 있어 보곤 하는데 가까이하기가 어렵고 정말 행실이 바른 사람이라는 것을 잘 알 수 있었습니다. 저의 열린 태도를 그분이 어찌 여길까 부끄러우나, 아카시 여어는 제 마음을 헤아리고 너그럽게 봐주실 것이라 생각합니다."

무라사키 부인은 아카시 부인에 대해서 이렇게 말합니다.

옛날에는 그토록 미워하고 싫어하였는데, 지금은 이렇게 관대하게 용서하고 스스럼없이 만나면서 아카시 부인을 위해 진정을 보이니, 겐지는 무라사키 부인의 마음씨가 참으로 가상하다고 생각합니다.

"당신이야말로 마음속은 편치 않으면서도 상대와 일의 성질에 따라서 두 마음을 달리 사용하고 있지요. 내가 보아온 여인이 한두 분이 아닌데 당신 같은 사람은 없었습니다그려. 다만 기분이 언짢으면 금방 얼굴에 드러나는 게 탈이지요."

겐지는 웃으며 이렇게 말하고는 칠현금을 훌륭하게 연주한 온나산노미야에게 치하의 말을 해야겠노라며 저녁나절 침전 쪽으로 건너갔습니다.

온나산노미야는 자신에게 신경을 쓰는 사람이 있다는 것은 꿈에도 모르는 채 그저 천진난만하게 칠현금 연습에만 몰두하고 있습니다.

"오늘은 나도 좀 쉬어야겠습니다. 그대도 그만 쉬세요. 스승을 만족시킬 수 있어야 비로소 제자인 것이지요. 지난날 고생을 한 보람이 있어 이제는 안심할 수 있을 정도로 숙달되었으니."

겐지는 이렇게 말하고 칠현금을 밀어내고는 온나산노미야와 함께 침소에 들었습니다.

무라사키 부인은 겐지가 없는 밤에는 늘 그렇듯, 늦게까지 잠자리에 들지 않고 시녀들을 시켜 이야기책을 읽으라 하고 듣습니다.

'세상에 흔히 있는 예를 이렇게 모아놓은 옛이야기 책에도 바람기가 많은 남자, 여자라 하면 그저 좋아하는 남자, 양다리를 걸치는 남자들과 관계한 여자 등, 그 예가 무수하나 결국은 가장 믿음직스러운 남자에게 몸을 의지하게 되는 법인데, 나는 어쩌다 보니 기댈 곳 없는 부초처럼 살아왔구나. 겐지 님의 말대로 남들보다 큰 행운을 얻은 것은 맞으나, 다른 여자라면 도저히 견디기 어려운, 풀리지 않는 고뇌에 시달리며 생애를 끝내게 되는 것인가. 아, 한심하고 어이가 없구나.'

무라사키 부인은 이렇게 괴로워하다가 밤이 깊어서야 잠자리에 누웠습니다. 그런데 새벽녘에 가슴이 아프다며 고통스러워하였습니다.

시녀들이 보살폈으나, 끝내 감당하지 못하여 겐지에게 알려야겠다고 하자 무라사키 부인은 절대 그래서는 안 된다고 만류하였습니다.

부인은 견딜 수 없는 아픔을 참으면서 아침을 맞았습니다. 몸은 불덩이처럼 뜨겁기도 하고 상태가 영 좋지 않은데 겐지는 좀처럼 돌아오지 않으니, 뭐라 알릴 수도 없었습니다.

아카시 여어로부터 전갈이 왔기에, 시녀가 매우 고통스러워하고 있다고 답하였습니다.

여어가 놀라 자신의 처소에서 겐지에게로 전갈을 넣었습니다. 겐지는 가슴이 무너지는 듯한 심정으로 달려왔습니다. 무라사키 부인은 몹시 괴로운 듯 보였습니다.

"기분이 좀 어떻습니까."

몸을 만져보니 열이 심하여, 올해가 액년이니 조심하라 일렀던 생각이 나면서 두려움이 밀려왔습니다. 아침으로 죽을 올렸으나 겐지는 쳐다보지도 않고 오로지 무라사키 부인 곁을 지키며 간병을 하고 마음아파 합니다.

부인은 과일조차 입에 대기를 꺼리고 자리에서 몸을 일으키지도 못한 채 하루를 보냈습니다.

겐지는 어찌 될까 두려우니 쾌유를 비는 기도를 수도 없이 올리고, 스님을 불러 가지기도를 올리게 하였습니다. 무라사키 부인은 어디가 어떻게 아픈 것도 아니면서 몹시 고통스러워합니다. 가슴이 아프다면서 때로 심한 발작을 일으키곤 하여 보는 이도 견디기가 힘들었습니다.

액을 막기 위해 무수한 기도를 올렸으나 효험이 없었습니다. 병세가 중하다 해도 절로 치유될 징조라도 보이면 다행이나, 그런 기미는 전혀 보이지 않으니 겐지는 그저 불안하고 슬플 따름입니다. 다른 일은 전혀 생각할 수조차 없으니, 스자쿠 상황의 축하연 준비 역시 잠잠해지고 말았습니다.

스자쿠 상황은 무라사키 부인의 병세가 위중하다는 소식을 듣고, 정중하게 문안 인사를 올렸습니다.

병세가 호전되지 않은 채 두 달이 흘렀습니다. 겐지는 말도 하지 못할 정도로 걱정하고 한탄하면서, 장소를 바꿔보자며 무라사키 부인을 이조원으로 옮겼습니다.

육조원 사람들은 지위를 막론하고 벌집을 쑤셔놓은 듯 어수선하였고, 슬픔을 가누지 못하는 이들도 많았습니다. 레이제이 상황도 소식을 듣고 한탄하였습니다. 유기리 대납언도 혹여 무라사키 부인이 돌아가신다면 겐지는 염원하던 출가를 결행할 터이니 성심을 다하여 간호를 합니다. 겐지 자신이 쾌유를 비는 기도를 올림은 물론 스님들에게도 각별하게 정성을 다하여 기도를 올리라 일렀습니다.

무라사키 부인은 다소 정신이 돌아오면 이렇게 겐지를 원망하였습니다.

"그토록 원하건만, 출가를 허락하여주시지 않으니 힘들고 괴로워서."

겐지는 수명이 다하여 영원한 이별을 하는 것보다, 눈앞에서 스스로 출가하여 머리를 깎은 부인의 모습을 본다면 애석하고 슬퍼 한시도 견딜 수 없을 것 같았습니다.

"오래전부터 나야말로 출가를 하고 싶은 마음이 간절하였는데, 홀로 남을 당신이 얼마나 외로워할까, 그것이 걱정스러워 뜻을 이루지 못하고 세월을 보냈소이다. 그런데 당신이 그런 나를 버리고 출가를 하겠다는 말입니까."

겐지는 이렇게만 말하고 무라사키 부인의 출가를 허락하지 않습니다.

그동안에도 부인의 병세는 날로 악화되니, 이제 더 이상은 가망이 없을 정도로 쇠약해져 금방이라도 눈을 감아버릴 듯한 때가 종종 있었습니다.

겐지는 부인을 걱정하는 나머지 온나산노미야 곁에는 발길도 하지 않습니다. 칠현금을 가르치는 일에도 전혀 관심을 보이지 않고 악기도 걷어치웠습니다. 육조원 사람들은 모두 이조원으로 옮겨와 마치 불 꺼진 집처럼 한산한 곳에 부인들만 남아 있으니, 지금까지 육조원의 모든 화려함은 무라사키 부인의 위세 덕분이었다는 생각이 절로 듭니다.

아카시 여어도 이조원으로 거처를 옮기고, 겐지와 함께 무라사키 부인을 간병하고 있습니다.

"회임 중인데, 만의 하나 귀신에라도 씌일까 두렵습니다. 어서 궁중으로 돌아가세요."

무라사키 부인은 몸이 불편한 가운데서도 이렇게 말합니다. 데리고 온 아들의 귀여운 모습을 보고 눈물을 왈칵 쏟았습니다.

"성장하는 모습을 지켜보기가 힘들겠지요. 또 나 같은 것은 곧 잊어버릴 터이지요."

무라사키 부인의 이 말을 듣고 아카시 여어는 눈물을 감추지 못하고 슬퍼합니다.

"무슨 불길한 말씀을 하는 겝니까. 그런 생각은 아예 하지도 마세요. 병이 깊다 하여 설마 죽기야 하겠습니까. 세상사는 다 마음먹기에 달린 것이니, 도량이 넓고 마음이 너그러운 사람은 그에 걸맞게 큰 행복을 얻을 수 있고, 마음이 좁은 사람은 어쩌다 출세를 하여도 그릇이 작아 여유를 갖지 못하고, 성급한 사람은 오래도록 그 지위에 머물러 있지 못하는 법입니다. 마음이 온화하고 차분한 사람은 장수하는 예가 많아요."

겐지는 이렇게 무라사키 부인을 위로하며, 신령과 부처님에게도 부인의 성품이 더없이 훌륭하고 전생의 죄업이 가벼운 것을 발원문에 자세하게 적었습니다.

기도를 올리는 수도승이나 밤을 새워 대기하고 있는 스님들 가운데에서도, 겐지를 측근에서 보는 고승들은 겐지가 이렇듯 마음이 어지러워하는 것을 보고는 애처로운 마음에 더욱 분발하여 기도를 올립니다. 다소 병세가 호전되는 듯한 날이 대엿새 계속되는가 싶으면 다시 증상이 심해지면서 괴로워하는 날들이 계속되었습니다. 겐지는 과연 앞으로 어떻게 될 것인가, 쾌차할 수 없는 병인가 하여 슬프고 안타까울 따름입니다.

귀신이 누구라 이름을 대며 나타나는 일도 없었습니다. 병세는 어디가 어떻게 아픈 것도 아니면서 하루가 다르게 악화될 뿐입니다. 겐지는 무라사키 부인의 모습이 그저 애처로워 다른 일에는 마음을 쓸 여유가 전혀 없습니다.

가시와기 위문독은 중납언으로 승진하였습니다. 천황의 신망이 매우 두터우니, 전성기를 누리는 듯 보입니다. 그렇게 날로 신망이 두터워지는 가운데, 온나산노미야에 대한 미련을 떨치지 못하고 실연의 아픔에 번뇌하다가 온나산노미야의 언니인 둘째 황녀 온나니노미야를 아내로 맞았습니다. 이 황녀는 친모가 신분이 낮은 갱의인지라, 어쩔 수 없이 가볍게 대하는 경향이 있습니다. 여느 사람들보다 성품도 바르고 한결 품위도 있으나, 처음 사랑을 느낀 온나산노미야에 대한 미련이 아직도 크게 남아 있으니 마음이 채워지지 않았습니다. 가시와기 중납언은 남들이 수상쩍게 여기지 않을 정도로만 부인을 소중히 여겼습니다.

허나 결혼을 하고도 온나산노미야에 대한 연심을 포기하지 못하니, 소시종이란 의논 상대는 원래 온나산노미야의 시종이었던 유모의 딸이고, 그 유모의 언니가 또한 가시와기 중납언의 유모였기에 온나산노미야에 관한 소식을 누구보다 빨리 들을 수 있었던 것입니다. 온나산노미야가 어렸을 때부터 이미 미모가 뛰어나고, 아버지 스자쿠 상황의 총애가 깊다는 얘기를 듣고는 연심을 품게 된 것입니다.

무라사키 부인의 병 때문에 겐지가 육조원에는 전혀 발길을 하지 않으니, 육조원이 여느 때와 달리 한산할 것이라 짐작한 가시와기 중납언은 종종 소시종을 불러들여 중재를 하도록 열심히 꼬드겼습니다.

"오래전부터 죽도록 애간장을 태우며 그리워하고 있는데, 너 같은 친근한 연줄이 있어 온나산노미야 님의 소식도 들을 수 있고, 또한 이 견디기 힘든 마음을 전하여왔기에 듬직하게 여겼는데, 전혀 그 효과가 없으니 정말 괴로워서 견딜 수가 없구나. 스자쿠 상황조차 겐지가 많은 부인을 거느리고 있고, 온나산노미야가 무라사키 부인의 권세에 눌려 홀로 외로이 지내는 밤도 많다는 소리를 전해 듣고는 겐지에게 맡긴 것을 후회하시는 듯 보였다.

'어차피 신하와 연을 맺어 마음 편히 살게 할 요량이었다면,

좀더 충실하게 보살펴줄 인물을 골랐어야 했다'고 말씀하시며, '둘째 황녀가 오히려 아무런 걱정 없이 오래오래 같이 살 듯하다'고 안타까워하셨다는데, 그 말을 들으니 나는 더욱 안타깝고 아쉬우니 얼마나 괴로워하였는지 모른다. 같은 핏줄로 태어난 자매라 하여 언니를 아내로 맞기는 하였으나, 그 일은 그 일, 역시 온나산노미야 님은 아니니."

가시와기 중납언은 이렇게 신세 한탄을 합니다.

"무슨 말씀을 그리 하십니까. 그 일은 그 일이라니요. 온나니노미야 님을 제쳐놓고 온나산노미야 님에게 아직도 미련을 떨쳐버리지 못하시다니, 욕심이 지나치십니다."

가시와기 중납언은 씁쓸히 웃으며 이렇게 대답합니다.

"사실이 그러한 것을 어쩌겠느냐. 내가 황공하나 온나산노미야 님을 맞고 싶어한다는 것은 스자쿠 상황과 폐하 역시 그 시절부터 이미 알고 계시지 않았더냐.

'가시와기 중납언에게 시집을 보내도 별 상관은 없다'는 말씀까지 하신 적이 있으니. 아무튼 네가 조금 더 수고를 하여주었으면 좋았을 것을."

"도저히 아니 될 말씀입니다. 전생의 인연이란 것도 있으나, 그 당시 겐지 님께서 열심히 구혼을 하셨는데, 그와 겨뤄 혼담을 방해할 만큼 자신에게 기량이 있었다 여기시는지요. 요즘에야 다소 지위가 높아져, 관복의 색깔이 직위에 맞게 짙어지기는 하셨으나."

소시종이 이렇듯 무례하게, 그러나 대답하기 어렵도록 혹독하게 말하니 가시와기 중납언은 마음속의 말을 다 털어놓지 못합니다.

"그만 하거라. 지나간 일을 새삼 얘기해서 무엇하겠느냐. 허나 이렇듯 겐지 님이 육조원을 비운 흔치 않은 기회에 어떻게든 일을 좀 꾸며다오. 제 주제를 모르는 당치 않은 생각은 절대 품고 있지 않으니. 지켜보아 알 터이지만, 그런 일은 겁이 나서 꿈도 꾸지 못하고 있다."

"그 이상 주제넘는 생각이 어디 있을는지요. 어쩌자고 그런 불미한 생각을 품고 계시는지요. 제가 왜 이 집을 찾아왔는지 후회스럽습니다."

소시종은 토라져 이렇게 말합니다.

"듣기가 거북한 말만 잘도 해대는구나. 그리 과장되게 말하지 말거라. 남녀 사이란 그 속내를 알 수 없는 것이니, 여어나 황후처럼 신분이 높은 분이라도, 사정이 있어 다른 남자와 불륜에 빠지는 예도 없지는 않았다. 하물며 온나산노미야 님이야. 생각해보면 신분이 더없이 높은 분이기는 하나, 내실은 무라사키 부인에게 밀려 속이 상한 일도 많으실 것이다. 스자쿠 상황께서는 많은 자식들 중에 온나산노미야 님만을 유독 사랑하고 소중하게 키우셨는데, 지금은 저렇듯 같은 신분으로 대접받을 수 없는 분들이나 다름없는 처우를 받고 있으니, 내키지 않는 일도 많으실 것이야. 난 다 들어 알고 있다. 내일을 알 수 없는 세상인데,

그렇게 함부로 단정 짓고 퉁명스럽게 말하면 아니 되지."

"다른 부인들보다 못한 대우를 받는다 하여 새삼 다른 분에게 시집을 갈 수는 없는 것이지요. 겐지 님과의 결혼은 다른 예사 사람들과의 결혼과는 성격이 다르지요. 그저 뒤를 돌봐줄 사람도 없고 의지할 곳 없이 홀로 지내는 것보다는, 아비처럼 돌봐주는 사람이 좋겠다 여겨 스자쿠 상황께서도 겐지 님께 맡기신 것이니, 서로가 서로를 그렇게 생각하고 있는 게지요. 얼토당토아니한 험담은 이제 그만 하세요."

"사실, 겐지 님처럼 세상에 그 예가 없을 정도로 훌륭한 분을 날마다 보아 익숙한 온나산노미야 님의 마음에 나처럼 하잘것없는 자가 어찌 그 모습을 보일 수 있겠느냐. 그런 흑심은 전혀 없다. 다만 한마디 내 마음을 전하고 싶어 그러는 것이니, 가리개가 앞을 가로막고 있을 터인데, 황녀의 신분에 뭐가 그리 흠이 되겠느냐. 부처님에게도 자신의 소원을 비는 것은 죄가 아니거늘."

가시와기 중납언이 절대 허튼짓은 하지 않겠노라고 이렇듯 굳게 맹세를 하니, 소시종은 터무니없는 일이라고 절대 아니 된다고 강경하게 거절을 하다가도 아직은 분별력이 없는 젊은 시녀에 지나지 않는지라, 목숨을 걸고 부탁하는 가시와기 중납언의 모습에 끝까지 거절하지 못하고 이렇게 말하고 돌아갔습니다.

"만약 적당한 기회가 엿보이면 어떻게 해보지요. 허나 겐지 님께서 안 계시는 밤에도 휘장 곁에는 많은 시녀들이 모여 있고

침소 곁에도 반드시 누군가가 지키고 있으니, 언제 틈이 생길지
는 알 수 없으나."

　어떻게 되었느냐, 어쩌고 있느냐, 그날부터 하루가 멀다 하고
하도 채근이 심하여 난감하던 차에 소시종은 간신히 틈을 엿보
아 편지로 알렸습니다. 가시와기 중납언은 무척이나 기뻐하며
사람들 눈에 띄지 않게 차림새를 허술히 하고 은밀하게 출타하
였습니다. 사실은 본인도 얼마나 도리에 어긋나는 가당치 않은
일인지 잘 알고 있기에, 온나산노미야 곁에 다가가면 오히려 감
정이 북받쳐 이성을 잃지 않을까 하는 생각은 꿈에도 하지 못합
니다. 그저 그 옷의 끝자락을 슬쩍 보았던 저 봄날의 저녁을 잊
지 못하여 아쉬움이 크니, 언제나 떠오르는 온나산노미야의 모
습을 조금이나마 가까이에서 보면서 가슴속에 있는 말을 털어
놓고 한마디나마 대답을 들을 수 있을까, 가엾게 여겨나 줄까
하고 생각할 뿐입니다.

　사월도 십일이 지나서입니다. 가모 축제의 계의 날을 내일로
앞두고 재원을 거드는 시녀 열두 명, 그리 신분이 높지 않은 젊
은 시녀와 여동들이 각기 옷을 손질하고 화장을 하면서 구경에
나서려고 준비에 여념이 없는 때입니다.

　온나산노미야 주변은 인기척 하나 없이 잠잠하였습니다. 평
소에는 늘 곁을 지키는 시녀 안찰사도 때때로 찾아오는 정인인
겐 중장이 억지로 불러낸 탓에 자기 방으로 물러가 있어 마침

소시종만 곁을 지키고 있었습니다. 이때다 싶어 소시종은 가시
와기 중납언을 온나산노미야의 침소 동쪽으로 안내하였습니다.
그렇게까지 할 필요는 없는데도 말이지요.

온나산노미야는 무심하게 쉬고 있는데, 근처에서 남자의 기
척이 느껴져 겐지가 왔는 줄로만 알았습니다. 그런데 남자는 몹
시 주저하고 긴장한 태도로 온나산노미야를 침소 아래로 안아
내리는 것이었습니다. 온나산노미야는 꿈에 무슨 나쁜 것이 덮
친 것은 아닐까 하여 눈을 부릅뜨고 그자를 올려다보니, 겐지가
아닌 전혀 다른 남자였습니다. 그런데 그 남자가 뜻을 알 수 없
는 말을 계속 중얼거리는 것이 아니겠습니까.

온나산노미야는 자지러지게 놀라고 당황한데다 불길하고 두
려워 시녀를 불렀으나, 곁에는 아무도 없어 달려오는 자가 없었
습니다.

부들부들 떨면서 식은땀을 줄줄 흘리고, 금방이라도 혼절을
할 듯한 그 모습이 정말 안쓰럽고 가련합니다.

"저는 하잘것없는 몸이나 이렇듯 싫어할 줄을 몰랐습니다.
오래전부터 주제를 모르고 그대를 사모하여왔는데, 이 가슴에
묻어놓은 채 끝내었다면, 그냥 이 사랑을 내 마음속으로 간직할
수도 있었을 터인데, 의중을 떠벌리고 말아 스자쿠 상황의 귀에
도 들어가고 말았습니다. 상황께서는 당시 가당치 않은 일이라
고는 여기지 않았습니다. 그래서 이 사랑에 희망을 걸었던 것입
니다. 한데, 제 신분이 미천한 탓에 누구보다 깊이 사랑하는 마

음이 무시당하고 말았습니다. 그 원통함에 마음이 어지러웠으나, 지금은 모든 것을 돌이킬 수 없는 옛일이라 여기고 있는데, 아무리 세월이 흘러도 이 마음 깊이 새겨진 사랑 때문에 괴롭고 아쉽고 두렵고 슬프니, 날로 고뇌가 깊어질 따름입니다. 그러다 이렇듯 참지 못하고 주제에 넘는 외람된 모습을 보이고 말았습니다. 이 이상 큰 죄를 저지를 뜻은 전혀 없으니."

이런 말을 듣는 사이에 온나산노미야는 상대가 가시와기 중납언이라는 것을 알았습니다. 온나산노미야는 너무도 뜻밖의 일이라 화가 나고 두려워 한마디도 대답을 하지 않았습니다.

"화를 내시는 것은 지당한 일이나, 이런 일이 세상에 그 예가 없는 것은 아닙니다. 그러한데 세상에 그 예가 드물 정도로 매정하게 대하시니, 저는 오히려 한심하여 자제력을 잃을 듯합니다. 가엾다는 한마디라도 해주신다면, 그 말을 듣고 물러가려만."

가시와기 중납언은 이렇게 온갖 말을 올렸습니다.

멀리서 그리워만 하며 상상할 때에는, 온나산노미야는 위엄이 있어 가까이에서 친근하게 만나면 오히려 주눅이 들 분이라 짐작한 탓에, 가시와기 중납언은 이렇게 애타는 마음이나마 호소하고 들어만 준다면 더 이상의 파렴치한 짓은 하지 않으리라 생각하고 있었습니다. 그런데 온나산노미야는 고귀하고 품위 있어 가까이하기 어려운 분이 아니라 귀엽고 가련하고 나긋나긋한 느낌이 드니, 그 아름다움을 누구와 비교할 수 있을까 싶습니다.

가시와기 중납언은 그런 온나산노미야의 모습을 두 눈으로 보면서 그 부드러운 살에 몸이 닿으니, 냉정한 이성과 자제심을 모두 잃어버리고 온나산노미야를 데리고 어디로든 도망을 가 자신 또한 세상을 버리고 함께 행방을 감추어버릴까 싶은 생각마저 들었습니다.

그 후, 잠시 꾸벅거리며 꾼 꿈에서 가시와기 중납언은 그 사랑스러운 고양이가 귀여운 목소리로 야옹거리면서 다가오는 모습을 보았습니다. 온나산노미야에게 되돌려주려고 데리고 온 듯한데, 왜 돌려주었을까 하고 생각하는 참에 꿈에서 깨어났습니다. 중납언은 대체 왜 이런 꿈을 꾸었을까 하고 생각하였습니다.

온나산노미야는 일이 이렇게 된 것을 믿을 수 없으니, 너무도 천박하고 허망하여 현실 같지 않은데 그저 가슴이 막히고 어찌하면 좋을지 몰라 망연하게 비탄에 빠져 있을 뿐입니다.

"역시 전생에 피할 수 없는 깊은 인연으로 맺어져 있었다 여겨주세요. 저 또한 제정신으로 한 짓은 아니니."

가시와기 중납언은 이렇게 온나산노미야를 위로하며, 고양이가 발을 끌어올린 그 봄날의 저녁 일을 얘기합니다. 온나산노미야는 그런 일은 기억에도 없는데, 듣고 보니 그런 일이 있었다 싶으니 분하여 견딜 수가 없습니다.

생각해보면 돌이킬 수 없는 우를 범할 박복한 운명이었습니다.

일이 이렇게 되었는데 앞으로 겐지의 얼굴을 어찌 뵐까 생각하니, 억장이 무너지고 가슴이 찢어지는 듯하여 어린아이처럼 울음을 터뜨립니다.

가시와기 중납언은 그런 온나산노미야에게 미안하고 죄송한 한편, 가여운 마음에 눈물을 닦아주는데 그 소맷자락이 눈물에 젖어들 따름입니다.

이윽이 밤이 밝아오려고 하는데, 돌아가려 하나 갈 곳이 없는 가시와기 중납언은 뜻을 이루고 오히려 애틋함에 시달리는 듯하였습니다.

"정말 어찌하면 좋을지 모르겠습니다. 그리도 저를 미워하시니, 두 번 다시 이렇게 만나기도 어려울 터인데 한 마디라도 좋으니 뭐라 말씀을 좀 해보세요."

이렇게 온갖 말로 채근하지만 온나산노미야는 그저 시끄럽고 한심하여 입을 벌리지 않습니다.

"이렇듯 매정하게 한마디도 하시지 않으니 오히려 기분이 언짢아졌습니다. 이렇게 냉혹한 대우는 달리 없을 터이지요."

가시와기 중납언은 정말 너무하다 싶은 생각에 온나산노미야를 안은 채 방을 나섭니다.

"그렇다면 저는 죽는 도리밖에 없겠군요. 그래요, 목숨을 버리는 길밖에 없습니다. 지금까지는 그대에게 미련이 있었기에 살 수 있었지만, 이제 오늘로 이 목숨도 끝이라 생각하니 슬퍼서 견딜 수가 없습니다. 조금이나마 마음을 열고 정을 보여준다면 그 정의 대가로 이 목숨을 버리지요."

대체 이 일을 어찌하면 좋을지요. 온나산노미야는 어쩔 줄 몰라 그저 망연할 따름입니다.

차양의 방 구석에 병풍을 치고, 옆문을 미니 건널복도의 남쪽 문이 어젯밤 들어온 그대로 열려 있습니다. 아직 날이 완전히 밝지는 않은 모양입니다. 얼핏이나마 온나산노미야의 얼굴을 보고 싶은 속마음에 가시와기 중납언은 격자문을 들어올리고 협박조로 말합니다.

"이렇듯 잔혹한 처우에 저는 이성을 잃고 말았습니다. 제 마음을 진정시키고 싶다면 부디 가엾게 여긴다는 한마디라도 해주세요."

온나산노미야는 이 어처구니없는 사태에 뭐라 말을 하고 싶으나 몸만 부들부들 떨고 있을 뿐이니 너무도 어리고 가련한 모습입니다.

그동안에도 하늘은 점점 밝아와 가시와기 중납언은 마음이 조급해졌습니다.

"무슨 뜻이 있을 법한 꿈 이야기도 하고 싶으나, 이렇듯 저를 미워하니 말을 붙일 수가 없습니다. 허나, 언젠가는 그 뜻이 헤아려지겠지요."

이 말을 남기고 쫓기듯 떠나는데, 새벽녘의 어슴푸레한 경치가 쓸쓸한 가을하늘보다 한결 슬픔을 자아내었습니다.

　일어나 갈 곳도 모르는 채

헤어져 가는
이 새벽녘의 어슴푸레함에
촉촉이 젖어드는 내 소맷자락은
어디 이슬이 내린 것인가

이렇게 소맷자락을 끌어당기며 슬픈 듯 호소하니, 온나산노미야는 남자가 이제 돌아가나 하여 다소 안심하였습니다.

이 새벽녘 어두운 하늘에
한심하고 처절한 내 신세
지워버리고 싶어라
저 끔찍한 일이
모두 다 꿈이었다 할 수 있도록

젊고 아름다운 목소리로 이렇게 허망한 노래를 읊조리는데, 가시와기 중납언의 몸은 다 듣지 못하고 돌아갔지만 그 혼은 옛 노래에도 있듯이 온나산노미야의 소맷자락에 그대로 머물러 있는 듯합니다.

가시와기 중납언은 그 길로 부인의 집으로 가지 않고, 아버지 대신의 집에 은밀히 들어갔습니다.

잠자리에 누웠으나 잠은 오지 않는데, 꿈속에서 본 고양이가 세상에서 말하듯 임신의 징후이고, 징후대로 온나산노미야가 회임하는 일은 절대 있을 수 없을 것이라고 생각하니 오히려 꿈 속에서 본 고양이의 모습을 그리워합니다.

"허나 참으로 가당치 않은 잘못을 저질렀구나. 이제 더 이상 은 얼굴을 들고 세상을 살아갈 수 없을 터."

가시와기 중납언은 수치스럽고 두려워 몸이 오그라들 듯하니 그 후로는 바깥을 나다니지 않았습니다.

온나산노미야의 입장에서는 말할 필요도 없고, 가시와기 중 납언 자신도 불손하기 짝이 없는 큰 잘못을 저질렀다고 생각하 니, 뭐라 말을 할 수도 없고 두려움만 가득하여 사람들에게 얼 굴을 내밀 수 없는 것입니다.

'폐하의 총애를 받고 있는 후궁과 정을 통하는 잘못을 저질 렀다가 발각되었더라도 이토록 고통스러워하느니 차라리 죽 는 것이 덜 고통스러울 것이다. 내가 저지른 잘못이 그렇게 큰 죄는 아니라 하나, 겐지 님의 원한을 사게 된다면 면목이 없고 두려워 어찌 살 것인가.'

가시와기 중납언은 이렇게 생각합니다. 더없이 고귀한 신분 의 여자 가운데에서도 다소 남녀의 정을 알아 겉으로는 신중하 고 얌전하고 천진한 듯 보여도 본성은 그렇지 않은 여인이야말 로 다양한 남자들에게 유혹을 받고 정을 통하게 되는 것입니다. 허나 온나산노미야는 사려 깊지는 못해도 겁이 많은 성품이라, 지금도 이 비밀이 탄로가 나지는 않을까 두렵고 조마조마하여 밝은 곳에는 나가지도 못하니, 이 무슨 한심한 신세냐면서 홀로 비탄에 젖어 있습니다.

겐지는 온나산노미야의 몸이 불편하다는 소식을 듣고, 무라
사키 부인의 병세 때문에 걱정이 태산 같은데 온나산노미야마
저 불편하다 하니 대체 무슨 변고인가 싶어 육조원으로 달려갔
습니다.

온나산노미야는 어디가 어떻다 하게 아픈 듯하지는 않으나
몹시 부끄러워하면서 입을 꼭 다물고 얼굴조차 내보이지 않으
려 합니다. 겐지는 그런 온나산노미야의 모습을 보고, 오래도록
찾아보지 않은 것을 원망하고 있는가 싶어 가여우니, 무라사키
부인의 병세를 자세하게 설명하였습니다.

"이제 마지막일지도 모릅니다. 이러한 때 박정하게 대한다
여겨지고 싶지 않아, 그쪽에 줄곧 눌러 있습니다. 어렸을 때부
터 보살펴왔는데 지금 와서 그냥 내버려둘 수는 없는 일, 지난
몇 달 동안은 모든 것을 제쳐놓고 간병하고 있습니다. 언젠가
일단락이 나면 내 진심을 절로 헤아리게 되겠지요."

겐지가 가시와기 중납언과의 비밀을 전혀 눈치채지 못하는
것이 오히려 안됐기도 하고 괴롭기도 하여 온나산노미야는 남
몰래 눈물을 흘립니다.

하물며 가시와기 중납언은 엉겁결에 이루어진 밀회였지만 한
번 만나고 나니 도리어 그립고 괴로워, 밤이나 낮이나 앉으나

서나 온나산노미야를 생각하며 애달파합니다.

가모의 축제가 있는 날에는 앞을 다투어 구경하러 나서는 공달들이 몰려와 이런저런 말로 같이 가자고 꾀었지만, 잠자리에 누워 몸이 아파 가지 못하는 척하면서 시름에 잠겨 있었습니다.

정부인인 온나니노미야를 겉으로는 정중하고 공손하게 대하지만 내실은 마음을 열고 푸근하게 지내지는 않으니, 자신의 처소에 틀어박혀 하는 일 없이 그저 불안해하고 있습니다. 그런 때 여동 아오이가 손에 들고 있는 접시꽃이 눈에 띄었습니다.

아아, 후회스럽구나
그분을 억지로 범하고 만
나의 이 깊은 죄
신이 허락하지 않은 접시꽃을
그만 따고 말았으니

이렇게 생각하니 오히려 그리움이 북받쳤습니다. 밖에서 수레가 오가는 소리도 전혀 남의 일만 같으니, 그 누구의 탓도 아니고 스스로 자초한 이 따분한 하루가 그저 길게만 느껴집니다.

온나니노미야도 시큰둥한 남편의 태도를 익히 보아 알고는 있으나 그 속사정은 알지 못하니, 자신을 너무도 소홀히 다루는 예기치 않은 처사에 분하고 기분이 우울하였습니다.

시녀들도 모두 제를 구경하러 나가고 없어 조용한 집 안에서 망연히 수심에 잠겨 쟁을 뜯고 있는 온나니노미야의 모습이 과연 황녀답게 기품이 있고 우아합니다.

"이왕 황가와 인연을 맺는 것, 온나산노미야를 아내로 삼고 싶었거늘 내 운이 그에 미치지 못한 것이야."

　　머리에 꽂는 접시꽃과 계수나무처럼
　　사이좋은 두 자매 가운데
　　나는 어찌하여 탐탁지 않은
　　낙엽 같은 분을
　　줍고 말았을까

　가시와기 중납언은 이렇게 분해하면서 마음을 달래려 붓을 놀리니, 온나니노미야에게는 몹시 무례한 험담입니다.

　겐지는 아주 가끔 육조원에 발길을 하는 탓에 왔다가 금방 이조원으로 돌아갈 수 없으니, 무라사키 부인이 걱정스러워 안절부절못하고 있습니다.

　그럴 때 사자가 나타나 전갈을 전하였습니다.

　"지금 막, 무라사키 부인께서 숨을 거두셨습니다."

　겐지는 눈앞이 캄캄해져 앞뒤를 분별하지 못하니 당장에 이조원으로 돌아갔습니다. 마음은 급한데 길은 마냥 더디고, 이조원 근처의 대로에 사람들이 가득 모여 있었습니다.

　댁내에서 사람들이 울부짖는 소리가 불길하게 들렸습니다.

겐지가 이조원으로 뛰어들 듯 들어서자 시녀가 나와 이렇게 전하였습니다.

"지난 이삼 일 다소 병세가 호전되는가 싶었는데, 갑자기 돌아가시고 말았사옵니다."

시녀들은 서로가 나도 죽음의 길에 동행하겠노라 울부짖으니 차마 눈뜨고 보지 못할 광경입니다.

기도를 위해 쌓은 수많은 단이 철거되었고, 기도승들은 반드시 필요한 사람만 남아 있었습니다. 임시로 불러들인 스님들은 돌아갈 준비를 하느라 허둥대니, 겐지는 모든 일이 허사였다고 단념할 수밖에 없었습니다. 그 무념무상함은 뭐라 말할 수 없었습니다.

"설령 숨이 끊어졌다 하여도 귀신의 짓일 수 있거늘. 이리 함부로 소동을 피워서 되겠느냐."

겐지는 사람들을 조용히 하라 이르고, 발원 기도를 다시 올리도록 하였습니다. 영험한 수도승들을 빠짐없이 불러들였습니다.

"설령 정해진 목숨이 다하여 이 세상에서의 명이 끝났다 하여도 잠시나마 목숨을 이어주십시오. 부동존은 숨이 넘어가는 사람의 목숨도 연명해주셨다 하지 않습니까. 그저 며칠만이라도 이 세상에 머물러 있게 하여주십시오."

스님들은 정말 머리에서 검은 연기가 피어오를 듯 신명과 법력을 다하여 가지기도를 올렸습니다.

"한번만이라도 눈을 뜨고 내 눈을 보세요. 임종도 보지 못하였으니 너무도 허망하고 분하고 후회스럽습니다."

겐지가 울부짖으며 이렇듯 간절하게 말하니, 자신의 목숨조차 부지하기가 어려울 듯 보입니다. 옆에서 그 모습을 지켜보는 사람들의 애처로움은 그저 각자가 헤아리는 도리밖에 없을 듯하군요.

상심한 겐지의 모습을 부처님도 가엾게 여기셨나 봅니다. 지난 몇 달 동안 한 번도 나타나지 않았던 귀신이 조그만 여자 아이의 몸에 들어가 큰 소리로 고함을 지르자, 무라사키 부인의 숨이 되살아났습니다. 겐지는 너무도 기쁜 한편 다시 숨이 끊어지는 것은 아닐까 불안하여 가슴이 두근거립니다.

귀신은 스님들의 기도에 완전히 꿀려 있었습니다.

"다른 사람들은 모두 나가세요. 겐지 님께만 말씀드리겠습니다. 나는 지난 몇 달 동안 꼼짝 못하도록 고통을 받았는데, 너무도 괴롭고 서러워서 이왕 붙는 것 목숨을 빼앗아 분풀이를 하려 하였습니다. 지금은 비록 천박한 마계에 떨어져 있으나 그 옛날 사모하였던 겐지 님에 대한 애착이 남아 있어 여기까지 온 것이기에, 슬픔에 겨워 어쩔 줄 몰라하며 목숨이 위태로울 정도로 한탄하시는 겐지 님의 모습을 두고만 볼 수 없어 정체를 드러낸 것입니다. 나라는 것을 절대 알리지 않으려 하였는데."

이렇게 머리칼로 얼굴을 가리고 우는 모습이 그 옛날에 보았던 육조 미야스도코로의 귀신을 꼭 닮았습니다. 그때도 한심하고 불길하게 느꼈는데, 똑같은 느낌이 드는 것이 두려워 어린아이의 손을 꼭 잡아 앉혀놓고 불미한 행동을 저지르지 않도록 붙잡고 있었습니다.

"정말 그분인가. 성질 나쁜 여우가 미쳐서 죽은 사람에게 누를 끼치는 소리를 하는 일도 있으니, 분명하게 이름을 대거라. 다른 사람은 몰라도 나는 분명하게 기억할 수 있는 일을 뭔가 얘기해 보거라. 그렇다면 믿어주마."

어린아이는 괴로운 듯 눈물을 뚝뚝 흘리면서 이렇게 말하였습니다.

이내 모습은 변하여
그 옛날 흔적이 없는데
옛날과 변함없는 모습으로
모르는 척하시는 그대

"아아, 한스럽습니다."

이렇게 울부짖으며 부끄러운 듯 몸을 움츠리고 있으니, 그 옛날의 미야스도코로의 모습 그대로인지라 오히려 한심하고 정나미가 떨어져 그 이상은 말을 듣고 싶지 않았습니다.

"중궁의 일은 자상하게 헤아려주신 것을 참으로 고맙고 기쁘게 여겨 혼백이 하늘을 날며 보고 있으나, 지금은 유명을 달리하였으니 자식의 일까지는 그리 간절하게 느껴지지 않는 듯합니다. 허나 역시 너무한 분이라고 원망하였던 질긴 집착은 언제까지고 이 세상을 떠나지 않습니다. 이 세상에 살아 있을 때, 저를 다른 여자보다 못하다 하여 경멸하고 내치셨던 일보다 어여 삐 여기는 사람과 다정하게 이야기를 나누며 저를 심보가 비뚤어진 고약한 여자라고 말하신 것이 너무도 한스럽습니다. 지금은 이미 죽은 사람이니 너그럽게 봐주시어, 다른 사람이 저를 나쁘게 말하는 경우에도 그것을 부정하며 감싸주시면 좋을 것을 하고 원망한 탓에 마계에 떨어져 이렇게 끔찍한 꼴로 변하고 말았으니 이런 일도 생기는 것입니다. 무라사키 부인을 미워하는 것은 아니나, 그대는 부처님의 가호가 너무도 각별하여 멀리 떨어져 있는 듯 느껴지니 도저히 가까이할 수 없어 목소리만 희미하게 들을 뿐입니다. 이제는 저의 죄업이 가벼워지도록 기도를 올려주세요. 저를 쫓아내려고 수법을 올리고 독경을 하는 등 난리를 쳐도 그저 고통스럽고 뜨거운 불길이 제 몸을 휘감을 뿐이고, 고마운 독경 소리도 귀에 들리지 않으니 슬퍼서 견딜 수가 없습니다. 중궁에게도 전해주세요. 궁에 있는 동안에는 절대 남과 다투지 말 것이며, 시기심을 품어서 안 된다고요. 재궁으로 있을 때 신만 경배하고 불도를 멀리한 죄업이 가벼워질 수 있도록 공양을 하여 공덕을 쌓으라고요. 그 시절의 일이 너무도 후회스럽습니다."

귀신을 이렇게 계속 말하는데, 그런 귀신을 향하여 뭐라 말을 한다는 것도 웃지 못할 일이라 귀신에 씌인 아이를 방에 가두고 무라사키 부인은 다른 방으로 옮겼습니다.

무라사키 부인이 돌아가셨다는 소문이 온 세상에 퍼져, 조문객이 끊이지 않으니 겐지는 참으로 불길한 일이라 여깁니다. 어제 가모의 축제가 있어 오늘 재왕이 재원으로 돌아가는 행렬을 보기 위해 나왔던 상달부들은 돌아가는 길에 무라사키 부인이 돌아가셨다는 소문을 들었습니다.

"그것 참 큰 변고가 생겼군요. 최고의 영화를 누린 행복한 분이 빛을 잃고 돌아가신 날이라서 추절추절 비까지 내리는군요."

이렇게 생각나는 대로 중얼거리는 사람도 있습니다.

"그렇게 모든 것을 갖춘 사람은 단명하는 법이지요. 벚꽃은 기다리라 하여도 금방 지기에 아름다운 것이라고 노래한 '무엇 때문에 벚꽃을 사랑하리'라는 옛 노래도 있지 않습니까. 그런 분들이 오래 살아 영화의 극치를 누린다면 보통 사람들에게는 큰 폐가 되지요. 앞으로는 2품인 온나산노미야도 신분에 어울리는 총애를 받겠습니다. 지금까지는 무라사키 부인의 위세에 눌려 안쓰러웠을 정도였는데."

또 이렇게 수군덕거리는 사람들도 있었습니다.

가시와기 중납언은 어제는 하루 종일 집에 틀어박혀 따분하게 소일한 터라 진력이 나서 오늘은 좌대변과 도 재상을 수레에 태우고 제의를 구경하러 나섰습니다. 그 길에 이렇게 사람들이 무라사키 부인의 일을 수군덕거리는 소리를 듣고, 가슴이 메이는 듯하여 벚꽃은 지기에 아름다운 것이라 생각하면서 '시름에 겨운 세상 무엇이 오래도록 머물 수 있으리'라는 노래를 읊조리며 이조원을 찾아갔습니다. 소문을 들었을 뿐 분명한 것은 아니니 조문을 하는 것은 당치 않다 여겨져 병문안처럼 찾았으나, 사람들이 웅성거리는 것을 보니 소문이 사실인 듯하여 놀람을 금치 못합니다.

무라사키 부인의 아버지 식부경도 이조원을 찾았으나 너무도 슬픈 나머지 정신을 가누지 못하고, 사람들의 조문 인사도 안에 전할 수가 없습니다.

그때 유기리 대납언이 눈물을 닦으며 나오기에 가시와기 중납언이 말하였습니다.

"대체 어찌 된 일입니까. 사람들에게서 불길한 소문을 들었으나 도저히 믿기지 않습니다. 오래 병을 앓고 있으시다 하여 걱정스러운 나머지 문안 인사차 찾아 왔는데."

"병세가 중한 지 오래되었는데, 오늘 이른 아침에 숨을 거두셨습니다. 귀신의 소행이었지요. 지금 간신히 숨이 돌아왔다 하여 모두들 안도하고 있으나, 그렇다고 안심할 수 있는 상태는 아닙니다. 그저 가슴이 아플 따름입니다."

유기리 대납언 몹시 울었는지 눈이 부어 있습니다. 가시와기 중납언은 자신의 도리에 어긋난 연심으로 타인을 추측하는 탓인가, 유기리 대납언이 그리 친근하지도 않은 계모의 병세를 이토록 걱정하는 것을 수상쩍게 여겼습니다.

겐지는 모모가 병문안차 찾아왔다는 전갈을 받았습니다.

"병세가 급변하여 숨을 거둘 뻔한 터라 시녀들도 혼란에 빠져 소동을 피운데다 나 역시 당황하여 안절부절못하고 있습니다. 이렇게 찾아온 것에 대한 감사의 말을 훗날에 하도록 하지요."

가시와기 중납언은 겐지의 말만 들어도 가슴이 오그라드는 듯하니, 이렇게 어수선할 때가 아니라면 찾아 뵙지도 못하였을 것이라 생각합니다. 주위 분위기에 기가 죽어 비밀을 숨기려 하는 심중이 그리 반듯하다고는 할 수 없겠지요.

무라사키 부인의 숨이 되살아난 후에도 여전히 두려움을 떨치지 못하여 발원 기도를 수도 없이 올리고도 또 새로이 기도를 올리라 하였습니다. 죽기 전에도 살아 있는 귀신으로 나타나는 등 꺼림칙한 일이 많았던 미야스도코로인데, 하물며 지금은 저세상의 마계에 떨어져 끔찍한 꼴을 하고 있다 상상하니 소름이 끼쳐, 그 딸인 중궁을 대하는 것조차 꺼려졌습니다. 결국 여인이란 모두 죄업의 원천이 되는 것이다 싶으니, 남녀의 정에 염증이 났습니다. 달리 듣는 사람이 없는 잠자리에서 무라사키 부인에게만 슬쩍 말한 것을 귀신이 이렇듯 잘 알고 있는 것을 보면, 역시 미야스도코로의 귀신이 틀림없으니 더욱 불길하게 생각됩니다.

무라사키 부인이 여전히 출가를 간절하게 바라니, 수계의 공덕으로 병세가 호전되지는 않을까 하는 기대감에 정수리에만 살짝 가위질을 하여 오계를 받도록 하였습니다.

수계승이 불전에서 수계의 공덕이 적지 않음을 알리는 발원문에도 심금을 울리는 귀한 말이 많은지라, 무라사키 부인 옆에 바짝 앉아 있는 겐지는 넘쳐흐르는 눈물을 닦으면서 부처님께 오직 한마음으로 기도를 올립니다. 이 세상에 둘도 없으리만큼 총명한 분인데도 사랑하는 무라사키 부인의 죽음을 앞두고는 심통함을 가누지 못하고 있습니다.

어떤 방법으로 무라사키 부인의 목숨을 살려내 이 세상에 머물러 있게 할 수 있을까, 밤낮으로 그 생각만 하며 비탄에 젖어 있으니, 지금은 넋이 나간 사람처럼 망연자실하고 얼굴도 매우 초췌해졌습니다.

하물며 오월 장마철에는 날씨도 궂으니 병자의 기분도 상쾌하지 않습니다. 병세는 다소 안정된 듯 보이나 여전히 고통스러워합니다. 귀신의 죄업을 덜기 위해 매일 법화경을 한 권씩 독경하는 공양을 하고 있습니다. 그리고 연일 엄숙하게 법회를 열고 있습니다.

무라사키 부인의 머리맡에서는 목소리가 우렁찬 스님들이 모여 쉬지 않고 독경을 하고 있습니다. 귀신은 한 번 나타난 후로는 때로 신령이 지핀 어린아이의 몸에 들어가 슬픈 얘기를 늘어놓으며 좀처럼 떠나려 하지 않습니다.

무라사키 부인은 더위가 심할 때에는 숨이 끊어질 듯 끊어질 듯 점점 더 쇠약해져, 겐지는 말할 수 없는 한탄에 젖었습니다.

무라사키 부인은 의식이 몽롱한 가운데서도 겐지의 그런 모습을 안타까워합니다.

'내가 죽는다 하여도 이 세상에는 무엇 하나 미련이 없으나, 겐지 님이 이렇듯 심통함을 가누지 못하니 죽은 모습을 보이는 것이 황공하여.'

이렇게 분발하여 탕약을 조금은 마시는 덕분인가 유월에 들어서는 간혹 머리를 곧추 들기도 하였습니다. 겐지는 그런 일이 너무도 오랜만이라 기쁜 한편 걱정은 가시지 않으니 육조원에는 발길을 하지 못합니다.

온나산노미야는 그 믿을 수 없는 불미한 사건 때문에 괴로워하고 슬퍼한 나머지 마음의 병을 얻어 몸까지 부실해졌습니다. 이렇다 할 병세는 없는데 달이 바뀌어 오월이 된 후로는 식욕도 없으니 파리하게 야위어 있습니다.

가시와기 중납언은 온나산노미야가 그리워 견딜 수 없을 때에는 꿈처럼 허망한 밀회를 거듭하였으나, 황녀는 너무도 당치 않은 처사를 몹시 꺼립니다. 평소 겐지를 몹시 두려워하는 황녀의 눈에 가시와기 중납언은 인품이나 용모 등이 도저히 겐지에 미치지 못합니다.

가시와기 중납언은 기품이 있고 우아하여 세상 사람들은 누구보다 빼어난 남자라고 인정하는데, 어렸을 때부터 유례없는 겐지의 훌륭한 모습에 익숙한 온나산노미야에게는 그저 불쾌할 따름이었습니다. 그러한데 가시와기 중납언의 씨를 배어 입덧에 괴로워하고 있으니 이 무슨 악연일까요. 유모들은 회임을 눈치채고 겐지는 근자에 육조원을 찾지 않았는데 어찌 된 일일까하며 한탄하였습니다.

온나산노미야가 몸져누웠다는 소식을 들은 겐지는 육조원을 찾았습니다.

무라사키 부인은 덥고 답답하다며 머리를 풀어 감고는 상쾌한 표정을 하고 있습니다. 누운 채 길게 펼쳐놓은 머리카락이 좀처럼 마르지 않습니다. 머리카락은 조금도 흐트러짐없이 곧게 뻗어 있으니 더없이 아름답게 물결칩니다. 병을 앓은 지 오래라 얼굴색이 파리하고 초췌하기는 하나, 그 모습이 오히려 속이 비칠 것처럼 투명한 살결과 함께 아름답고 가련하게 보이니, 더욱더 사랑스럽게 보입니다. 허나 벌레가 벗어놓은 허물처럼 금방이라도 꺼져버릴 듯 허망한 모습입니다.

오래도록 살지 않은 탓에 다소 황폐한 이조원이 조금은 좁게 느껴집니다. 어제오늘은 기분이 상쾌하고 정신이 맑아, 정성껏 손질한 연못물과 앞뜰의 초목이 저들도 상쾌한 듯 바람에 산들거리는 것을 보니, 무라사키 부인은 지금까지 용케 목숨을 부지하였다고 절실하게 생각합니다.

연못물은 시원하게 찰랑거리고, 연꽃이 아름답게 피어 있습니다. 잎은 선명한 초록색으로 넓게 퍼져 있고 그 위에 맺힌 이슬이 구슬처럼 빛납니다.

"저것 좀 보세요. 연꽃이 아주 시원스럽습니다."

겐지가 말하자 무라사키 부인은 몸을 일으켜 연꽃을 바라봅니다. 그런 일이 근자에는 좀처럼 없었는지라 겐지의 눈에는 눈물이 그렁그렁 맺혔습니다.

"이렇듯 좋아진 모습을 보니 꿈만 같소이다. 병이 중하여 슬퍼한 나머지 나까지 죽은 것은 아닐까 여긴 때가 한두 번이 아니었습니다."

무라사키 부인은 벅찬 가슴으로 이렇게 노래합니다 .

사라지지 않고 남아 있는 이슬만큼이나
이 목숨 앞으로 살 수 있을까
연꽃에 맺힌 이슬만큼이나
위태로운 목숨인 것을

약속하지요
이 세상 아니 저세상에서도
극락의 같은 연꽃에 맺힌
이슬방울처럼
이 마음 그대와 더불어
늘 함께 있을 것을

온나산노미야가 몸져누웠다는 소식을 듣고도 며칠이나 지났는데 무라사키 부인의 병세가 위중하여 마음 아파하느라 온나산노미야의 병문안은 안중에도 없었습니다. 온나산노미야가 있는 육조원으로 가기가 내키지 않았으나, 황제와 스자쿠 상황이 어떻게 생각할까 그 체면이 있으니, 부인의 용태가 다소 안정된 지금 이쪽에만 있으면 안 될 것 같아 육조원으로 걸음을 하였습니다.

온나산노미야는 양심의 가책에 시달려 겐지를 보는 것조차 수치스럽고 꺼려지니, 겐지가 뭐라 말을 거는데도 대답조차 하지 못합니다. 겐지는 오래도록 찾아보지 못한 것을 온나산노미야가 겉으로야 아무렇지 않은 척 내색하지 않으나 내심 원망하고 있는 것이라 짐작하고 어떻게든 기분을 달래주려고 애를 씁니다. 겐지는 연배의 시녀를 불러 용태를 자세하게 물었습니다.

"여느 병세와는 다소 증세가 다른 듯하옵니다."

시녀가 회임을 한 듯하다고 말씀을 올립니다.

"그것 참 이상하구나. 몇 년이나 지나 지금 그런 일이 생기다니."

겐지는 이런 대답만 하고는, 마음속으로 지금까지 오래도록 정을 나눈 분들조차 그런 일이 없었는데, 어쩌면 회임을 한 것이라 잘못 알고 있는지도 모르겠다고 생각하면서 그에 관해서는 이렇다저렇다 할 말하지 않았습니다. 다만 온나산노미야가 병을 앓고 있다 하니 그것이 마음 아프고 가여웠습니다.

모처럼 육조원에 발길을 한 터라 금방은 돌아갈 수 없으니 이삼 일 지내는 사이에도 무라사키 부인의 용태가 어찌 되었을까, 그것만 걱정스러워 쉴새없이 편지를 보냅니다.

"어느 틈에 저렇게 많은 편지를 쓰시는지 모르겠습니다. 이래 가지고서야 온나산노미야 님과의 부부 사이가 걱정스럽습니다."

온나산노미야의 과실을 모르는 시녀들은 이렇게 수군덕거립니다.

허나 소시종만은 이런 사태가 발생한 것이 두렵고 불안하여 어쩔 줄을 모릅니다.

가시와기 중납언은 겐지가 육조원으로 갔다는 소식을 듣고 자신의 처지를 모르고 오히려 원망하고 질투를 하니, 원망으로 가득한 편지를 써서 소시종 편에 보냈습니다.

겐지가 동쪽 별채에 걸음을 하고 마침 온나산노미야의 곁을 지키는 시녀가 아무도 없는 틈을 타서 소시종이 몰래 편지를 전하였습니다.

"그런 성가신 것을 보내다니 정말 너무한 사람이로구나. 안 그래도 기분이 언짢은데."

온나산노미야는 이렇게 말하고 편지는 거들떠보지도 않고 옆으로 누워버립니다.

"하지만 이 편지 끝에 씌어 있는 말이라도 보세요. 너무도 가엾습니다."

소시종이 편지를 펼치는데 다른 시녀가 들어와 소시종은 화들짝 놀라 편지를 어찌 처리해야 좋을지 모르니, 서둘러 휘장을 잡아당겨 편지를 숨겨놓고 나가버렸습니다.

온나산노미야는 편지를 힐끔만 보아도 가슴이 두근거리고 심장이 터질 듯합니다. 그때 마침 겐지가 들어와 편지를 어찌할 도리가 없으니 자리 밑에 밀어 넣었습니다.

겐지는 그날 밤 이조원으로 돌아가려고 온나산노미야에게 인사차 들었던 것입니다.

"그대는 병세가 그리 위중하지 않으나 저쪽의 무라사키 부인은 촌각을 알 수 없는 불안한 상황입니다. 그냥 내버려두자 하니 가여워 그만 돌아갈까 합니다. 나를 나쁘게 얘기하는 사람이 있어도, 절대 그 말에는 귀를 기울이지 마세요. 언젠가는 나의 본심을 알게 될 터이니."

평소에는 어린아이처럼 농담을 하며 천진난만하게 구는 온나산노미야가 오늘은 몹시 침울하여 눈조차 제대로 맞추려 하지 않으니, 겐지는 역시 무라사키 부인과의 금실을 질투하여 토라진 모양이라고 생각합니다.

잠시 자리에 누워 얘기를 나누는 사이에 어느덧 날이 어두워지고 말았습니다. 그대로 잠시 더 쉬고 있다가 쓰르라미가 구성지게 울어대는 소리에 퍼뜩 눈을 뜨고는 길이 더 어둡기 전에 돌아가겠노라며 옷을 갈아입습니다.

"'그대여 달이 뜨기를 기다려 돌아가시길'이라는 옛 노래도 있는걸요."

온나산노미야가 마치 첫밤을 지낸 부인처럼 부끄럼을 타며 말하니, 겐지는 '그동안이나마 보리다'란 그 노래의 결구처럼 헤어지기를 아쉬워하는 모양이라고 애처롭게 여기며 그대로 머물렀습니다.

　　저녁 이슬 같은 눈물로
　　소맷자락 적시며
　　울라는 뜻인가요
　　쓰르라미의 애처로운 울음소리 들으며
　　돌아가시려 함은

　온나산노미야는 천진하고 순수한 마음으로 그대로 노래하니, 겐지는 가엾고 안된 마음에 그 자리에 무릎을 꿇고는 한숨을 쉽니다.
　"아아, 참으로 난감하구나. 어찌하면 좋을꼬."

　　내가 돌아오기를 기다리는 곳에서는
　　어떤 마음으로 듣고 있을까
　　이쪽저쪽에서
　　사람의 마음을 어지럽히는
　　쓰르라미 울음소리

　겐지는 이렇게 망설이다가 역시 온나산노미야에게 매정하게 굴기가 어려워 그날 밤은 육조원에서 묵었습니다.

허나 역시 무라사키 부인의 용태가 마음에 걸려 불안하니 걱정을 걷지 못하고 수심에 차서 과일만 슬쩍 입에 대고는 그대로 잠자리에 들었습니다.

이튿날 아침, 날이 더워지기 전에 이조원으로 돌아가려고 일찍 잠자리에서 일어났습니다.

"어젯밤에 부채를 어디다 놓았는지 모르겠구나. 이 쥘부채는 바람이 시원하지 않아서."

겐지는 이렇게 말하며 쥘부채를 내려놓고, 어제 잠시 잠을 청하였던 자리 주변을 찾아보았습니다. 그러자 흐트러진 이부자리 끝에 연초록 얇은 종이가 비어져 나와 있었습니다. 별 생각 없이 그 종이를 꺼내어 펼쳐보았는데, 보아하니 남자의 필적이었습니다. 종이에도 매우 고혹적인 향이 배어 있고, 문장도 깊은 뜻이 있는 듯합니다. 두 장에 빼곡하게 적혀 있는 글을 읽어 보니, 틀림없는 가시와기 중납언의 편지라는 것을 알 수 있었습니다. 거울 뚜껑을 열고 몸단장을 돕고 있는 시녀는 그냥 편지를 읽고 있는 것이리라 여길 뿐 사정을 알지 못하는데, 소시종은 퍼뜩 놀라며 어제 받은 편지와 색깔이 같은 것을 알고는 보통 일이 아니라고 생각하여 가슴이 쿵쾅거리는 것을 애써 참고 있습니다.

죽을 들고 있는 겐지 쪽은 쳐다보지도 못하고 설마 그 편지는 아니겠지, 설마 그리 우매한 짓을 하시지는 않았겠지, 그 편지는 틀림없이 잘 숨기셨을 게야, 하고 생각하려 합니다.

온나산노미야는 아무것도 모르는 채 아직도 잠자리에 들어 있습니다.

'대체 이 무슨 경솔한 짓이란 말인가, 이런 것을 함부로 흘리다니. 내가 아닌 다른 누가 보았더라면 어쩔 뻔했다는 말인가. 그러니 저 사려 깊지 못한 인품이 내 오래전부터 마음에 걸려 걱정하였거늘.'

겐지는 온나산노미야의 인품을 한심해하면서 이렇게 생각하였습니다.

겐지가 돌아가자 시녀들이 하나 둘 자리에서 물러났습니다. 소시종은 슬며시 온나산노미야 곁으로 다가가 말하였습니다.

"어제의 그 편지는 어떻게 하셨는지요. 오늘 아침에 겐지 님께서 읽으신 편지의 색깔이 그 편지와 무척 비슷하였는데."

온나산노미야는 화들짝 놀라며 큰일이 났다고 그저 눈물만 흘립니다. 소시종은 그런 모습을 보며 가엾다 여기면서도 정말 대책이 없는 분이라고 한심해합니다.

"대체 어디다 둔 것입니까. 그때 시녀들이 들어와 무슨 사연이라도 있는 듯 옆에서 어른거리면 이상히 여길까 싶어 내색조차 하지 못하고 얼른 물러갔는데. 겐지 님께서 오신 것은 잠시 후이니, 그동안 편지는 감추었으리라고만 생각하였는데."

"내가 편지를 보고 있는데 들어오셨으니 당황하여 얼른 감추지 못하고 자리 밑에 밀어넣어 두었는데 그만 잊어버리고 말았구나."

소시종은 어이가 없어 말이 나오지 않았습니다. 자리 옆으로 다가가본들 지금 와서 어떻게 할 수 있는 노릇도 아니지요.

"정말 큰일입니다. 그분도 겐지 님을 몹시 두려워하여 이 일이 조금이라도 겐지 님의 귀에 들어갈까 노심초사 하고 계시는데, 이런 일이 벌어지고 말았으니. 온나산노미야 님이 언제까지고 철이 들지 않아 미덥지 않은 성품이니, 그 탓에 그분에게도 그만 모습을 보이고 말아 이런 일이 생긴 것입니다. 그 후로 가시와기 중납언 님은 온나산노미야 님께 연심을 품고, 제게 줄을 대지 않는다고 성화를 하였으니, 설마 이렇게 깊은 사이가 되실 줄은 꿈에도 몰랐습니다. 모두가 난감하게 되었어요."

소시종이 이렇듯 무례하게 몰아붙이나, 온나산노미야는 스스럼이 없고 아직 어린 구석이 많은 분인지라 소시종도 편한 마음으로 조심성 없게 구는 것이겠지요.

온나산노미야는 대답도 하지 못하고 그저 훌쩍거리며 눈물만 흘릴 뿐입니다. 기분도 언짢은 듯하고, 밥도 한 술 뜨지 못하니 시녀들은 겐지를 원망하며 이렇게 말들을 합니다.

"온나산노미야 님께서 이토록 몸이 불편하신데, 겐지 님은 돌아보시지도 않고 지금은 쾌차하신 무라사키 부인의 간병에만 정성을 들이고 계시니."

겐지는 예의 편지가 석연치 않아 사람이 없는 곳에서 펼쳐놓고 몇 번이나 되읽었습니다. 온나산노미야를 모시는 시녀 가운데 누군가가 가시와기 중납언의 필적을 흉내내어 쓴 것은 아닐까 하는 생각까지 하였으나, 본인임을 알 수 있는 역력한 말투가 여러 군데 있었습니다. 오랜 세월 마음에만 품고 있었던 사랑을 우연히 이루고 오히려 불안하고 고통스러워졌다는 심경을 있는 말을 구사하여 써내려간 문장이 제법 훌륭하고 감동적이기는 하나, 신중하지 못함이 온나산노미야나 진배없으니 겐지는 경멸하고 맙니다.

'아무리 연문이라지만 이렇듯 노골적으로 써도 괜찮은 것인가. 그토록 늠름하고 훌륭한 사람이 이렇게 부주의하게 쓰다니. 나는 젊었을 시절에, 만의 하나 편지를 떨어뜨리기라도 하여 사람들 눈에 띄면 어쩌랴 싶어 자세하게 쓰고 싶을 때에도 최대한 문장은 간략하고 애매모호하게 썼는데. 그렇게 용의주도한 머리는 돌아가지 않는 사람인 게로군.'

그나저나 앞으로 온나산노미야를 어떻게 대하면 좋을 것인가. 회임을 한 듯한 눈치인데 그 역시 불륜의 결과란 말인가. 참으로 어처구니없는 일이로다. 내가 이렇듯 당치 않은 비밀을 알면서도 지금까지 한 대로 소중하게 여기며 보살펴야 한단 말인가.'

겐지는 이전처럼 보살필 수는 없는 노릇이라고 생각합니다.

'가벼운 연애 상대라 여기고 애당초 진심으로 좋아하지 않은 여자라 할지라도 달리 좋아하는 남자가 생겼다 싶으면 불쾌하

여 마음이 떠나는 법이거늘, 하물며 온나산노미야는 나에게 각
별한 사람인데 가시와기 중납언이 참으로 주제넘는 짓을 하였
구나. 그 옛날 천황의 여인과 통정을 한 예가 없지는 않으나, 그
것과는 또 사정이 다르지. 서로가 폐하를 모시는 몸이라 친근하
게 지내다 보니 절로 정을 통하게 되어 끝내 불미한 일이 벌어
지는 일도 많았겠지. 여어나 갱의 같은 신분의 여인이라도 이런
면이 이렇다 저렇다 여겨지는 사람도 있고, 신중하지 못한 여인
도 개중에는 섞여 있으니 뜻하지 않는 잘못을 저지르기도 하였
겠지만, 그 중대한 잘못이 사람들 눈에 드러나지 않는 동안에는
폐하를 계속 모실 수 있으니, 겉으로 드러나지 않는 불륜의 정
사도 있었을 터. 허나 온나산노미야는 정부인으로 겨룰 자가 없
을 만큼 정중하게 대접하였거늘. 내심 더없이 깊이 사랑하는 무
라사키 부인보다 소홀히 여길 수 없는 분이라 하여 보살피고 있
는 나를 제쳐놓고 그런 엉뚱한 일을 벌이다니. 세상에 그 예가
없는 일일 것이다.'

　겐지는 온나산노미야의 소행이 참으로 괘씸하였습니다.

　'모시는 분이 폐하라 하여도, 그저 순순히 표면적인 의무를
다한다는 심정으로 후궁 생활을 하면 아무 재미도 없을 것이니,
깊은 애정을 보이는 남자의 애타는 구애에 흔들려 정을 나눈 후
에, 때로 보내오는 남자의 편지를 그냥 지나칠 수 없어 답장도
쓰다 보니 자연히 마음이 통하게 된 사이라면, 같은 밀통이란
불미한 소행을 저질렀다 하여도 동정의 여지가 있을 터인데. 가

시와기 중납언 정도의 남자에게 온나산노미야가 마음을 빼앗길
줄은 미처 몰랐구나.'

겐지는 이렇듯 심히 불쾌하게 여기나 겉으로 내색할 수 없는
일이라 속으로만 고심하고 있습니다.

'돌아가신 기리쓰보 선황도 지금의 나처럼, 속으로는 후지쓰
보님과의 밀통을 다 알고 있었는데도 모르는 척하셨던 것은 아
닐까. 돌이켜보면, 그때 그 일이야말로 있어서는 아니 될 끔찍
한 과실이었으니.'

한편으로는 이렇게 자신의 과거를 떠올리니 옛 노래에도 있
듯이 '사랑의 험준한 산길'에 헤매는 사람을 마냥 비난할 수도
없다는 생각이 듭니다.

겐지는 애써 아무 일 없는 척 태연하게 굴고 있으나, 왠지 우
울해 보이고 얼굴에 수심이 어려 있으니, 무라사키 부인은 목숨
을 간신히 부지하게 된 자신을 가엾게 여겨 육조원에서 일찌감
치 돌아왔는데, 그런 탓에 온나산노미야를 돌보지 못하는 것이
내심 안타까워 괴로워하는 것은 아닐까 하고 헤아렸습니다.

"저는 이제 말끔히 병이 나았습니다. 들은즉 온나산노미야
님이 몸져누웠다 하는데 이렇듯 서둘러 돌아오시다니, 아니 될
일이지요."

"그래요. 몸이 불편해 보이기는 하였으나 딱히 걱정할 일은
없는 듯하여 일단 안심하고 돌아왔습니다. 폐하께서도 때로 문
안 사절을 보내고, 오늘도 편지가 왔다고 합니다. 스자쿠 상황

이 폐하께 온나산노미야를 각별히 부탁한 터라, 폐하께서도 그렇듯 마음을 쓰시는 게지요. 다소나마 온나산노미야를 소홀히 하였다가 폐하나 스자쿠 상황이 뭐라 생각하실까 그것이 마음에 걸려."

겐지는 무라사키 부인의 말에 이렇게 탄식합니다.

"폐하의 의향보다 온나산노미야 님 자신이 당신의 냉담함을 원망한다면 그것이 가여운 일이지요. 온나산노미야 님 자신은 그리 문제시하지 않는다 하여도, 험담을 하는 시녀가 반드시 있을 터이니, 저는 그것이 걱정스럽습니다."

"과연, 내가 그 누구보다 어여삐 여기는 당신에게는 말 많은 친척이 없는 대신 당신 자신이 만사를 넉넉하게 헤아리는 사람이로군요. 시녀들의 일까지 신경을 쓰고, 온나산노미야 님도 빠짐없이 배려를 하는데 나는 그저 폐하의 비위를 거슬리지는 않을까 그것만 우려하니, 온나산노미야 님에 대한 애정이 깊지 않다 여겨져도 당연한 일이겠지요."

겐지는 이렇게 웃으면서 얼버무립니다. 온나산노미야의 처소로 거처를 옮기는 일에 대해서는 이렇게만 전합니다.

"당신과 함께 육조원으로 돌아가게 되면요. 당분간은 이곳에서 느긋하게 지내기로 합시다."

"저야말로 이곳에서 혼자 여유롭게 지낼 터이니 먼저 돌아가세요. 저는 온나산노미야 님이 쾌차한 후에 돌아가겠습니다."

그로부터 며칠이 지났습니다.

온나산노미야는 지금까지 겐지가 찾아오지 않는 것은 그 냉담한 마음 탓이라고 여겼지만, 지금은 자신이 불미한 잘못을 저지른 탓에 일이 그렇게 된 것이라고 생각합니다. 만의 하나 스자쿠 상황의 귀에 이 일이 들어가면 어쩌랴 싶으니, 세상이 좁아진 듯 오금을 펴지 못하고 있습니다.

가시와기 중납언은 여전히 애가 타는 마음을 애처롭게 호소하며 편지를 보내나, 소시종은 일이 더 크게 불거질 것을 두려워하여 조바심만 냅니다.

"결국 이런 일이 있었습니다."

소시종이 가시와기 중납언에게 겐지가 편지를 읽었다는 뜻을 알리자 가시와기 중납언은 너무도 놀라 대체 언제 어떻게 그런 일이 벌어졌을까 하고 생각하지만, 이런 일이 오래 계속되다 보면 그 기척만으로도 절로 사람들 눈에 띄게 마련이라는 생각이 들자 두려움에 몸이 움츠러드는 듯하였습니다. 안 그래도 하늘에 눈이 있어 모든 것을 내려다보고 있는 듯 두려웠는데, 의심의 여지가 없는 증거물을 보았다 하는 이상, 수치스럽고 황송하여 견딜 수가 없었습니다. 아직은 여름철, 아침저녁에도 서늘한 기운이 없는 계절인데 몸이 얼어붙는 듯하니 말할 수 없이 두렵고 슬플 뿐입니다.

'지난 세월 동안, 공적인 일이 있을 때나 놀이모임이 있을 때나 격의 없이 불러주셔서 스스럼없이 찾아뵈었고, 누구보다 자상하게 헤아려주셨던 겐지 님의 배려를 늘 고맙게 여겼는데. 그처럼 어이없는 짓을 저질러 불손한 자로 미움을 받게 되었으니 앞으로 무슨 면목이 있어 얼굴을 뵈올까. 그렇다 하여 갑자기 소식을 끊고 한 번 찾아뵙지도 않으면 사람들이 이상히 여길 터이고 겐지 님 또한 역시 그랬구나 하고 생각할 터이니, 그것이 견딜 수 없도록 괴롭구나.'

가시와기 중납언은 이렇게 불안에 시달려 몸마저 이상해지니 궁중 출입도 제대로 하지 못합니다. 그렇게 중죄를 지은 것은 아니라 할지라도 이제 자신의 인생은 끝장이 났다 싶으니, 이런 결과를 초래할 줄 모른 것도 아닌데 자청하여 그런 짓을 저지른 자신의 어리석음이 원망스러웠습니다.

'그러고 보면 그분은 애당초 그윽하고 차분한 성품은 아니었어. 그 발 사이로 자신의 모습을 보인 것조차 있어서는 아니 될 일이었어. 그때 함께 자리하였던 유기리 대납언 역시 그 태도를 경솔하게 여기는 것 같았는데.'

이제 와서 그런 생각을 하는 것은, 온나산노미야에 대한 사모의 정을 잊으려 굳이 결점을 찾아내려는 탓일까요.

'아무리 신분이 고귀한 분이라 하더라도 지극히 품위는 있으나 철이 없으면 세상일에 둔하고 시중을 드는 시녀들에게도 조심을 하지 않으니, 오히려 자신에게나 타인에게나 있어서는 아니 될 크나큰 실수를 저지르는 게로구나.'

한편 이런 생각도 드니 온나산노미야가 안쓰러워 단념할 수 없었습니다.

겐지 역시 몹시 불편해하는 온나산노미야의 모습이 가엾고 안쓰러우니 돌아보지 않을 수 없습니다. 온나산노미야의 일은 단호하게 물리치자고 생각하면 더욱이 미워할 수만은 없는 그리움과 애처로움이 들끓었습니다. 육조원으로 돌아가 온나산노미야를 만나 보면 가슴이 찢어질 듯 아프고 가련하니, 갖가지 순산기도를 올리게 하였습니다. 표면적으로는 지금까지와 아무것도 변하지 않았습니다. 오히려 이전보다 더욱 자상하고 소중하게 보살피는 모습이 애틋하게 보일 정도입니다.

허나 두 사람 사이에 부부로서 서로를 사랑하는 일은 없어졌습니다. 겐지는 온나산노미야에게서 완전히 마음이 떠나 대하기가 어색하니, 남들이 보는 앞에서는 간신히 평정을 유지하나 마음속에는 이런저런 고뇌가 떠나지 않았습니다. 그런 것을 보고 느끼는 온나산노미야의 심정은 더더욱 괴로웠습니다.

그런 편지를 보았다고 분명하게 말한 것도 아닌데 온나산노미야 혼자서 그렇듯 괴로워하고 안절부절 못하니, 겐지에게는 그 점이 오히려 유치하고 어리석게 느껴졌습니다.

'애당초 성품이 이러하니 그런 일도 생기는 것이겠지. 아무리 대범한 성격이 좋다 하나, 사려 깊지 못하고 믿음직스럽지 못하니 역시 안심할 수 없는 사람이야.'

겐지는 이렇게 생각하니 모든 남녀 사이가 마음에 걸렸습니다.

'아카시 여어는 너무도 순수하고 얌전하니, 가시와기 중납언처럼 사모하고 애타하는 남자가 생기면 온나산노미야보다 한층 정신을 못차리고 혼란에 빠질지도 모르겠구나. 온나산노미야처럼 소심하고 미덥지 못하고 나긋나긋한 여자는 남자도 업신여기는 탓일까. 있어서는 아니 될 일이나 남자 쪽에서 간절히 다가가면 마음이 약하여 끝까지 거부하지 못하고 잘못을 저지르는 게지.

검은 턱수염 우대신의 정부인인 다마카즈라 부인은 이렇다 할 후견인이 없어 어렸을 때부터 각지를 유랑하며 어렵게 컸으나 재치가 있고 분별력이 있어 나도 겉으로는 아비로 행세하였으나 흑심을 품지 않은 것도 아니었지. 그런데 그 사람은 모르는 척하면서 넌지시 외면하여버렸어. 그 검은 턱수염 우대신이 그 무분별한 시녀와 공모하여 몰래 숨어 들어왔을 때에도, 자신은 절대 응하지 않았다는 것을 세상이 다 알게 하였고, 그 후에 부모의 허락 아래 결혼하는 형식을 취하여 자신에게는 책임이 없다는 것을 분명히 하였다. 지금 생각하면 그것은 그 사람이 얼마나 영특한지를 말해주는 증거였어. 원래 인연이 깊은 두 사람이었기에 지금까지 아무 탈 없이 부부로 살고 있는 것이니, 어떤 사정으로 일이 벌어졌든 결과는 마찬가지였겠지만, 여자가 나서서 꼬리를 친 사이라고 소문이라도 났다면 다소는 손가락질을 받았을 터인데, 실로 훌륭하게 처신한 것이지.'

겐지는 또 이렇게 옛일을 떠올리기도 합니다.

지금은 이조궁에 있는 오보로즈키요에 대해서도 아직까지 잊

지는 않고 있으나, 이렇게 뒤가 껄끄러운 사랑은 온나산노미야
의 과실 이후 염증이 나고 번거로운 것이라 깨달으니, 오보로즈
키요의 흔들리기 쉬운 박약함을 다소는 경멸하는 지경입니다.

　허나 그러한 오보로즈키요가 숙원이었던 출가를 끝내 이루었
다는 소식을 듣자, 너무도 슬프고 아쉬운 나머지 마음이 어지러
워 당장에 문안 편지를 보냈습니다. 출가를 한다는 암시조차 주
지 않은 무정함에 한결 원망이 컸습니다.

　　그대가 출가하였다는 소식이
　　어찌 남일처럼 들리리
　　그 스마의 해변을 어부처럼
　　외로이 유랑하였던 것도
　　따지자면 그대 탓인데

　"인간 세상의 온갖 무상함을 마음 깊이 새기고 있으면서도 지
금까지 출가하지 못하고 있는데, 그대가 앞지르고 말았으니 안
타까운 일입니다. 이미 나를 버렸으나 그대가 날마다 반드시 올
리게 될 회향에서는 이 몸의 안위를 가장 먼저 발원해줄 터이
니, 감개무량합니다."

　겐지는 이렇게 정성껏 편지를 썼습니다.

　오보로즈키요는 오래 전부터 출가를 바라왔지만, 겐지가 어
떻게든 막고 만류하여 지금까지 미루고 있었던 것입니다. 사람

들에게는 그렇다 분명하게 말할 수 없었지만, 마음속으로는 옛
날부터 괴로웠던 일이 많았던 두 사람 사이였던 만큼 얕은 인연
은 아니었다 여겨지니 겐지의 편지에 가슴 벅차하며 이런저런
옛일을 떠올립니다.

답장도 앞으로는 이런 식으로 주고받을 수 없으니 마지막 편
지라 여기고 벅찬 심정으로 성심을 다하여 썼는데, 그 필적이
참으로 훌륭하였습니다.

"이 세상의 무상함을 나만 홀로 알고 있다 여겼는데, 그대 홀
로 남았다 말씀하시다니요. 그리고 보니, 과연."

나를 태우고 떠나는 배를
어찌 놓치셨는지요
저 먼 아사키의 해변에서
어부처럼 살았던 그대가

"회향이라 하시나 어차피 모든 중생을 위한 회향, 그대가 그
안에 들지 않을 리 없지요."

짙은 남빛 종이가 붓순나무 가지에 꽂혀 있습니다. 오보로즈
키요의 취향이 그러하나, 세련된 필적은 옛날과 변함이 없으니
그윽한 정취가 배어 있습니다.

지금 겐지는 이조원에 있으니, 이미 인연이 끊긴 사람이라 하
여 그 편지를 무라사키 부인에게도 보여주었습니다.

"이거 참 호되게 당하였소이다. 나도 나 자신에게 참 정나미가 떨어지는구려. 세상살이 불안한 온갖 것을 지금까지 용케 보고 살아왔다 싶습니다. 세상사 온갖 일을 두서없이 얘기하고, 계절에 따라 흥에 겨운 일 정취에 넘치는 일 등을 빠짐없이 서로에게 알리고, 떨어져 있어도 스스럼없이 친근하게 지낼 수 있는 사람이라고는 아사가오 재원과 이 오보로즈키요만 남아 있었는데, 이렇게 다들 출가를 하고 말았으니. 재원은 근행에 여념이 없는 듯합니다. 여러 여인들의 모습을 보고 들어왔으나, 그 가운데에서도 사려 깊고 상냥하고 다감한 점에서는 아사가오 재원을 능가하는 사람이 없었지요. 여인을 키운다는 것은 실로 어려운 일입니다. 전생의 인연이라는 것은 눈에 보이지 않는 것이니, 결혼도 부모 뜻대로는 되지 않지요. 그래도 성장하기까지 부모는 마음씀씀이를 허술히 해서는 안 되지요. 그런데도 나는 자식 복은 이리 없으니. 덕분에 자식 때문에 속을 썩는 일은 많지 않으니 정말 다행이라고 생각합니다. 젊은 시절에는 자식이 많지 않은 것이 허전하여, 여자아이를 이리저리 치장하며 곱게 키울 수 있다면 하고 바라고 한탄한 적도 많지요. 당신도 아카시 여어의 첫째 딸아이를 잘 키우세요. 아카시 여어는 분별력도 다 갖추지 못한 어린 나이에 입궁을 하여 사가에는 오지도 못하고 궁에서 지내고 있으니, 부족한 점도 많을 겝니다. 여어의 딸들 역시 소양을 갖춘 참한 여인으로 키워 남들에게 결점을 꼬집히는 일 없이 평생을 평화롭게 살게 하고 싶습니다. 대단한 가문은 아니더라도 각자에게 어울리는 남편을 얻을 수 있는 보통 신분의 여자는, 그 남편에 의지하여 절로 편안하게 살 수 있으나 황녀는 그렇지 못하니."

"이 몸이 무슨 대단한 후견인이 될 수 있겠습니까. 허나 살아 있는 동안에는 성심을 다하여 보살피려 하나, 이 목숨이 언제까지 붙어 있을지 알 수가 없으니."

무라사키 부인은 건강에 자신이 없는 불안하고 허망한 표정으로, 뜻대로 출가하여 마음 놓고 근행을 할 수 있는 아사가오 재원과 오보로즈키요를 부러워합니다.

"오보로즈키요 쪽에서 승복을 만들 수 없는 동안은 이쪽에서 승복을 마련해드려야 할 터인데, 가사 등은 어떻게 만드는 것인지 알려주고 만들라 이르세요. 한 벌은 육조원에 있는 하나치루 사토에게 부탁하지요. 너무 형식을 갖춰 반듯하게 만들면 음산하여 처음에는 낯설 터이나 그래도 승복다움을 잃지 않도록 하라 이르세요."

겐지는 무라사키 부인에게 이렇게 부탁하면서, 엷은 감색 승복 한 벌을 무라사키 부인 쪽에서 짓도록 하였습니다.

작물소 관리들을 불러들여, 여승이 사용하는 가재도구를 비롯하여 갖가지를 준비하라 은밀히 명하였습니다. 이부자리, 돗자리, 병풍, 휘장 등 사람들 눈에 띄지 않도록 비밀리에 정성껏 준비하라 일렀습니다.

무라사키 부인의 병환 때문에 출가한 스자쿠 상황의 쉰 살 생신 축하연을 뒤로 미루었습니다. 처음에는 가을에 치르려 하였으나 팔월은 유기리 대납언의 친모인 아오이 부인의 기월에 해당하는지라 음악 준비를 하기에 사정이 좋지 않습니다. 구월은 스자쿠 상황의 어머니인 고키덴 선황태후가 돌아가신 달이라 시월로 계획하였는데, 이번에는 온나산노미야가 몸져누웠으니 또 미뤄지고 말았습니다.

시월에 가시와기 중납언의 정실인 둘째 황녀 온나니노미야만 축하 인사를 드리기 위해 스자쿠 상황이 있는 산을 찾았습니다. 시아버지인 전 태정대신이 절차에 필요한 모든 것을 빈틈 없이 준비하여 성대하고 격조 높은 의식을 치렀습니다. 가시와기 중납언도 이 기회에 무리하여 정신을 차리고 출석하였습니다. 그러나 그 후에는 또 기분이 침울해져 병석에 눕고 말았습니다.

온나산노미야 역시 기가 죽어 운신을 못하고 늘 슬퍼만 하고 고뇌에 차 있는 탓일까요, 달이 차면서 무거워진 몸이 매우 힘겨워 보입니다.

겐지는 그런 모습을 보면서 예의 과실을 언짢게 생각하나, 한편으로는 힘겹고 가련한 모습으로 하염없이 괴로워하니 저러다 어찌 되지는 않을까 걱정스러워 마음을 쓰며 슬퍼합니다. 올해는 이래저래 올릴 기도도 많으니, 분주하게 지내고 있습니다.

산에 있는 스자쿠 상황은 온나산노미야의 소식을 듣고 애처로운 마음으로 그리워합니다. 소식을 전하는 사람이 지난 몇 달 동안 겐지가 이조원에서 무라사키 부인만 간병하고 육조원의 온나산노미야에게는 거의 걸음을 하지 않았다 하니, 대체 어찌 된 일인가 하여 억장이 무너질 듯 걱정을 하며 새삼스레 남녀 사이의 허망함을 한탄합니다. 무라사키 부인의 병환이 중해 겐 지가 간병 때문에 이조원에 눌러 있다는 소식을 들었을 때에도 마음이 온건하지 못하였는데 하물며 사태가 이러하니, 더욱 조 바심을 냅니다.

'그 후에도 육조원으로 돌아가지 않았다 하니, 혹 그동안에 무슨 변고가 생긴 것은 아닐까. 온나산노미야 자신은 모르는 일 인데, 신중하지 못한 시녀들의 부실로 실수를 한 것은 아닐까. 궁중에서도 그저 고아한 노래만 주고받는 사이라 하여도 좋지 않은 소문이 나는 예를 흔히 듣는데.'

이렇게까지 생각하니, 속세의 번거로운 일을 단념하기 위한 출가였는데 역시 자식에 대한 애정은 떨쳐버리기 어려우니, 온 나산노미야에게 자세한 편지를 써 보냈습니다. 마침 겐지가 육 조원에 있을 때 편지가 당도하였는지라 겐지는 편지를 읽게 되 었습니다.

'별 할 일도 없으면서 편지를 종종 보내지 못하여 그쪽 소식 을 모르는 채 무정한 세월만 보내고 있습니다. 몸이 불편하다는 소식을 듣고부터는 염불 송경을 할 때에도 그대 생각에 마음이 어지러운데, 그래 용태는 어떻습니까. 부부 사이가 내 마음 같지 않아 외로울 때에도 꾹 참고 지내세요. 좋지 않은 소문을 듣고 잘 알지도 못하면서 다 아는 척 원망하는 표정을 보이는 것은 품위 없는 일입니다.'

스자쿠 상황은 이렇게 딸을 깨우치고 있는데, 겐지는 편지를 읽고 보니 스자쿠 상황에게 실로 죄송스런 마음이 드나, 아무도 모르는 온나산노미야의 한심한 과실이 그 귀에 들어갔을 리 없으니 스자쿠 상황은 모든 것이 나의 게으름 탓이라 여기며 불만스러워하시겠지, 하고 생각합니다.

"답장을 뭐라 쓰렵니까. 이런 애처로운 편지를 받으니 내 마음이 더 괴롭습니다. 그대의 일을 유감스럽게 생각하고는 있으나, 그렇다 하여 남들이 그대를 소홀히 여긴다 비난할 만한 대우는 하지 않았거늘. 대체 누가 원에게 알렸을까요."

수치스러운 듯 고개를 돌리고 있는 온나산노미야의 모습이 정말 가련합니다. 초췌해진 얼굴로 수심에 잠겨 있는 모습이 한결 품위 있고 아름답습니다.

"철이 없고 미덥지 못한 그대의 성품을 잘 알기에 이렇듯 걱정을 하시는 것일 터이니, 나 역시 그 심정을 족히 이해합니다. 앞으로는 정말이지 만사에 조심을 해야 합니다. 이런 말까지는 굳이 하고 싶지 않으나, 스자쿠 상황의 귀에 나에 관한 나쁜 소문이 들려, 이상히 여기며 마음을 돌리시니 답답하고 고통스러워 그대에게만 말하는 것입니다. 사려가 깊지 못하고 그저 남이 하는 말을 그대로 믿고 그쪽으로 기우는 그대의 성품에 내가 하는 말이 그저 어리석고 하찮게 들릴지 모르고, 또한 지금은 나이가 들어 노인 같은 나의 모습도 경멸스럽고 고리타분하다 여길 터이니 분하고 한심스러우나, 적어도 스자쿠 상황께서 살아 계시는 동안에는 참아주세요. 스자쿠 상황께서 나를 그대의 남편으로 삼은 것은 그 나름의 생각이 있어서였을 터이니, 이 노인을 그 누구처럼 어여삐 여기어 그리 경멸은 하지 않도록 하세요. 오래전부터 출가를 뜻한 바 있으나, 그리 열심히 원하지 않은 부인들조차 모두들 나를 버리고 떠나갔으니 내가 생각하여도 분하고 한탄스러운 일이 많으나, 나 자신은 출가에 아무런 주저함이 없습니다. 허나 스자쿠 상황께서 끝내 출가를 하시면서 뒤에 남은 그대를 염려하시어 나를 후견인으로 삼았을 때는 그 처사가 기뻐 기꺼이 받아들였는데, 뒤이어 나까지 그대를 버리고 출가를 해버리면 스자쿠 상황께서 얼마나 실망하실까 두려워 출가할 마음을 거두었던 것입니다. 나의 출가를 방해하였던 걱정스러운 사람도 없으니, 지금은 아무도 나의 출가에 지장을 주지 않습니다. 장래의 일을 알 수 없으나 아카시 여어도 자식을 여럿 두었으니, 내가 살아 있는 동안이나마 무사하다면 안심하여도 되겠지요. 그밖의 사람들은 모두 각자의 사정에 따라 나와 함께 출가를 하여도 후회가 없을 나이가 되었으니, 이제는 몸이 가볍고 후련합니다. 스자쿠 상황의 수명도 앞으로 그리 길지는 않겠지요. 요즘은 병세가 위중하여 불안해하고 계시다 하니, 더는 묘한 소문을 내어 걱정을 끼치지 않도록 하세요. 이 세상의 일은 그리 대단하지 않습니다. 아무런 미련이 없어요. 내세의 성불을 방해한다면 그 죄야말로 두렵겠지요."

이렇게 예의 사건을 드러내놓지는 않으나 간절하게 말합니다. 온나산노미야는 그저 눈물만 흘리며 정신을 가누지 못하고 슬픔에 젖어 있습니다.

"젊었을 때는 늙은이의 잔소리가 남 얘기만 같고 답답하게만 느껴졌는데 지금은 내가 그런 소리를 하게 되었습니다. 한심하고 성가신 늙은이라고 더욱더 경원하게 되겠지만요."

겐지는 이렇게 말하며 눈물을 흘리고 자조하면서 벼루와 먹을 잡아당겨 몸소 먹을 갈고 종이를 준비하여 답장을 쓰게 합니다.

붓을 든 온나산노미야의 손이 부들부들 떨리니 글을 쓸 수가 없습니다.

'그 자상하게 씌어 있었던 가시와기 중납언의 편지에는 아무런 주저 없이 자진하여 술술 써내려갔을 터인즉.'

이렇게 짐작되니 몹시 얄미워 가엾다 여겼던 마음이 깨끗이 가시는 듯하나, 그래도 참고 말투를 가르치며 쓰게 합니다.

이번 달도 이렇게 지나니 때를 놓치고 말아 온나산노미야는 스자쿠 상황의 축하연을 치르지 못하였습니다. 온나니노미야가 각별한 위세를 떨치며 축하연을 치르는데, 임신 중의 야위고 초췌한 모습으로 경쟁하듯 치르는 것이 꺼려졌기 때문입니다.

"십일월은 기리쓰보 선황의 기월입니다. 연말에는 또 이런저런 일로 분주할 터이지요. 회임 중의 모습이 점점 더 보기가 안쓰러우니, 애타게 기다리시고 있는 스자쿠 상황을 그런 모습으로 뵙기가 민망할 터이나, 그렇다 하여 언제까지고 연기할 수는 없습니다. 마음 졸이지 말고 밝게 마음을 고쳐먹고 그 야윈 얼굴에 화장이라도 하세요."

겐지는 또 이렇게 온나산노미야를 가여워합니다.

지금까지는 취향을 살려야 할 행사가 있을 때마다 가시와기 중납언을 불러들여 의논 상대로 삼았는데 이번에는 이렇다저렇다 소식도 전하지 않습니다. 겐지는 사람들이 이상히 여길 것이라 생각은 하나, 만나면 상대의 눈에 자신의 모습이 점점 더 어리석게 비칠 터이니 기분이 언짢아 평정을 유지하기 어려울 것임을 아는 터라, 몇 달이나 중납언이 찾아오지 않는데도 뭐라 꾸짖지 않습니다.

세상 사람들은 가시와기 중납언의 병세가 예사롭지 않아 자리보존을 하고 있는데다 육조원에서 음악놀이가 없는 해라 그런 것이리라고 생각하고 있습니다.

유기리 대납언만은 말 못할 속사정이 있는 모양이다, 그 색을 좋아하는 가시와기 중납언이 온나산노미야에 대한 연정을 억누르지 못하고 허튼짓을 한 것은 아닐까 하고 짐작하고 있으나, 설마 겐지가 모든 것을 알고 있으리라고는 꿈에도 생각지 못합니다.

십이월이 되었습니다. 십일이 지나 스자쿠 상황의 생신 축하연을 계획하니 육조원은 춤 연습 등으로 떠나갈 듯 시끄럽습니다. 무라사키 부인은 아직도 이조원에 머물러 있으나, 축하연의 예행연습인 시연에 신경이 쓰여 차분하게 지낼 수 없는 터라 육조원으로 거처를 옮겼습니다. 아카시 여어도 사가인 육조원을 찾았습니다. 아카시 여어는 이번에 또 아들을 낳았습니다. 잇달아 귀여운 아기를 생산하니 겐지는 밤낮으로 아이들과 함께 놀아주면서 오래 산 보람이 있다고 기뻐합니다.

시연에는 검은 턱수염 우대신의 정실 다마카즈라 부인도 출석하였습니다. 유기리 대납언은 시연에 하나치루사토의 침전에서 앞서 조악을 하며 연습에 정진한 터라, 하나치루사토는 시연을 구경하지는 않습니다.

가시와기 중납언을 이렇듯 성대한 행사에 참가시키지 않는 것은 모임의 명분도 서지 않고 미진하게 느껴질 것이며 사람들이 이상히 여길 것이 분명하니, 겐지는 애써 출석하라는 뜻의 전갈을 보냈습니다. 가시와기 중납언은 병세가 위중하다는 구실로 사양하였습니다. 허나 실은 어디가 어떻다 하게 아픈 것은 아닌 듯하니 역시 고뇌가 깊은 탓이라 가엾게 여겨 일부러 편지를 보냈습니다.

"어찌하여 사양을 하는 것입니까. 겐지 님이 언짢은 일이 있는 것인가 염려하실 터인데. 그리 대단한 중병도 아니니 출석하는 것이 좋을 듯합니다."

아버지 대신도 이렇게 말하며 출석을 권하는데, 거듭 편지가 오니 가시와기 중납언은 괴로움을 참으며 출석하였습니다.

가시와기 중납언은 아직 상달부들이 당도하기 전 육조원에 도착하였습니다. 지금까지 그랬던 것처럼 발 안으로 들어가, 본채의 발 안쪽에 있는 겐지와 대면하였습니다.

가시와기 중납언의 얼굴은 보아하니 몹시 야윈데다 창백하기까지 합니다. 언제나 의기양양하고 밝고 화려하게 처신하는 점에서는 동생들에게 다소 미치지 못하였으나, 신중하고 예의바르며 침착한 태도가 각별하였는데, 오늘은 특히 조용하게 대기하고 있으니 과연 황녀의 남편으로 손색이 없다고 여겨집니다. 다만 예의 밀통 사건에 관해서는 둘 다 무분별하였던 것이 도저히 용서하기 어려우니, 겐지는 가시와기 중납언의 얼굴을 빤히 쳐다보면서도 자상한 말투로 이렇게 말합니다.

"이렇다 할 일이 없어 오래도록 격조하게 지냈습니다그려. 지난 몇 달 동안 여기저기 병인들을 돌보느라 마음의 여유가 없었는데, 온나산노미야가 스자쿠 상황의 생신 축하연을 위해 법회를 올리기로 하였는데, 이래저래 지장이 많아 아무것도 하지 못하고 이렇게 세밑이 되고 말았소이다. 생각한 만큼 충분하지는 않으나 정진요리를 올릴까 해요. 축하연이라 하면 거창하게 들리나, 이 집에서 태어난 아이들도 많으니 스자쿠 상황에게 보여드릴 겸 아이들에게 춤 연습을 시키고 있지요. 그 일만이라도 무사히 치러내고 싶으나 박자를 정확하게 가르칠 수 있는 사람이 그대 말고 또 누가 있을까 싶어 궁리하다 못해, 몇 달이나 찾아오지 않은 원망을 거두고 이렇게 부른 것입니다."

이렇게 말하는 겐지의 표정에 별 애증은 없는 듯 보입니다.

가시와기 중납언은 몸 둘 바를 모를 만큼 황송하니, 얼굴색이 변하지 않았을까 염려되어 대답도 얼른 하지 못합니다.

"몇 달이나 이쪽저쪽에 병인이 있어 심통해하신다는 소식을 듣고 저 역시 걱정을 많이 하였으나, 지난봄부터 평소의 지병인 각기가 몹시 심하게 도져 제대로 설 수도 없었사옵니다. 시간이 흐르면서 점점 더 심해져 운신이 곤란하여 궁중 출입도 하지 못하고 세상과도 교섭을 끊다시피 집에만 틀어박혀 있었나이다. 올해는 스자쿠 상황께서 오십 세가 되시는 해이라 남들보다 정성을 들여 축하를 드려야 마땅하다고 아버님도 말씀하였습니다. 그러나 '이미 나는 관직을 떠난 신분이니 남들보다 앞서 출사를 한다 하여도 앉을 자리가 없다. 관위는 낮아도 너 역시 나와 마찬가지로 축하연에 깊은 뜻을 품고 있을 것이니 그 성의를 보이는 것이 좋을 것'이라며 채근하여, 병든 몸을 이끌고 치른 것이옵니다. 스자쿠 상황께서는 한적한 생활을 하시며 불도에 정진하고 계시니 요란한 축하를 받는 것은 꺼려하시는 듯싶었습니다. 축하연은 간결하게 끝내고, 온나산노미야 님과 도란도란 얘기를 나누고 싶어하시니 그 바람을 들어드리는 것이 가장 좋지 않을까 생각하옵니다."

가시와기 중납언이 이렇게 말하니, 성대하였다 소문이 자자

하였던 온나니노미야의 축하연을 남편인 자신이 치렀노라 자랑하지 않고 아버지의 뜻이었노라 말하는 마음씀씀이를 겐지는 가상하게 생각합니다.

"온나산노미야의 축하연 준비는 보다시피 이 정도입니다. 너무도 간소해서 세상 사람들은 성의가 부족하다 여길 터이나, 그대는 스자쿠 상황의 마음을 헤아려 그렇게 말하니, 나 역시 같은 생각인 것이 다행스럽고 안심이 되는군요. 유기리 대납언은 이제야 겨우 궁중에서 제 몫을 하는 책무를 맡게 된 듯한데 이렇듯 풍류에 관한 일은 성격에 맞지 않는 것인지. 스자쿠 상황께서는 만사에 정통하여 능하지 않은 것이 없으신 가운데, 음악에는 각별히 조예가 깊고 열심이셨던 터라, 그대의 말처럼 속세를 버렸다 한들 아무런 잡념 없이 음악을 듣겠노라 하신다면 그 편이 오히려 우리에게는 신경이 쓰입니다그려. 아무쪼록 유기리 대납언과 함께 춤을 추는 아이들에게 마음가짐과 법도를 가르쳐주세요. 전문가라는 스승은 그저 자기 전문 분야라면 몰라도, 그밖의 분야에는 재주가 없는 법이니 말입니다."

겐지가 이렇듯 친근한 말투로 부탁을 하니 기쁘고 고마운 한편 몸이 오그라드는 듯 거북하여, 가시와기 중납언은 답변도 제대로 하지 못하고 어서 빨리 겐지 앞에서 물러나고 싶다는 생각만 합니다. 평소처럼 자세한 말이 나오지 않으니 간신히 겐지 앞에서 물러나왔습니다.

동북쪽 하나치루사토의 침전에서 가시와기 중납언은 유기리 대납언이 준비한 악인과 무인들이 당일 입을 의상에 관해 새로운 의견을 덧붙입니다. 유기리 대납언이 보란 듯이 아름답게 준비한데다 가시와기 중납언의 세심한 취향이 가해져 한결 멋들어지니, 역시 가시와기 중납언은 음악에 관한 한 실로 조예가 깊은 분이라 할 수 있겠지요.

오늘은 시연이 있는 날이라 부인들도 구경을 하는데, 더욱 돋보이라는 뜻에서 축하연 당일 입을 의상인 빨간빛이 섞인 옅은 쥐색 포에, 보라색 속옷을 입지 않고 청색 포에 암홍색 속겹옷을 입었습니다. 악인 서른 명은 하얀 옷을 입었습니다.

동남쪽 연못가 건물로 이어지는 복도를 연주장으로 삼고, 연못의 남쪽인 동산에서 앞으로 돌아 나오면서 「선유하」라는 아악을 연주합니다. 때마침 꽃잎이 휘날리듯 눈발이 흩날리니 봄이 이웃까지 와 있는 것 같고, 매화꽃이 하나 둘 꽃망울을 터뜨리는 풍정이 참으로 아름답습니다.

겐지는 차양의 방 발 안에 있습니다. 식부경, 검은 턱수염 우대신이 나란히 앉아 있고, 그보다 하위의 상달부들은 툇마루에 나란히 앉아 있습니다. 오늘은 축하연 당일이 아니므로 음식도 간소하게 차렸습니다.

검은 턱수염 우대신의 넷째 아들, 유기리 대납언의 셋째 아들과 반딧불 병부경의 두 아들이 만세악을 추었습니다. 아직 어린 아이들이라 무척이나 귀엽습니다. 넷 다 고귀한 집안의 자식들에 용모도 빼어난데다 훌륭하게 차려입고 있으니, 그 모습이 벌써부터 기품을 갖추고 있는 듯 보입니다.

또 전시가 낳은 유기리 대납언의 둘째 아들과 식부경의 아들이며 병위독이었다가 지금은 권중납언이 된 사람의 아들이 황장을, 검은 턱수염 우대신의 셋째 아들이 능왕을, 유기리 대납언의 첫아들이 낙존을, 또 태평락과 희춘락 등의 갖가지 춤을 같은 집안인 아이들과 어른들이 어울려 추었습니다.

해가 기울자 발을 올리게 하였습니다. 무악의 감흥이 점점 고조되는데 손자들이 사랑스러운 모습으로 춤을 추며 진귀한 사위를 피로하며 재롱을 피웁니다. 스승들이 자신의 모든 기량을 가르친데다 아이들의 타고난 탁월한 재능이 그 꽃을 피워 아름답고 훌륭하게 춤을 추니, 겐지는 한결같이 사랑스럽고 귀엽다 생각합니다.

상달부 가운데 노인들은 모두 감격하여 눈물을 흘립니다. 식부경도 손자를 생각하며 감격에 겨워 코끝이 빨개지도록 눈물을 흘리며 훌쩍거립니다.

축하연을 베푼 겐지는 가시와기 중납언을 가만히 바라보며 이렇게 말합니다.

"나이가 들면서 이렇듯 취해 눈물을 흘리기가 일쑤이니 내 꼴이 참으로 변변치 못합니다. 가시와기 중납언이 이런 나를 재빨리 보고 싱글거리니 민망하기 짝이 없군요. 그러나 그대의 젊음도 지금 한때뿐, 거꾸로 흐르지 않는 것이 세월입니다. 늙음이란 사람이 도저히 피할 수 없는 운명이지요."

다른 사람들을 다들 흥에 겨워 있는데, 혼자서 긴장하여 딱딱하게 군은 채 몸도 좋지 않아 모처럼의 훌륭한 춤도 눈에 들어오지 않는 사람을 붙들고 겐지는 굳이 이름까지 들먹이며 취한척하며 이렇게 말합니다. 사람들은 농담이라 들을지 모르나 가시와기 중납언은 가슴이 터져나갈 듯 심장이 쿵쾅거리고 술잔이 돌아와도 머리가 아파 견딜 수가 없는지라 마시는 척만 하고 있습니다. 그런데도 겐지는 억지로 술잔을 건네며 몇 번이나 집요하게 술을 권하는지라 어쩔 줄 몰라 난감해하는 가시와기 중납언의 모습이 예사 사람과는 전혀 다르니, 과연 우아하게 보입니다.

마음이 혼란스럽고 고통을 견딜 수가 없는 가시와기 중납언은 연회 자리가 끝나지 않았는데 그만 자리를 뜨고 말았습니다.

'여느 때처럼 몹시 취한 것도 아닌데 왜 이다지도 괴로운 것일까. 그 일 때문에 마음이 편치 않으니, 그래서 술기운이 쉬이 도는 것일까. 이렇게 오금을 펴지 못할 정도로 기가 약하다고는 여기지 않았는데, 참으로 내 꼴이 흉하구나.'

가시와기 중납언은 고통을 견딜 수 없어 정신마저 아득해지니, 자신이 생각해도 기개가 없다고 스스로 깨닫습니다. 허나 그것은 술에 취한 일시적인 고통이 아니었습니다. 가시와기 중납언은 그날부터 병세가 중해져 그만 몸져눕게 되었습니다.

아버지 대신과 어머니는 놀라 소란을 피우고는 따로 사는 탓에 걱정스러워 마음이 놓이지 않는다며 가시와기 중납언의 거처를 자택으로 옮기려 합니다.

온나니노미야가 얼마나 슬퍼하였는지 그 모습이 참으로 애처로웠습니다.

가시와기 온나니노미야가 아무 탈 없이 평탄하게 지내온 지금까지의 세월, 만사를 태평하게 생각하고 좀처럼 정이 들지 않는 부부 사이도 앞으로 어떻게든 되리라는 허튼 희망을 품고 부인을 그리 어여뻐하지도 않았는데, 이것이 마지막 이별은 아닐까 생각하니 몸이 에이도록 슬프고, 자신이 앞서 죽어 남은 부인이 슬퍼하는 것은 황송한 일이라며 괴로움을 견디지 못합니다. 온나니노미야의 어머니 미야스도코로 역시 가슴을 치고 한탄하며 휘장을 친 병상 곁에서 간병을 합니다.

"세상의 전례를 보아 부모는 어디까지나 부모. 부부 사이란 기쁠 때나 슬플 때나 절대 떨어져서는 아니 되는 것이 당연지사이거늘 두 분이 갈라져서 완쾌하기까지의 긴 세월을 그쪽 집에서 지내면 온나니노미야가 걱정스러워 안달할 것이니 당분간은 이곳에서 정양을 하도록 하세요."

"지당한 말씀입니다. 보잘것없는 신분으로 도저히 미치지 못할 고귀한 신분의 황녀를 아내로 맞게 해달라 억지로 허락을 구하였습니다. 그 답례로 오래 살아 부족함이 많으나마 조금은 남들만큼 출세를 해야겠다고 생각해 왔습니다. 그런데 이렇듯 허망하게 중병에 걸리고 말았으니, 나의 깊은 애정을 조금도 보이지 못하고 저세상으로 가야 할 것이라 생각하면 도저히 발길이 떨어지지 않습니다."

이렇게 서로 눈물을 흘리며 얘기합니다. 당장은 아버지 대신 집으로 옮기기가 어려울 듯하자, 이번에는 또 어머니가 걱정하며 푸념을 늘어놓으니 그 또한 지당한 일이겠지요.

"어찌하여 그리 아프다는 사람이 누구보다 먼저 부모를 만나고 싶어하지 않는지 모르겠습니다. 나는 조금이라도 불쾌하고 불안할 때에는 많은 자식들 가운데서도 각별히 그대만을 보고 싶어하며 믿음직스럽게 여겨왔는데. 그런데 이처럼 얼굴을 보이지 않는 것이 대체 무슨 까닭인지 마음에 걸리고 불안해서 견딜 수가 없습니다."

가시와기 중납언은 온나니노미야에게 이런 말을 남기고 눈물을 흘리며 아버지 대신 집으로 거처를 옮겼습니다.

"나는 동생들에 앞서 장남으로 태어난 덕분에 부모로부터 각별한 사랑과 귀여움을 받으며 살아왔습니다. 지금도 어머님 아버님은 나를 귀여워하여 잠시도 얼굴을 보이지 않으면 걱정을 하니, 병세가 무거워 이대로 숨을 거두지는 않을까 싶던 차에 뵙지 못하는 것은 불효막심하고 도리에 어긋나는 일이겠지요. 제가 위독하여 더 이상 가망이 없다는 소식이 들리거든 몰래 찾아와주세요. 반드시 다시 만날 날이 있을 겝니다. 나는 어리석게 태어나 그대 또한 충분하지 못한 대우를 받았노라 불만이 있을 것이라 여겨지니, 그것이 후회스럽습니다. 이렇게 짧게 살 목숨인 줄 모르고, 오래오래 살 것이라고만 생각하였으니."

일조의 자택에 홀로 남은 온나니노미야는 말할 수 없이 슬퍼하며 그리움에 애를 태웠습니다.

아버지 대신 댁에서는 가시와기 중납언을 기다리고 있다가, 이런저런 간병을 한다 하여 대소동이 벌어졌습니다.

용태가 갑자기 위험해질 상태는 아니나, 지난 몇 달 동안 곡기도 거의 입에 대지 않았는데 아버지 대신 댁으로 옮기고부터는 밀감조차 입에 대지 않으려 합니다. 가시와기 중납언은 마치 무엇에 끌려가듯 한없이 쇠약해졌습니다.

당대의 학식이 풍부하고 유수한 인물이 이렇듯 중병에 걸렸다는 소식이 전해지자 세상 사람들은 안타깝고 유감스러워하며 병문안을 위하여 줄을 이었습니다.

천황과 스자쿠 상황도 문안 사절을 보내며 몹시 애석해하고 걱정을 하는지라, 부모님의 비탄은 날로 깊어가고 마음도 어지러워질 뿐이었습니다.

겐지 또한 일이 참으로 안타깝게 되었다며 놀라니, 가시와기 중납언과 아버지 대신 앞으로 정중한 문안 편지를 올렸습니다.

유기리 대납언은 그 누구보다 가시와기 중납언과 절친한 사이이니, 병상까지 찾아가 문안을 하며 허망하기 이를 데 없어 슬픔을 가누지 못합니다.

스자쿠 상황의 생신 축하연은 십이월 이십오일에 베풀기로 정해졌습니다. 당대 최고의 상달부인 가시와기 중납언이 중병을 앓고 있어 그 친형제를 비롯하여 신분이 높은 수많은 사람들이 시름에 잠겨 있는 때라 흥이 덜하기는 하나. 지금까지 몇 번이나 미룬 것만 해도 스자쿠 상황에게는 죄송하고 면목 없는 일인지라 다시는 중지하고 연기할 수는 없으니, 겐지가 어찌 또 중지할 수 있겠는지요. 축하연을 주재하여야 하는 온나산노미야의 가시와기 중납언에 대한 마음도 헤아려지니 겐지는 안쓰럽기 짝이 없었습니다.

예법에 따라 쉰 곳의 절에서 송경을 하고 스자쿠 상황이 있는 서산의 절에서도 마가비로자나를 공양하는 송경소리가 울려 퍼졌습니다.

영겁을 기다리는 낮은 땅의 사람들

세토우치 자쿠초

제6권에는 「봄나물 상」과 「봄나물 하」가 실려 있다. 「봄나물」 첩은 수많은 학자, 연구가, 작가들로부터 54첩 가운데서 가장 재미있다는 평가와 절찬을 받고 있다. 오리구치 시노부는 "『겐지 이야기』는 「봄나물」부터 읽는 것이 좋다"는 말까지 했다. 상, 하를 합해 한 권의 책이 될 정도의 분량만 보아도 무라사키 시키부가 이 첩에 쏟은 힘과 정열이 느껴진다.

소설이란 미리 구성을 생각하고 쓰기 시작해도 어느 순간부터 작중인물이 마치 숨을 쉬듯 움직이곤 한다. 그렇게 되면 등장인물이 작가의 생각대로 움직이지 않고 제멋대로 행동하고 말하니까 작가의 붓은 그 인물의 뜻을 따를 수밖에 없다. 실제로 소설을 써본 사람이라면 그런 경험이 있을 것이다. 그런 때, 그 작품은 작가의 의도를 넘어서는 경우가 많다. 『겐지 이야기』를 써나가면서 무라사키 시키부는 다양한 인물을 창조했고 그 각각의 인물에게 독특한 성격을 부여했는데, 「봄나물」 첩에 이르면 등장인물이 생명을 얻어 생기발랄하게 움직이기 시작하는 듯하다.

「봄나물」의 재미는 겐지가 이 첩에 이르러 비로소 인생의 고뇌를 맛본다는 점에 있다.

앞의 첩인 「등나무 어린 잎」까지, 겐지의 생애 가운데 최전성기를 다룬 부분을 제1부라 한다. 그때까지의 겐지는 아름답고 화려해 눈이 부실 정도였다.

젊은 날의 겐지는 이 여자다 싶은 여자는 모두 수중에 넣을 수 있었다. 신하가 되었다고는 하지만 어디까지나 황자인 겐지는 정계에서도 다른 사람을 압도하는 눈부신 영화를 누리며 모든 것을 뜻하는 대로 이룰 수 있었다. 스마로 유배를 당한 비운마저 정계로 다시 복귀하기 위한 든든한 발판 역할을 한다.

육조원이란 하렘을 구축하고 준태상천황의 지위에 오르며 영화의 극치에 달했을 때, 다마카즈라를 검은 턱수염 우대장에게 빼앗겨 처음으로 실연을 아픔을 맛보게 되는데 세상 사람들이 낙담하는 자신의 심정을 감지하지 못하도록 다마카즈라의 양부로서의 면목을 유지하고, 성대한 결혼식을 치러줄 만큼의 여유를 과시한다.

「봄나물」부터는 중년에 들어선 겐지의 이야기이고, 죽음을 암시하는 제목뿐인 「구름 저 너머로」까지를 제2부라 한다. 그 발단이 「봄나물」인 셈인데, 이 첩부터 기조와 사상, 문체 등이 바뀐다고 예로부터 평가되고 있다.

봄나물 상

「봄나물 상」은 겐지 나이 서른아홉에서 마흔한 살 봄까지의
이야기다.

스자쿠 상황은 육조원 행차에 동행한 후, 병세가 무거워져 오
래전부터 바라왔던 출가를 하려고 한다. 그런데 딱 한 가지 끊
지 못할 미련은 편애하고 있는 셋째 황녀 온나산노미야의 장래
였다. 그래서 아직 열서너 살의 어린 나이인 온나산노미야의 뒤
를 돌봐줄 믿을 만한 남자와의 결혼을 간절히 바란다. 「봄나물」
의 서두는 이 온나산노미야의 사윗감을 고르는 장면에서 시작
되는데, 스자쿠 상황의 애처로운 아비로서의 마음이 그려진다.
후보자로는 반딧불 병부경, 유기리, 가시와기 등을 꼽는데 결국
가장 믿음직스러운 사람은 겐지라 하여 스자쿠 상황은 겐지에
게 온나산노미야와의 결혼을 청한다.

겐지는 일단은 거절할 생각이지만 죽은 후지쓰보 중궁의 조
카라는 점과 아직 어리다는 점에 마음이 동하지 않는 것도 아니
었다. 온나산노미야의 성인식을 치르고 출가한 스자쿠 상황을
문안했을 때, 겐지는 거절할 수 없다는 식으로 결국 그 결혼을
승낙한다. 스자쿠 상황 나이 마흔둘, 겐지 나이 서른아홉 살인
해가 저물 무렵이었다.

다음날 겐지가 이 사실을 털어놓자 무라사키 부인은 마른하
늘에 날벼락이라도 떨어진 것처럼 동요하지만, 겉으로는 아무
일 아니라는 척 꾸미면서 그 뜻하지 않은 운명을 받아들인다.

그러나 이때부터 무라사키 부인은 겐지에 대한 믿음을 잃고 심각하게 고뇌하기 시작한다.

해가 바뀌어 겐지 나이 마흔 살을 축하하여 다마카즈라가 누구보다 먼저 봄나물을 헌상하고 축하연을 주최했다. 봄나물은 봄에 나는 열두 가지 나물을 뜻하며, 그것을 요리하여 연회에서 먹으면 회춘을 한다고 한다.

제목은 이날 겐지가 읊은 노래에서 유래한다.

　들판의 어린 소나무처럼
　앞날이 창창한 손자들이여
　그 덕을 입어
　들판의 봄나물인 나도
　오래오래 살리

다마카즈라는 연년생인 아들을 둘 낳아 좌대장의 정부인으로 자리를 잡았다.

이월 십일이 지나, 온나산노미야가 육조원으로 시집을 왔다. 겐지는 온나산노미야의 유치함에 실망하는 한편, 무라사키 부인의 매력에 새삼 강렬하게 끌린다.

그러나 부부 사이에 생긴 골을 메울 길이 없어, 무라사키 부인은 잠자리에서 홀로 눈물로 소맷자락을 적시는 일이 많다.

오보로즈키요는 스자쿠 상황이 출가할 때 자신도 출가를 희망하지만 상황이 허락하지 않아, 상황이 서산의 절로 들어간 후에 사가인 우대신 댁으로 돌아간다. 겐지가 그곳을 찾아가자, 오보로즈키요는 약한 마음에 거절하지 못하고 다시금 겐지와의 감미로운 밀회를 거듭하게 된다. 무라사키 부인은 그 사실을 감지하고도 남녀의 사랑에 이미 절망한 터라 질투조차 하지 않는다.

여름, 회임한 아카시 여어가 친정인 육조원으로 돌아온다. 무라사키 부인은 자청하여 온나산노미야와 대면한다. 그저 천진하기만 한 황녀는 친절한 무라사키 부인에게 호의를 품는다.

겨울에 들어서자 무라사키 부인, 아키고노무 중궁에 이어 레이제이 황제의 명을 받은 유기리가 잇달아 겐지의 마흔 살 축하연을 갖는다.

이듬해 삼월, 아카시 여어는 동궁의 황자를 출산했다. 아카시에서 그 경사의 소식을 들은 아카시의 뉴도는 오랜 숙원을 이루었다는 기쁨과 오늘에 이르기까지의 절절한 심정을 긴 편지에 담아 보내왔다. 편지에는 깊은 산 속으로 들어가 자취를 감추고 세상과의 인연을 영원히 끊겠노라는 내용도 담겨 있었다.

뉴도의 편지를 통해서 아카시 부인은 뉴도가 꾼 신기한 꿈에서 예견된 모녀의 운명을 새삼 인식한다.

뉴도의 부인은 딸의 출세를 위해 남편과 살아 이별한데다 이제 더는 이 세상에서 만날 수 없게 된 슬픔을 딸에게 호소하며 눈물을 흘린다.

겐지도 이 편지를 보고 감동하여 눈물을 머금는데, 그러면서

도 아카시 아씨를 키운 무라사키 부인의 은혜를 잊어서는 안 된
다고 여어를 깨우친다. 아카시 부인은 무라사키 부인을 칭찬하
는 겐지의 말을 들으면서, 지금까지 모든 것을 참고 자중하고
몸을 낮추기를 오기를 잘했다고 생각한다.

　삼월 말의 화창한 날, 온나산노미야가 거처하는 침전 앞 계단
에서 유기리와 가시와기가 쉬고 있는데 온나산노미야가 키우는
중국 고양이가 안에서 뛰쳐나오면서 발의 끈에 걸리는 바람에
발 끝이 들어 올려져, 두 사람은 안에서 있던 온나산노미야의
모습을 엿보고 말았다.

　유기리는 온나산노미야의 조심스럽지 못함을 경망하다 여기
는데 가시와기는 이전부터 동경하며 결혼을 원했고 지금도 단
념하지 못하면서 장차 겐지가 출가라도 하는 날에는 자신이 취
하겠다는 생각까지 하고 있던 터라, 이 우연을 자신의 사랑이
보상될 징조가 아닐까 하여 오히려 행운이라 여기면서 연심을
더욱 불태운다. 가시와기는 겐지가 표면적으로는 정중하게 대
하나 실은 무라사키 부인을 이전보다 더욱 사랑하며 온나산노
미야를 소홀히 하고 있다는 소문을 듣고는 온나산노미야를 더
더욱 동정하고 있었다. 온나산노미야의 유모의 딸인 소시종에
게 자신의 연심을 호소한 편지를 건네면서 황녀에게 전해달라
고 조른다.

　소시종은 가시와기가 온나산노미야를 엿본 다음에 쓴 편지를
온나산노미야에게 보인다. 온나산노미야는 자신의 부주의한 모

습을 가시와기에게 보이고 말았으니, 겐지가 알면 어떻게 할까
하고 겁을 먹는다.

이야기는 파란의 조짐을 보이면서 「봄나물 하」로 이어진다.

봄나물 하

시작부터 도리에 어긋난 사랑에 애를 태우는 가시와기의 비
정상적인 행동이 그려진다. 축국을 하던 날의 해질 녘, 가시와
기가 이루어지지 않을 사랑에 번뇌하면서 온나산노미야의 처소
에서 뛰쳐나왔던 고양이를 불러 껴안고는 고양이에게서 나는
향내로 황녀의 향내를 그리워하는 장면이 있었다. 가시와기는
어떻게든 그 고양이를 손에 넣으려고 갖가지 수단을 동원하는
데, 급기야 동궁을 가운데 내세워 그 고양이를 빌려와서는 애
지중지한다. 고양이를 온나산노미야라 여기면서 껴안고 자는
등 예뻐하는 가시와기의 행동은 비정상적이면서 동시에 해학적
이다.

식부경은 손녀인 마키바시라를 가시와기와 결혼시키고 싶어
했는데, 가시와기는 아내는 황녀를 맞겠다는 이상을 품고는 돌
아보지도 않는 터라 반딧불 병부경과 결혼시켰다.

4년의 세월이 흐르는데, 그 기간에 대해서는 아무것도 씌어
있지 않다.

겐지 나이 마흔여섯 살, 재위 18년인 레이제이 황제는 동궁에
게 양위를 하고 아카시 여어의 제1황자가 동궁이 되었다. 태정

대신은 사임하고 치사로, 검은 턱수염은 우대신 겸 관백으로, 유기리는 대납언 겸 좌대장으로 각기 승진했다.

무라사키 부인과 겐지 부부의 사이는 더더욱 긴밀하고 물샐 틈도 없을 것처럼 보이는데, 무라사키 부인은 요즘 들어 툭하며 출가를 하고 싶다고 겐지에게 호소한다. 겐지는 당치도 않은 일이라며 허락하지 않는다.

그해 시월, 겐지는 무라사키 부인과 아카시 여어와 함께 스미요시 신사에서 소원 성취의 참배를 성대하게 치른다.

온나산노미야는 2품으로 봉해져 지위가 높아졌다.

무라사키 부인은 겐지의 부인들이 이렇게 행복하고 번영을 누리는 가운데, 자식이 없는 자신의 불안정한 입장을 새삼 깨닫고, 겐지의 사랑이 식기 전에 출가하고 싶다고 간절히 바라게 된다.

겐지는 스자쿠 상황과 황제의 체면을 보아 온나산노미야를 소홀히 대우할 수는 없으므로 무라사키 부인과 온나산노미야와 함께 지내는 밤이 반반이었다. 당연한 일이라고 여기면서도 무라사키 부인은 겐지가 없는 밤의 적적함을 가누지 못한다.

스자쿠 상황이 온나산노미야를 몹시 보고 싶어하여, 겐지는 원의 쉰 살 축하연을 계획하고 그날을 위해 온나산노미야에게 칠현금을 전수한다. 낮에는 주변이 시끄러운 탓에 무라사키 부인을 설득하여 밤마다 묵어가면서 비곡을 가르친다. 온나산노미야는 스무 살 내지는 스물한 살이 되었는데 여전히 유치하고 몸집도 미처 성숙하지 못한 느낌이 들 만큼 자그마하고 가냘프고 그저 귀엽기만 하다.

해가 바뀌어 겐지는 마흔일곱 살이 되었다. 이월에 예정된 축하연에 앞서 겐지는 육조원의 부인들을 모아놓고 여악을 주재한다. 화려한 풍악놀이가 있은 후 겐지는 무라사키 부인과 지난날의 추억을 두런두런 얘기한다. 겐지는 무라사키 부인을 더없는 행운을 타고난 사람이라고 한다.

올해 서른일곱 살, 액년을 맞은 무라사키 부인은 살 날이 얼마 남지 않은 듯하다며 또 출가를 허락해달라고 하는데, 겐지는 여전히 허락하지 않는다.

겐지는 이때, 과거의 여자들의 성품과 매력, 결점 등을 무라사키 부인에게 세세하게 얘기한다. 그러면서 무라사키 부인을 가장 이상적인 여자라고 칭찬한다.

그러나 그 직후, 온나산노미야에게 묵으러 간다. 그날 밤에 무라사키 부인은 발병한다. 증세가 심해 회복의 기미가 보이지 않는 탓에 스자쿠 상황의 축하연은 취소되고 만다. 겐지는 무라사키 부인을 이조원으로 옮겨 요양을 취하도록 한다. 겐지는 무라사키 부인 곁을 떠나지 않고 간병을 하면서 온나산노미야가 있는 곳에는 발길조차 하지 않는다. 육조원은 마치 불 꺼진 집 같다.

가시와기는 중납언으로 승진했다. 온나산노미야의 이복 언니인 둘째 황녀인 온나니노미야와 결혼했지만 온나산노미야에 대한 집착을 버리지 못한다. 온나니노미야녀는 인품도 좋고 보통 사람에 비하면 용모도 출중한데, 갱의의 배에서 태어났다 하여 세상 사람들과 똑같은 가벼이 여기면서 낙엽에 비유한 노래를 짓기도 한다. 이후 둘째 황녀를 온나니노미야라 부르게 된다. 가시와기는 이 온나니노미야를 남들이 의심하지 않을 정도로만 부인 취급하는데, 결혼을 한 뒤에 오히려 온나산노미야에 대한 연모의 정이 더해간다.

겐지가 이조원에서만 기거하며 육조원으로는 돌아오지 않자 가시와기는 절호의 기회라 여기고 소시종을 불러내어 안내를 해달라고 떼를 쓴다. 소시종은 처음에는 주제를 모르는 사랑이라고 노골적으로 반대하면서 상대를 하지 않더니, 원래가 사려 깊지 못한 여자인데다 목숨을 걸고 열심이 구애하는 가시와기의 정열에 굴복하여 조만간에 안내를 하마고 약속을 한다.

어느 날, 간신히 소시종에게서 연락이 오자 가시와기는 기뻐서 육조원으로 달려간다.

가모의 계의 전날 밤, 시녀들은 구경 나갈 준비에 여념이 없어 온나산노미야 주위에는 사람이 없었다. 그 틈을 타서 소시종은 가시와기를 온나산노미야의 침소까지 안내한다.

온나산노미야는 곤히 잠이 들어 있었는데, 문득 정신을 차리고 보니 곁에 남자가 있어 겐지가 돌아온 것이라고만 여기고 있었다. 그런데 얼토당토않은 남자라는 것을 알고는 놀라 나자빠질 정도였으나, 이미 어쩔 도리가 없었다.

가시와기는 두려움에 부들부들 떨고 있는 온나산노미야의 기품 있는 가련한 모습에 그만 이성을 잃고 끝내 황녀를 범하고 말았다. 일이 그렇게 되자 가시와기의 사랑은 점점 더 불타올라 걷잡을 수 없게 된다. 그 밤 어렴풋한 잠 속에서 고양이가 나오는 꿈을 꾼다. 동물의 꿈을 꾸면 태몽이라고 하는데, 가시와기는 마음속으로 혹시 하고 생각한다.

　온나산노미야는 너무도 뜻밖의 사태에 망연자실한 채, 그저 겐지에게 알려질 것을 두려워하며 울 뿐이었다.

　그 후 가시와기는 오랜 세월을 별러왔던 사랑을 이루기는 했지만 오히려 자신이 저지른 일이 소름이 끼치도록 두려워 노이로제에 걸려 아버지 집에서 한 발도 나가지 못하게 된다. 겐지가 이 일을 알고 앙심을 품으면 도저히 살아갈 수 없을 것이라고 생각한다. 온나니노미야를 보면서도, 자매인데 어쩌다 나는 이 사람과 결혼을 했을까 하고 당치않은 생각을 한다. 온나산노미야도 역시 두려움에 얼굴을 들지 못하고 병자처럼 지낸다.

　겐지는 온나산노미야의 몸이 불편하다는 소식을 듣고는 그냥 내버려 둘 수가 없어 오랜만에 육조원으로 돌아간다. 그 밤, 무라사키가 숨을 거두었다는 급한 연락을 받고 겐지는 다시 이조원으로 달려간다.

　어쩌면 귀신 탓일지도 모른다고 신심을 다해 가지기도를 올리게 하자, 굴복당한 육조 미야스도코로의 원령이 나타나 원망을 늘어놓는다. 그 끔찍한 집착에 겐지는 아연해한다.

그날 기분이라도 풀 겸 동생들과 수레를 타고 재원 귀환의 행렬을 구경하러 나간 가시와기는 무라사키 부인이 세상을 떠났다는 소문을 듣고 문안을 가자, 유기리가 나와서 귀신의 소행으로 숨이 잠시 끊어졌으나 지금은 소생했다고 말한다.

출가를 하고 싶어하는 무라사키 부인에게 겐지는 오계만을 간신히 허락한다. 그렇게 하면 병세가 다소나마 회복되지 않을까 하는 바람에서였다.

겨우 목숨을 부지한 무라사키 부인의 용태는 그 후에도 일진일퇴를 거듭하는 터라 마음을 놓을 수 없었다.

한편 온나산노미야는 은밀하게 찾아오는 가시와기를 거부하지 못해 살얼음을 밟는 듯한 밀회를 강요당하고 있었다. 온나산노미야로서는 이 억지스런 남자가 그저 귀찮을 뿐이었다.

그러나 전생에 무슨 인연이었는지 온나산노미야는 가시와기의 아이를 회임하고 만다.

여름이 끝나갈 무렵, 무라사키 부인이 소강 상태를 보이자 겐지는 오랜만에 육조원의 온나산노미야를 문안하러 간다. 유모에게서 온나산노미야가 회임을 했다고 전해 들은 겐지는 부인들이 회임한 지가 벌써 오래전 일인데 하면서 착각한 것은 아닐까 하며 이상하게 여기고 믿지 못한다.

바로 돌아가지 못하고 이삼 일 육조원에서 머무는 동안에도 겐지는 무라사키 부인의 용태가 걱정스러워 수시로 편지를 써 보낸다.

가시와기는 겐지가 육조원에 머물로 있다고 하니 안절부절 못하면서 질투심에 원망을 줄줄이 늘어놓은 편지를 소시종에게 보낸다. 소시종이 억지로 가시와기의 편지를 보여주고 있을 때 겐지가 찾아와, 온나산노미야는 허둥지둥 편지를 자리 밑에 밀어 넣어 감춘다.

그날, 이조원으로 돌아가려 했던 겐지는 전에 없이 가련한 모습으로 붙드는 온나산노미야의 사랑스러워 하룻밤을 묵는다.

다음날 아침, 바로 이조원으로 돌아가려 했던 겐지는 잃어버린 부채를 찾으려다 자리 밑에 숨겨둔 가시와기의 편지를 발견한다. 겐지는 노골적인 편지의 문면으로 모든 것을 간파하고 만다. 편지를 읽고 있는 겐지를 본 소시종은 경악한다. 설마 그 편지는 아니겠지, 하고 생각하지만 종이 색깔이 똑같아 가슴이 쿵쾅거린다.

겐지가 아무 말 없이 돌아간 후, 소시종은 그때까지도 자리에서 일어나지 않은 온나산노미야를 깨워 캐묻는다. 역시 그 편지였다는 것을 안 소시종은 온나산노미야의 부주의함을 대놓고 뭐라 하는데 황녀는 그저 울 뿐이다.

겐지는 갖고 돌아간 편지를 다시 읽어보고 상대가 가시와기라는 것까지 분명하게 알게 된다. 또 이상하게 여겼던 회임도 불의의 결과이며 아이는 가시와기의 씨앗이라는 것이 판명된다.

자존심에 상처를 입은 겐지는 둘의 배신에 뭐라 말할 수 없는 분노를 느끼지만, 그 옛날 아버지 기리쓰보 황제가 혹 자신과 후지쓰보의 불의를 모두 알고 있으면서 모르는 척하였던 것은 아닐까 하여 부끄러움을 견디지 못한다.

도무지 기분이 울적하여 표정이 펴지지 않는 겐지를 보면서 무라사키 부인은 겐지가 자신을 간병하느라 방치하고 있는 온나산노미야가 가여워 괴로워하고 있는 것은 아닐까 하고 생각하고는, 자신은 이제 괜찮으니 몸이 불편한 온나산노미야에게 가보라고 말한다.

겐지는 그런 친절을 베풀 수 있는 무라사키 부인에게 점점 더 애착과 존경심을 느끼는 반면, 온나산노미야의 철없음을 답답하게 여긴다.

소시종으로부터 겐지가 사실을 알고 말았다는 소식을 들은 가시와기는 뜻하지 않은 일에 경악한다. 그렇듯 분명한 증거인 편지가 겐지 손에 들어갔다면 뭐라 변명할 길조차 없으니, 가시와기는 두려움에 몸이 얼어붙는 듯했다.

평소 각별한 애정을 보여주었던 은의를 생각하면, 어쩌다 그렇게 당치 않은 일을 저지를 수 있었는지 후회막급이고 오뇌가 깊어지는 가시와기는 궁중에도 들어가지 못한다. 이제 자신의 일생은 끝났다고 생각한다.

그 후 겐지는 표면적으로는 온나산노미야를 위해 기도를 더욱 정성껏 드리게 하는 등 소중하게 다루지만, 둘만 있게 되면 몹시 쌀쌀맞게 굴면서 말도 제대로 건네지 않는다.

온나산노미야는 그런 겐지의 퉁명스런 태도가 자신의 과실

탓이라고 생각하는 만큼 어떻게 대응하면 좋을지 몰라 그저 눈치를 살피며 혼자 괴로워하고 있다.

겐지, 가시와기, 온나산노미야 모두 고뇌를 껴안은 채 어쩔 줄을 모를 뿐이었다.

그무렵, 오보로즈키요가 갑자기 출가를 했다. 겐지는 사전에 아무런 의논이 없었기에 매우 놀랐지만 승복과 가재도구 등 여승으로서의 생활에 필요한 것들을 조달하여 보냈다.

"매일 근행을 하면서 나를 위해서도 기도를 해주세요."

이런 겐지의 편지에 오보로즈키요는 쌀쌀맞은 답장을 보낸다.

"어차피 모두를 위해 드리는 기도, 해드리지요."

두 사람의 깊은 인연이 여기에서 종지부를 찍게 된다.

십이월 십여 일로 미루고 미뤘던 스자쿠 상황의 쉰 살 축하연을 갖기로 결정했다. 그 시연이 있는 밤, 겐지는 가시와기도 참가하라고 무리하게 초대한다. 가시와기는 무거운 병을 앓고 있다 하여 거절하는데, 아버지 대신이 권하는 터라 어쩔 수 없이 뜻을 굽히고 출석한다.

겐지는 오랜만에 보는 가시와기의 초췌한 모습에 내심 놀라지만, 겉으로는 아무렇지도 않게 친절하게 대한다. 겐지가 친절하게 말을 걸면 걸수록 가시와기는 그 자리에 있기가 거북해진다.

그날 밤, 겐지는 연회석에서 가시와기의 이름까지 들먹이며 비아냥거리고 시비를 걸고 술을 강권한다. 심술궂고 매섭게 쏘아보는 겐지의 눈길에 질린 가시와기는 두려움에 떨면서 일찍 자리를 뜨고 만다.

그때부터 가시와기는 중태에 빠져 자리에서 일어나지 못한다. 가시와기는 온나니노미야와 쓰라린 이별을 하고 걱정하는 부모님 댁으로 옮겨 요양을 하게 된다. 대신의 댁으로 돌아와서도 가시와기의 병세는 무거워질 뿐, 귤조차 입에 대지 못한다. 경애하는 가시와기의 중태를 안타까워하는 문안객들이 끊이지 않는다. 친구인 유기리는 병상을 찾아 문안하고는 슬픔을 가누지 못한다.

이렇게 하여 스자쿠 상황의 축하연은 가시와기가 불참한 채로 세밑이 가까운 그해 말 십이월 이십오일에 간신히 치러졌다.

「봄나물 하」는 이렇게 음울한 분위기 속에서 막을 내린다.

「봄나물」이 이전의 첩과 명백하게 다른 점은 전편에 떠다니는 암울함과 중압감이다. 문장에서는 대사가 눈에 띄게 길어졌다는 점일 것이다.

겐지가 특히 말이 많다. 자신의 심정을 설명하고, 무라사키 부인에게 변명을 할 때나, 과거 여인들을 품평할 때 말이 길어진다. 대사가 긴 만큼 겐지의 심정이 독자에게 잘 전달된다.

등장인물은 모두 무거운 운명을 짊어지고 괴로워하고 고뇌한다. 밝고 행복한 곳은 검은 턱수염 우대신의 가정뿐이다.

아카시 여어는 행운을 건지지만 그 이면에는 아카시 뉴도의 비통한 희생이 있었으며, 남편과 살아 이별해야 했던 그 아내의 슬픔이 있다. 아카시 부인 역시 딸의 영달에 힘입은 행복한 사람으로 보이지만 끝내 겐지의 마음을 독차지하지는 못했다. 자신을 비하하고 소망을 억누르고 무라사키 부인에게 자신을 낮췄기에 평온이 유지되었던 것이다. 자존심이 강한 아카시 부인은 이 인내와 순종을 이성적으로는 인정하면서도 감정적으로는 절대 인정하지 않았을 것이다.

무라사키 부인은 겐지와 둘이 이제야 평온한 여생을 즐길 수 있겠다 생각했는데 그때 하필 뜻하지 않은 온나산노미야와 겐지의 결혼으로 그 꿈이 깨어지고, 겐지에 대한 불신을 끝내 불식하지 못한다.

겐지에게 거듭 출가를 허락해달라고 간청하는 것은 무라사키 부인의 진심에서 비롯된 애처로운 절규였던 것이다. 그런데 겐지는 자신의 욕망을 위해 그것조차 허락하지 않는다. 이 시대에도 출가한 사람은 성관계를 피해야 한다는 불교의 계율이 엄연히 살아 있었기 때문이다.

어렸을 때부터 겐지 손에 자라나 한 집에 함께 살아온 무라사키 부인은 겐지의 허락 없이는 아무런 행동도 할 수 없었다. 「봄나물」상, 하를 통해서 몇 번이나 출가를 허락해달라고 간청하는 무라사키 부인의 마음속 깊은 어둠을 놓쳐서는 안 될 것이다. 무라사키 부인의 병은 온나산노미야가 겐지에게 시집을 온 것 때문에 발생한 감정과 이성의 처절한 상극이 그 원인이다.

북산의 암자에서 어깨 위로 끝자락이 퍼진 머리칼을 나풀거리면서 "이누키가 참새를 놓쳐버렸다"고 울면서 뛰어나온 천진난만하고 활기 찬 여자 아이가 30년에 가까운 세월을 보내면서 이렇게 불행한 여자가 될 줄은 아무도 상상하지 못했을 것이다. 아마 작가인 무라사키 시키부조차 무라사키 부인의 운명은 예견하지 못한 것이 아닐까.

그 누구보다 사랑하는 무라사키 부인에게 이런 불행을 안겨다 준 것은 온나산노미야와의 허혼이었다. 하지만 겐지는 이를 거절할 수도 있었다. 끝까지 거절하지 못한 것은 스자쿠 상황의 간청 때문이 아니라 온나산노미야가 후지쓰보의 조카라는 점 때문이었다. 저 그리운 후지쓰보의 오빠의 딸이 무라사키 부인이며, 후지쓰보의 모습을 너무도 닮았기에 겐지가 한눈에 반했다는 것을 잊어서는 안 된다. 같은 후지쓰보의 조카이니 온나산노미야 역시 후지쓰보의 모습을 닮지 않았을까 하는 관심과 호기심, 그리고 마흔을 넘은 겐지에게 열서너 살이란 젊음 또한 호색을 자극하는 요인이 되었을 것이다. 즉 겐지는 스자쿠 상황의 간청을 못 이기는 척하면서 자신의 호색적인 마음을 만족시키고 싶었던 것이다. 총명한 무라사키 부인은 그런 겐지의 속내까지 꿰뚫어보았을 것이다.

무라사키 부인의 비극은 겐지와의 결혼이 약탈결혼이며 정식 절차를 밟은 사회적으로 인정받은 관계가 아니라는 결함에 있다. 정부인이나 다름없는 대우를 받으면서도 그 결함을 심각하게 느끼지 못했던 무라사키 부인은 온나산노미야와 겐지의 결혼이란 현실 앞에서 자신의 불안정한 입장을 통감하게 되는 것이다.

무라사키 부인의 이 만년의 비극은 스자쿠 상황의 자식을 극진히 아끼는 아비 마음에서 비롯된 것이다. 독자들은 온나산노미야의 사윗감을 고르면서 망설이고 또 망설이는 스자쿠 상황의 우유부단함에 짜증을 느끼지만, 설마 겐지가 최종적으로 선택되리라고는 예상하지 못한다.

스자쿠 상황과 오보로즈키요와 겐지의 삼각관계의 심각성을 기억하는 독자들은 가장 사랑하는 딸을 자신에게 고통을 안겨준 연적에게 맡기는 스자쿠 상황의 감각을 이해할 수 없을 것이다. 늘 겐지의 뒷전이었던 스자쿠 상황이 이제 와서 온나산노미야의 사위로 아버지 같은 겐지를, 더구나 그 호색적이고 다감한 성품을 알고도 남음이 있을 정도인데 그런 겐지를 택하다니. 스자쿠 상황은 이 선택의 실책을 머지않아 알게 되는데, 하필이면 온나산노미야와 가시와기의 밀통이란 사건으로 겐지에게 혹독한 타격을 주었으니, 스자쿠 상황은 전혀 의도하지 않은 복수를 한 아이러니한 결말이라 하지 않을 수 없다.

어떤 경우를 당하든 스자쿠 상황은 이복동생인 겐지를 미워하지 못한다. 자신이 여자라면, 아니 누이 동생이었다 해도 여자로서 사랑받고 싶었을 것이라는 술회도 정상이 아니다.

출가를 한 후에도 여전히 딸과의 이별에 미련이 남아 만나고 싶어하는 애정을 버리지 못하는, 너무도 나약한 스자쿠 상황이 「봄나물」에 와서는 일종의 불길함으로 그 존재감을 부각시킨다.

「봄나물」에서 벌어지는 사람들 사이의 비극의 요점은 스자쿠 상황의 궤도를 벗어난 심약함과 부정에 대한 집착이다.

가시와기의 비련은 겐지는 이미 상실한 젊음에서 비롯된 것이다. 즉 청춘만이 지닐 수 있는 타산 없는 순정과 한결같음과 혈기가 낳은 것이다. 사랑 때문에 지위와 목숨을 버린 가시와기는 딱하지만 동정을 품게 한다.

밀통을 알게 된 후 겐지가 보여준 잔혹한 처사는 젊은 두 사람에게는 견딜 수 없는 아픔이었다. 겐지는 자신이 불륜을 저지른 아내의 남편이란 입장에 처한 후에야 비로소 그 옛날 아버지를 배신한 자신의 죄를 떠올리며, 기리쓰보 선황은 모든 것을 알고 있지 않았을까 하고 생각한다. 그 장면은 중요하고 인상적이다. 과연 기리쓰보 선황은 후지쓰보와 겐지의 불륜을 알면서도 겐지의 불의의 자식을 자신의 자식으로 품에 안았을까. 이는 독자에게 주어진 영원한 수수께끼이다.

「봄나물」의 재미는 등장인물 한 명 한 명의 복잡한 심리를 극명하게 묘사한 점에 있다.

예를 들어, 온나산노미야처럼 그저 어리기만 하다고 표현되었던 인물이 가시와기와의 밀통 사건이 있은 후, 겐지가 찾아왔을 때 무의식적으로 교태를 부리면서 돌아가려는 겐지의 붙잡으려 노래를 짓는다. 겐지는 그 사랑스러움에 마음은 무라사키 부인의 병상에 가 있으면서도 결국은 그 자리에서 무릎을 꿇고 하룻밤을 묵는다.

온나산노미야로서는 밀통이 발각될까 싶은 두려움에 겐지가 한시라도 빨리 돌아가주었으면 좋겠는데 자기도 모르게 돌아서는 발길을 붙잡는 노래를 읊는다. 절대 계산된 행동은 아니지만 자신을 보호하려는 여자의 방어 본능이 그렇게 표현된 것이라 봐도 좋을 것이다. 겐지가 아닌 남자의 정열을 몸과 마음으로 느낀 온나산노미야가 여자로서 성장했다는 것을 알 수 있다.

더구나 그 밤 겐지와의 농밀한 성애에 지친 황녀는 다음날 아침 겐지가 잠자리에서 빠져나와 한시바삐 무라사키 부인에게 돌아가려 하는 것도 알아차리지 못한다. 무라사키 시키부는 성애 장면에 대한 묘사는 극구 억제하고 있는데, 은근한 묘사 속에 숨겨져 있는 에로티시즘을 놓칠 수 없다.

가시와기와 온나산노미야를 맺어준 소시종의 개성적인 성격과 언동도 흥미롭다. 소시종은 가시와기에게는 물론 온나산노미야에게도 거리낌없는 신랄한 말투를 구사한다. 또 바보 취급을 하고 호되게 꾸짖기도 한다. 이 천박하고 덜렁대는 소시종이 없었더라면 두 사람의 비극 역시 없었을 것이라 생각하면, 조역을 설정하는 무라사키 시키부의 용의주도함이 새삼 놀라울 따름이다.

또 잠시 등장하는 온나니노미야도 앞으로 그녀의 존재가 중요해질 것이란 암시를 하기에 충분하다.

출가를 간절하게 바라는 무라사키 부인이 끝내 겐지의 허락을 받지 못하고 죽어가는 비통한 장면도 놓칠 수 없다. 한편 관능적이고 분망한 오보로즈키요가 30년 가까이 계속돼왔던 겐지와의 정사를 버리고 홀연히 출가한 시원스러움도 뭐라 말할 수 없이 멋지다. 그리고 겐지를 비아냥거리며 쌀쌀맞게 대답하는 그 고소함이란.

앞으로 파란이 일고 비극과 파국이 있을 것이란 예상을 남기고 「봄나물」은 의미심장하게 막을 내린다.

근대소설을 읽는 듯한 심리 묘사야말로 이 첩의 특필할 만한 점일 것이다.

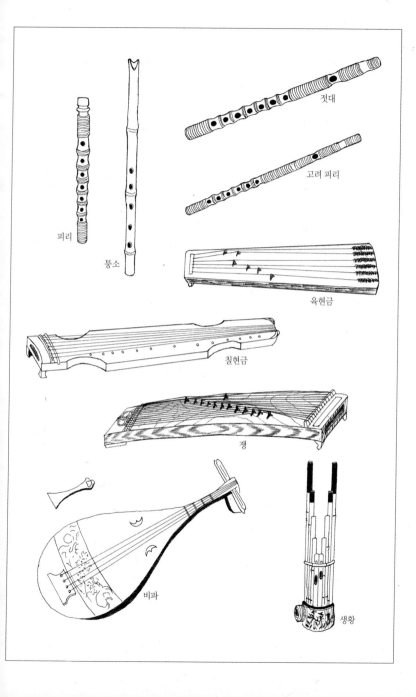

젓대

고려 피리

피리

퉁소

육현금

칠현금

쟁

비파

생황

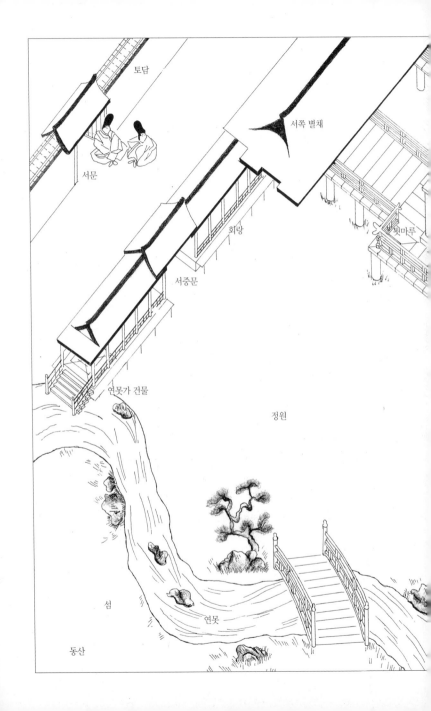

토담

서쪽 별채

서문

회랑

서중문

툇마루

연못가 건물

정원

섬

연못

동산

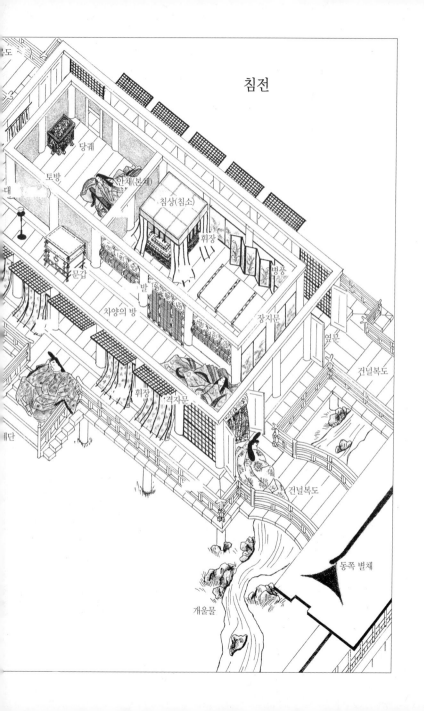

침전

당궤
토방
안채(본채)
침상(침소)
휘장
병풍
문갑
발
차양의 방
장지문
옆문
건널복도
휘장
격자문
건널복도
동쪽 별채
개울물

소례복 차림

성인식 예복

질부채

당의

겉겹옷(5겹)

겉치마

겉옷

겉옷

바지(풀 먹인 빳빳한 바지)

속바지

평상복 차림

건

평상복 차림

겉옷

질부채

질부채

가벼운 평상복 차림

관

홀

홑옷

석대

관복 차림

포

바지
(대님으로
아랫자락을
묶는 바지)

속옷자락

겉바지

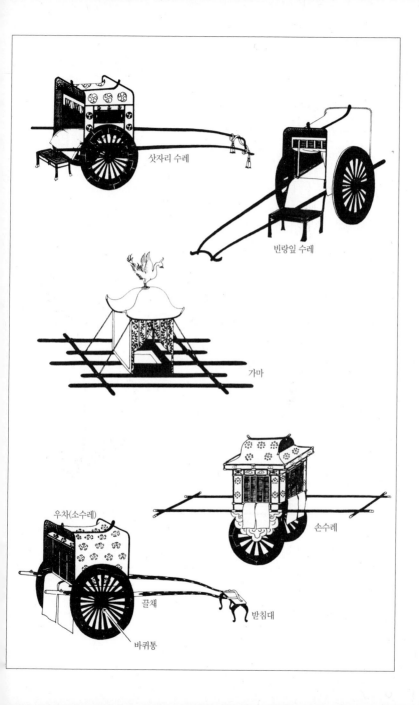

삿자리 수레

빈랑잎 수레

가마

우차(소수레)

손수레

끌채

받침대

바퀴통

• 가미가모 신사

• 시모가모 신사

1	2	3	4	5	6	7	8	9	10	11	12	13	14	15
동사	서사	홍려관	후원	순화원	압조원	사하후원	한원	굴천원	대학료	곡창원	냉천원	고양원	우다원	다원

• 별궁

궁성

주작문

주작원

신천원

서시

동시

나성문

우측 대로·소로 (위에서 아래로):
일조대로 / 정친정소로 / 토어문대로 / 응사소로 / 근위어문대로 / 감해유소로 / 중어문대로 / 춘일소로 / 대취어문대로 / 냉천소로 / 이조대로 / 압소로 / 삼조방문소로 / 자소로 / 삼조대로 / 육각소로 / 사조방문소로 / 금소로 / 사조대로 / 능소로 / 오조방문소로 / 고십소로 / 오조대로 / 통구소로 / 육조방문소로 / 양매소로 / 육조대로 / 좌여우소로 / 칠조방문소로 / 북소로 / 칠조대로 / 염소로 / 팔조방문소로 / 매소로 / 팔조대로 / 침소로 / 구조방문소로 / 신농소로 / 구조대로

하단 대로·소로 (좌에서 우로):
서경극대로 / 무차소로 / 산포대로 / 창십대로 / 목지리소로 / 해대로 / 마다소로 / 우대로 / 도조소로 / 야사소로 / 서굴천소로 / 서인부소로 / 서궁대로 / 서즐사대로 / 황문대로 / 서방성대로 / 주작대로 / 방성대로 / 임생대로 / 즐사대로 / 대궁대로 / 굴외소로 / 유소로 / 서소동원대로 / 정고정소로 / 실정환소로 / 오동동대로 / 동창원대로 / 고리소로 / 만리소로 / 부동경극대로

헤이안 경

286

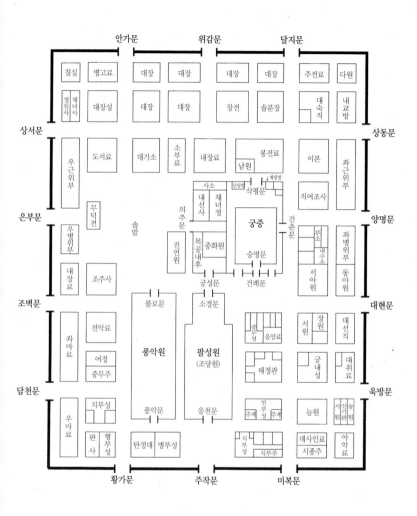

안가문　위감문　달지문

칠실　병고료　대장　대장　대장　대장　주전료　다원

정친사　채녀사　대장성　대장　대장　장전　솔분장　대숙직　내교방

상서문　　　　　　　　　　　　　　　　　　　　　　상동문

우근위부　도서료　대가소　소부료　내장료　봉전료　남원　이본　좌근위부

무덕전　　　　　　　사소　내선사　채녀정　난밀방　삭평문　계향합　직어조사

은부문　　　　　　　　　　　　　　　　　　　　　　양명문

우병위부　　솔밭　의추문　진언원　목공내후　중화원　궁중　승명문　건춘문　부소　내수소　좌병위부

내장료　조주사　　　　　　궁성문　건례문　서아원　동아원

조벽문　　　　　　　　　　　　　　　　　　　　　　대현문

좌마료　전악료　불로문　소경문　종무성　음양료　서원　장원　대선직

어정　중무주　풍악원　팔성원 (조당원)　태정관　궁내성　대취료

담천문　　　　　　　　　　　　　　　　　　　　　　육방문

우마료　치부성　풍악문　응천문　민부성　주세　주계　능원　서기원　식관원　동관원

판사　형부성　탄정대　병부성　식부성　식부주　대사인료　시종주　아악료

황가문　주작문　미복문

궁성

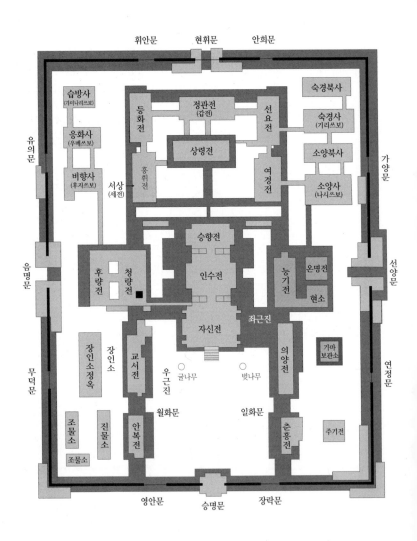

궁중

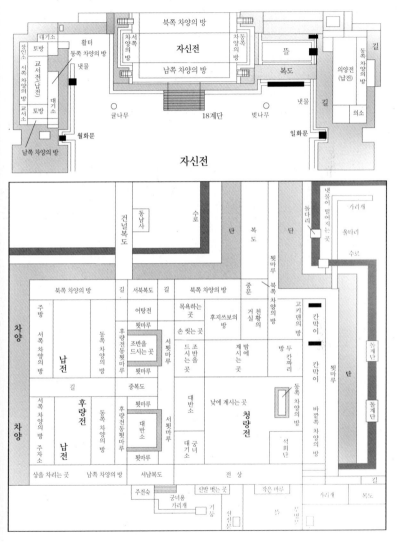

자신전

청량전·후량전

좌측 여백: ↑ 전상인 / 지하 ↓ (정5위까지 전상인, 정6위부터 지하)

관위	신기관	태정관	중무성	식부성	치부성	형부성	병부성	민부성	대장성	궁내성	좌우대사인료	도서료	내장료	아악료	현번료	제릉료	주계료	목공료	대학료	주세료	좌우마료	좌우병고료	음양료	전약료	내장료	봉전료	대취료	주전료	재궁료
정종1위		태정대신																												
정종2위		좌우내대대대신신신																												
정3위		대납언																												
종3위		중납언																												
정4위		참의	경							경																				
종4위	백	좌우대변																												
정5위		좌우중변 좌우소변	대보						대판사	대보																				
종5위	대부	소납언	소보 시종 대감물			소보				대보 소보										문장박사	두							두		두
정6위	소부	좌우대사 좌우외기	대내기 대승			중판사			중승	대승										명경박사		조		시	의					조
종6위	대우 소우		소승 중감물			소판사			소승	대주약																		조		
정7위		좌우소사 소외기	대소내기 대록 감물			판사			대속	대록								대윤		명법박사	조교			음양박사 천문박사	주금박사			대윤		대윤
종7위			감물 대전 전약			대해부			소해	약								소박윤	음박사	산박사	서박사			역박사 침박사	의사			윤		소윤
정8위	대사		소주 령록			판사 소속 중해록부																								
종8위	소사		소전약			소해부																대속	소속	마의사				대속		속
대초위																												소속		
소초위																														

관위상당표

관위	동서시사	수옥사	정친사	조주사	내선사	준인사	직부사	채녀사	주수사	후궁	춘궁방	중궁직	수리직	좌우경직	대선직	좌우근위부	좌우위문부	좌우병위부	탄정대	장인소	검비위사	감해유사	대재부	진수부	안찰사	국사대국	국사상국	국사중국	국사하국
정종1위																													
정종2위																				별당									
정3위																													
종3위										상시						근위대장			윤				수						
정4위										부										두						우에노노스케 가즈사 히타치			
종4위										전시	춘궁대부	중궁대부	대부	대부		근위중장	위문독	병위독	대필		별당	장관	대이		안찰사				
정5위															대선대부	근위소장			소필	5위장인									
종5위										장시	춘궁학사	형	형				위문좌	병위좌			좌	차관	소이	장군		수	수		
정6위	정				봉선		정												대소충	6위장인			대감			개		수	
종6위									정		대진 소진		대진			근위장감	위문대위	병위대위			대위	판관	소감				개	수	
정7위													소진				위문소위		태순 소찰		소위		대판사 소전	군감	기사	대연			
종7위	우				전선											근위장조		병위소위				주전	박사			소연			
정8위			우						우		대속						위문대지				소	소	대지		소 의산사 전산사 공				연
종8위											소속						위문소지	병위소지			소지			군조		대목 소목			목
대초위	영사		영사																										목
소초위									영사																				목

계보도

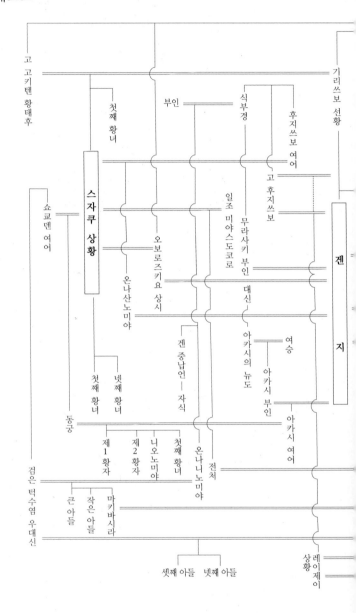

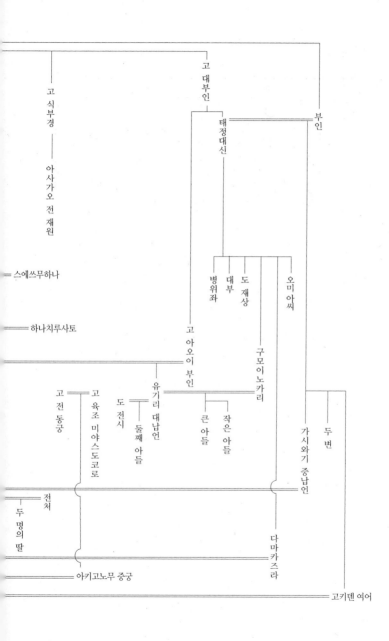

연표

첩	황제	겐지나이	주요 사항
34 봄나물 상	레 이 제 이 제	39	겨울, 스자쿠 상황, 병을 이유로 출가의 뜻을 보인다. 사랑하는 딸 온나산노미야 때문에 고뇌, 많은 후보자들 가운데 겐지를 후견으로 결정, 겐지는 이를 수락한다.
		40	봄, 정월 이십삼일, 다마카즈라가 겐지 마흔 살 축하연에 봄나물을 진상한다. 이월 십며칠, 온나산노미야, 육조원으로 들어간다. 신혼 사흘째 밤, 겐지는 온나산노미야의 철없음에 실망하고, 무라사키 부인의 고뇌는 깊어진다. 겐지, 오보로즈키요와 밀회를 갖는다. 여름, 아카시 여어가 회임한다. 무라사키 부인이 온나산노미야와 대면한다. 겨울, 무라사키 부인, 아키고노무 중궁, 유기리, 각자 겐지를 위한 축하연을 연다.
		41	봄, 삼월 십며칠, 아카시 여어, 제1황자를 출산한다. 아카시의 뉴도는 소원이 다 성취되었음을 알고 산으로 들어간다. 아카시 부인과 아카시 부인의 어머니는 뉴도의 입산 소식을 듣고 감회에 젖는다. 가시와기는 육조원에서 축국을 하던 날, 온나산노미야를 엿보고 연심을 품는다. 가시와기, 육조원의 활쏘기 대회에 참가하여 온나산노미야의 고양이를 예뻐한다. 반딧불 병부경이 마키바시라와 결혼한다.
35 봄나물 하	긴 조 제	42~45	
		46	레이제가 제가 양위한다. 긴조 제 즉위. 아카시 여어의 제1황자가 동궁이 된다. 태정대신은 사임하고 유기리가 대납언으로 승진한다. 무라사키 부인은 출가를 희망하지만 겐지가 허락하지 않는다. 겨울, 겐지는 스미요시를 참배한다. 온나산노미야가 2품의 위계를 받는다. 겐지는 스자쿠 상황의 쉰 살 축하연을 위해 온나산노미야에게 칠현금을 가르친다.
		47	봄, 정월 십구일, 육조원에서 여악이 있었다. 겐지가 무라사키 부인에게 자신의 인생의 영화와 우수에 관해 술회한다. 무라사키 부인이 갑작스럽게 발병, 이조원으로 거처를 옮긴다. 여름, 사월 십며칠, 가시와기가 온나산노미야와 밀통한다. 겐지가 자리를 비운 사이 무라사키 부인이 위독한 상태에 빠진다. 육조 미야스도코로의 귀신이 출현한다. 무라사키 부인은 수계를 받고 소강상태. 온나산노미야가 회임한다. 겐지는 가시와기가 보낸 편지로 온나산노미야가 밀통한 사실을 안다. 겨울, 십이월, 아카시 여어, 제3황자(니오노미야)를 출산한다. 육조원에서 시연이 있던 날, 가시와기는 겐지의 빈정거림에 병석에 눕는다. 이십오일, 스자쿠 상황을 위한 축하연이 열린다.

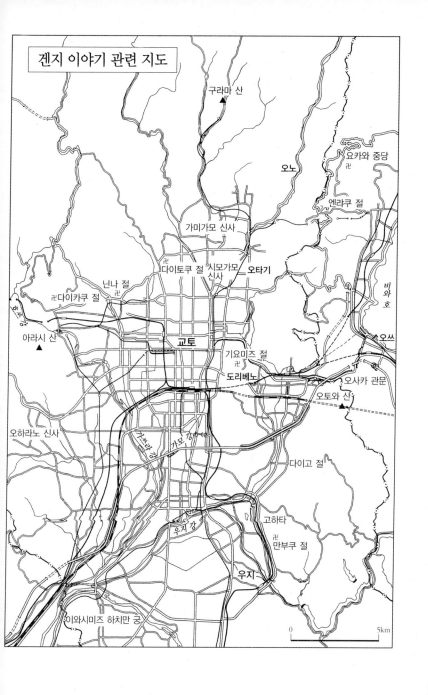

겐지 이야기 관련 지도

구라마 산

오노

요카와 중당

엔랴쿠 절

가미가모 신사

다이토쿠 절　시모가모　오타기
　　　　　　신사

닌나 절

다이카쿠 절

아라시 산

교토

비와 호

오쓰

기요미즈 절

도리베노

오사카 관문

오토와 산

오하라노 신사

다이고 절

가모 강

우지 강

고하타

만부쿠 절

우지

이와시미즈 하치만 궁

0　　　　　5km

어구 해설

가는 봄에 손짓하는 오색 실주머니 봄에 손짓한다는 것은 봄의 여신인 사호
(佐保) 공주에게 바치는 물건이란 뜻. 삼월이기 때문이다. 실주머니란
신대에 묶는 술을 담는 주머니. 삼, 실, 종이 등으로 만든 술을 얇은 비
단처럼 안이 비치는 주머니에 담는다. 언뜻언뜻 보이는 시녀들을 비유
한다.

가락이나 곡에 관해서는, 가을의 율조가 봄의 여조만 못하다 치니 여(呂)는 봄의
선율, 율(律)은 가을의 선율. 사이바라에서는 여를 중시한다는 것을 반
영한다.

가모賀茂 **신사의 임시 제의** 가모 신사는 가미가모(上賀茂) 신사와 시모가
모(下鴨賀茂) 신사. 왕성진호(王城鎭護)의 신. 이 장면의 임시 제의는
십일월 하순 유일(酉日). 아즈마아소비(東遊び)를 연주했다.

가모賀茂 **축제** 가모 신사의 축제. 접시꽃 축제를 뜻한다. 사월 중순의 유
(酉日)일.

가모賀茂 **축제의 계**禊 가모 축제가 시작되기 전의 미일(未日)이나 오일(午
日)에 가모 강에서 계를 행한다.

가사家司 친왕, 섭정, 대신, 3위 이상의 집안에서 집안일을 관장하는 직책.

가시와기栢木 **우위문독**右衛門督 태정대신의 장남. 우위문부의 장관. 종4위
하에 상당한다. 가시와기는 황거(皇居)의 수위를 담당하는 병위(兵衛),
위문(衛門)의 별칭이기도 하다. 가시와기(떡갈나무)에는 잎을 지키는
신이 있다는 전설에 바탕을 두고 있다.

가을에는 음악 소리에 풀벌레 소리까지 섞여 들리니 뭐라 말할 수 없는 정취가 있고
당시에는 가을이 관현놀이에 가장 적합한 계절이라는 통념이 있었다.

가지기도加持祈禱 밀교(密敎)에서 행하는 주술법, 기도. 귀신이나 악령을 물리치기 위한 기도.

갱의更衣 천황의 부인으로 여어의 다음가는 지위. 갱의는 대납언 이하 집안의 딸이 될 수 있다.

걸으면서 활을 쏘는 재주 도궁(徒弓)이라고 한다. 기사(騎射) 마궁(馬弓)에 대치되는 말. 정월 십팔일의 활쏘기 시합은 걸어가면서 활을 쏘는 도궁이다. 활은 쏠 때는 왼쪽에 선 사람이 먼저 쏜다. 이 장면에서는 좌우가 엇갈려 편이 짜였다는 뜻이다.

겐지源氏 미나모토(源)란 성을 가진 씨족을 칭하는 말이다. 따라서 겐 씨라고 번역해야 하지만 『겐지 이야기』에서는 주인공의 이름 역할을 하기 때문에 소리를 그대로 살렸다.

겐지의 사소한 바람기에도 기분이 언짢아하며 화를 내는 성품 무라사키 부인의 유일한 결점은 질투이다. 그러나 겐지가 온나산노미야와 결혼했을 때는 질투를 겉으로 드러내지 않는데, 이는 무라사키 부인의 신분이 온나산노미야의 신분과 대등하지 않기 때문이다. 겐지와 무라사키 부인의 사이가 멀어졌다는 증거이기도 하다.

겨울밤의 달 『마쿠라노소시』(枕草子)에서는 '썰렁한 것'의 예로 들고 있는 것처럼(현존본에는 없다) 일반적으로 절찬하지 않는 경치. 하지만 겐지는 이미 제4권 「나팔꽃」 첩에서 겨울밤의 달빛이 눈에 반사되는 경치에서 아름다움을 발견했다.

계모 이야기 『오치쿠보 이야기』와 『스미요시 이야기』가 대표적인 의붓자식을 괴롭히는 이야기이다. 겐지는 무라사키 부인의 양녀인 아카시 아씨를 위해 이런 이야기책에서 나쁜 영향을 받지 않도록 배려한다.

고래의 예를 보아도, 재위 중에 있는 천황의 황녀조차 어렵사리 상대를 골라 결혼시킨 예가 많습니다. 황녀가 신하와 결혼한 예로 사가(嵯峨) 천황의 황녀 기요(潔) 히메가 후지와라노 요시후사(藤原良房)와 결혼한 예, 다이고(醍醐) 천황의 황녀 고시(康子) 내친왕이 후지와라노 모로스케(藤原師輔)와 결혼한 예 등이 있다. 황녀와 신하의 결혼은 이례적인 일로 그만큼 요시후사, 모로스케가 각별히 걸출한 인물이었던 증거이기도 하다.

고려 피리 아악 피리. 젓대는 지공이 일곱 개인데 고려 피리는 여섯 개. 약

36센티미터 정도로 젓대보다 가늘고 짧고 소리가 높다. 고려악에, 훗날에는 아즈마아소비에 사용되었다.

고려악과 중국의 아악 한반도나 중국, 인도에서 도래한 음악. 전자가 우악(右樂), 후자가 좌악(左樂).

공달公達 귀족의 자녀.

구자求子 아즈마아소비 노래의 하나. 때와 장소에 따라 노랫말이 달랐던 듯하다.

구품九品 극락정토의 계급. 상품, 중품, 하품의 3단계가 있고, 각각은 상생, 중생, 하생으로 나뉜다.

궁중으로 들어가는 아씨들의 법도 겐지는 준태상천황이므로, 온나산노미야를 맞는 의식을 여어와 후궁의 입궁 의식에 준해 거행했다.

궁중행사로 활쏘기 대회 도궁(賭弓)이라고 한다. 정월 십팔일에 궁장전(弓場殿)에서 천황이 임석한 가운데 행해진다. 이에 준해 주로 이, 삼월에 전상인들이 행한다.

귀신에 씌인 아이 '빙좌'(憑坐)라 한다. 귀신이나 산 사람의 영을 불러낼 때, 그 귀신이나 영이 옮겨 가도록 하기 위해 곁에 두는 사람. 주로 어린아이인 경우가 많다.

근위부近衛府 6위부 가운데 하나. 궁중의 경비를 관장하는 기관.

근행勤行 부처 앞에서 경을 읽거나 회향(回向)을 하는 것.

꺼려야 하는 일物忌み 음양도(陰陽道)에서 행하는 금기. 흉사(凶事)를 피하기 위해 집에 틀어박혀 있으면서 삼가는 것.

나라奈良의 7대 절 도다이(東大) 절, 고후쿠(興復) 절, 간고(元興) 절, 다이안(大安) 절, 야쿠시(藥師) 절 , 사이다이(西大) 절, 호류(法隆) 절.

나무 쟁반 삼나무나 노송나무로 만들어 음식을 담는다.

낙존落蹲 아악의 곡명. 고려악. 일월조(壹越調). 우악(右樂). 원래는 2인무로 '납소리'(納蘇利)라고 하는데, 혼자서 추는 경우를 '낙존'이라고 한다. 가면을 쓰고 채를 지니고 춤춘다. 경마, 활쏘기, 씨름 등의 대회 때 연주한다.

난성亂聲 무악이 시작되거나 행차가 도착할 때, 또는 경마, 활쏘기, 씨름 등의 시합에서 승패가 결정되면 징, 북, 피리 등을 연주하는 것. 가락이 없는 연주라서 어지럽게 들린다. 제5권 「반딧불」 첩에서 활쏘기 시합 때, 왼편이 이기면 타구락(打毬樂)을, 오른편이 이기면 낙존을 연주했다.

납전納殿 물건을 보관하는 곳. 후궁(內裏)의 의양전(宜陽殿), 장인소(藏人所), 교서전(校書殿), 능기전(綾綺殿), 후량전(後凉殿) 등에 있었다.

내시사內侍司 후궁(後宮) 12사의 하나. 천황을 가까이 모시면서 말을 전하고, 궁녀들을 감독하며, 후궁(後宮)의 의식 예법 등을 관장하는 기관. 이곳의 장관인 상시는 정원이 두 명으로 천황의 총애를 받는 일이 많았다.

녹祿 수고를 치하하거나 칭찬의 뜻으로 하사하는 상품. 축의품. 보통 의복이었다.

눈 격리의 상징이 되는 경치.

능왕陵王 아악의 곡명. 임읍팔악(林邑八樂)의 하나. 일월조에서 파생한 음계로 혼자서 채를 쥐고 춤춘다. 나릉왕(羅陵王), 난능왕(蘭陵王)이라고도 한다.

능직물綾, **능직비단**綾絹 갖가지 무늬를 섞어 짠 견직물.

닥나무 술 닥나무 껍질 섬유를 쪄서 가늘게 찢어 만든 실. 하얀색이다.

당대의 우대장 제6권 「봄나물 상」 첩에만 등장하는 인물.

대곡大曲 칠현금의 악곡의 종류. 소곡, 중곡, 대곡이 있다. 무악의 단위를 첩이라고 하는데, 소곡은 1첩, 중곡의 여러 첩, 대곡의 10첩이 넘는 것을 뜻한다고도 한다.

대납언大納言 **조신**朝臣 주작원(朱雀院) 별당을 오래 지낸 사람. '별당 도(藤) 대납언', '도(藤) 대납언'이라고도 불린다. 조신은 공경에게 붙이는 존칭이다.

대향大饗 헤이안 시대의 연중행사로, 정월에 열린 성대한 향연. 중궁, 동궁이 주최하는 대향과 대신들이 주최하는 대향이 있다.

더없이 고귀한 신분의 여자 가운데에서도 다소 남녀의 정을 알아 겉으로는 신중하고 얌전하고 천진한 듯 보여도 본성은 그렇지 않은 여자야말로 다양한 남자들에게 유혹을 받고 정을 통하게 되는 것입니다 『이세 이야기』의 나리히라인 듯한 남자와 정을 통했다는 니조(二條) 후궁의 일화를 내포하고 있다.

두 변頭の弁 장인 두로 변관을 겸한 자.

두 변頭の弁, **병위좌**兵衛佐, **대부**大夫 태정대신太政大臣의 자식이며 가시와기의 동생들.

두중장頭の中將 제6권 「봄나물 상」 첩에만 등장하는 인물.

두툼한 종이, 딱딱한 종이 참빗살나무 껍질로 만든 종이. 하얗고 두꺼워 소식을 전하는 편지에 사용한다. 연문에는 적당하지 않고 풍류가 없다.

등꽃 아카시 여어는 제5권 「태풍」 첩에서 등꽃에 비유되었다.

등꽃 축제 제2권 「꽃놀이」 첩, 겐지 나이 스물의 삼월 이십일 남짓한 날에 열렸던 축제. 오보로즈키요와 조우하는 계기가 되었다.

마가비로자나摩訶毘盧遮那 범어의 음역. 대일여래(大日如來)를 말한다. 진언밀교(眞言密敎)의 절대자. 공양에는 「대비로자나성불신변가지경」(大毘盧遮那成佛神變加持經)을 송경한다.

마료馬寮 말에 관한 것을 관장하는 기관. 좌우로 나뉜다.

마흔 살 축하연 마흔 살부터 노년이라 하여 십 년마다 장수를 축하한다. 사용하는 도구류는 그 나이에 따른 수로 한다.

만세악萬歲樂 아악의 곡명. 당악(唐樂). 평조. 원래는 여섯 명의 여무(女舞). 즉위의 예 등 축하연에서 춘다.

매해 봄과 가을에 신악神樂 아카시의 뉴도(入道)가 해마다 봉납한, 스미요시(住吉) 신의 봄가을 신악. 자손의 번영을 기원했다.

머리 장식 머리, 관 등에 꽃가지나 조화를 꽂는 것.

머리카락, 머리칼 여성의 아름다움을 상징한다.

발원문發願文 신불에게 소원을 빌 때, 그 취지를 쓴 글.

방향이 불길하다는 둥 꺼려야 하는 일이 있다는 둥 음양도에서 중신이 지상에 있는 동안은 그 방향이 막혔다 하여 피하기 위해 전날, 다른 방향에 있는 집에 묵고, 외출할 때도 다른 방향으로만 한다.

백전柏殿 주작원 동북쪽에 있는 백량전(柏梁殿)을 뜻한다. 역사상 스자쿠(朱雀) 천황, 무라카미(村上) 천황의 모후인 온시(隱子)의 거처. 무라카미 천황의 시대까지는 매년 가을, 행행(行幸)이 있었다.

버들잎을 쏘아 백발백중이었다는 초나라의 명수가 무색한 명사수 백 보 거리를 둔 상태에서 가는데다 흔들리는 버들잎을 활로 쏘아 백발백중시켰다는 초나라의 양유기(養由基)에 대한 고사. 『사기』, 「주본기」에 나오는 '버드 나무 잎에서 백 걸음 떨어진 곳에서 이를 향해 활을 쏘니 백 번 쏘아 백 번을 맞혔다'에 따른 것이다.

범자梵字 산스크리트어를 표기하는 문자. 경문, 스님의 서명, 솔도파(窣堵 婆; 솔탑파奉塔婆)의 글자 등에 사용한다.

봄과 가을에는 우열이 있을 터 춘추우열론.

봄나물 엉겅퀴, 상추, 미나리, 고사리, 냉이, 아욱, 쑥, 여뀌, 영지, 정향, 순무. 봄나물 열두 가지의 총칭. 불로장생을 축하한다 하여 연초나 축 하연에 사용한다.

봉封 봉호. 위계와 공훈에 따라 친왕, 제왕, 제신에게 하사하는 민호. 조 의 절반, 용조의 전부가 봉주의 소득이 된다.

북산北山**의 승도**僧都 무라사키 부인의 외할머니의 오빠. 제3권 「스마」 첩 에서 무라사키 부인과 겐지를 위해 수법을 한다. 제6권 「봄나물 하」 첩 에서 죽었다.

불도를 멀리한 죄업이 가벼워질 수 있도록 재궁은 신을 섬기기 때문에 불도를 피하여 죄업이 무겁다는 발상. 육조 미야스도코로는 제3권 「수로 말 뚝」 첩에서 죄 많은 이세라는 곳에 오래 있었던 것을 보상하기 위해 머 리를 잘랐다.

붓순나무 목련과의 상록 저목(低木). 불전에 바치는 물에 띄운다.

비단필 비단을 둘둘 만 것. 녹으로 하사받았을 때는 허리춤에 끼고 물러 난다.

사바娑婆 범어. 현세, 인간계라는 뜻. 이 세상에 사는 중생은 10악에 물들 어 제악과 제번뇌에 괴로워하기 때문이다.

사흘 동안 첫날밤을 치른 후 사흘 동안 남자가 여자의 집을 찾아다닌다. 사흘째 날 밤, 신랑신부가 떡을 먹으며 결혼을 축하하면 정식으로 결혼 이 성립된 것이다.

삿자리 수레 가마의 지붕과 옆에 가늘게 다듬은 노송나무와 대나무, 갈대 등으로 엮은 자리를 댄 수레. 격식이 낮아 4위, 5위 이하가 상용했다. 상달부는 단출한 외출시에 상용했다.

상달부上達部 공경(公卿)을 뜻한다. 섭정, 관백, 태정대신, 좌우대신, 내대신, 대중납언, 참의 및 3위 이상의 총칭.

상시常侍 내시사(內侍司)의 수장으로 두 명이며 천황을 가까이에서 모시면서 주청과 선지를 전하고, 궁정의식을 관장했다. 천황의 총애를 받는 자도 많아 여어와 갱의에 준하는 지위가 되었다.

새벽의 헤어짐 헤이안 시대의 결혼은 남자가 여자의 집을 드나들면서, 새벽에 일어나 헤어져 돌아가는 시기를 거쳐 같이 살게 되는 것이 일반적이었다. 하지만 겐지와 무라사키 부인은 처음부터 같이 살았기 때문에 새벽 이별의 괴로움을 경험한 일이 없다.

생황 중국에서 온 관악기. 나무로 된 받침대에 17개의 대나무 관을 세우고 받침대 옆에 있는 구멍을 불어 소리를 낸다.

서른일곱 살 여자의 중액(重厄). 겐지와 나이차를 여덟 살이라고 하면, 제6권 「봄나물 하」 첩의 무라사키는 서른아홉 살인데, 이야기의 암전에 맞추기 위해서 의도적인 오류를 범한 것이라 여겨진다. 후지쓰보 역시 서른일곱 살에 붕어했다.

서산西山**의 절** 교토 서북부의 산기슭에 있는 절. 지금의 료안(龍安) 절, 닌나(仁和) 절 부근. 우다 상황이 양위한 후 닌나 절에 당을 짓고, 스자쿠 제도 출가한 후에는 닌나 본원으로 거처를 옮긴 탓에, 닌나 절이라고 불린다는 설도 있다.

석대石帶 예복 차림을 할 때 차는 검정 옻칠한 가죽 띠. 3위 이상은 옥 장식을 함.

선례를 보면, 마흔 살 잔치를 크게 열어 오래 산 자가 적으니 옛 주석서에 보면, 닌묘(仁明) 천황은 마흔한 살, 무라카미 천황은 마흔두 살에 붕어했다는 예가 나온다.

선유하仙遊霞 아악의 곡명. 당악(唐樂). 대식조(大食調). 춤이 없다.

선지宣旨 칙명을 읽어내리는 것. 또는 그것을 읽는 궁녀. 소칙에 비해 절차가 간단하고 형식적이다.

세상에 흔히 있는 예를 이렇게 모아 놓은 옛이야기 책 무라사키 부인이 이야기의 여주인공과 다른 자신의 처지를 한탄한 말.

소시종小侍從 온나산노미야의 유모의 딸. 가시와기와 온나산노미야의 사이에 다리를 놓는다.

속발下簾 수레의 앞뒤에 걸린 발 안쪽에 건 비단 천.

속겹옷褶 관복 차림을 할 때 포 속에 입는 옷. 그 자락을 길게 늘어뜨린 것을 속옷자락이라고 한다.

솜가발 실로 가발을 만든 것. 제의를 치를 때 제주가 머리에 쓴다.

송경誦經 경을 소리내어 읽는 것. 또는 승려에게 독경을 시키는 것.

수계역을 맡은 스님 셋이 수계에는 계를 내리는 사주인 계화상(戒和上), 절차와 예법을 가르치는 교수사(敎授師), 계장에서 절차를 가르치는 갈마사(羯磨師)의 세 사(師)가 입회한다.

스미須彌 **산** 범어. 묘코(妙高) 산 또는 묘코(妙光) 산이라고도 한다. 불교의 우주관에 바탕하여 세계의 중심에 솟아 있다는 높은 산. 칠산칠해(七山七海)가 그 주위를 에워싸고, 정상에는 제석천(帝釋天)의 성이 있으며 해와 달이 이 산을 돌고 돈다.

수법修法 밀교(密敎)에서 행하는 가지기도(加持祈禱)의 법.

스미요시住吉 **신사, 스미요시 명신**明神 셋쓰(攝津) 지방, 현재의 오사카 시 스미요시 구에 있다. 우와쓰쓰노(表筒男), 나카쓰쓰노(中筒男), 소코쓰쓰노(底筒男)가 3신. 훗날에는 진구(神功) 황후도 모셨다. 바다의 수호신이며 노래의 신.

스에쓰무하나末摘花 나이가 들어 전보다 더욱 추해진 스에쓰무하나는 겐지의 관심 밖에 있다. 스에쓰무하나에게 병문안을 간다는 것은 오보로즈키요와 재회하기 위해 출타하는 겐지의 변명이다.

시시콜콜 쓰자니 성가시기도 하고 생략하는 것을 변명하는 말하는 이의 말. 『우쓰호 이야기』에서는 연회석에서 많은 노래를 열거하는데, 『겐지 이야기』에서는 종종 말을 생략한다.

시연試樂 축하연 등의 예행연습.

신락가神樂歌 궁중에서 신에게 제사를 지낼 때, 춤과 함께 부르는 가요.

신락가의 본가本歌**와 말가**末歌 신락은 양쪽으로 나뉘어 본가와 말가를 서로 주고받으며 노래한다. 증가와 답가. 이 장면에서 악인들은 자신의 담당이 무엇인지 알지 못할 정도로 취해 있다.

쌍륙雙六 인도에서 시작되어 나라 시대에 중국을 통해 들어온 놀이. 두 사람이 각각 열다섯 개의 검정, 하양 포석을 반상에 늘어놓고, 죽통에 들

어 있는 주사위를 흔들어 나온 눈의 수만큼 포석을 움직인다. 먼저 적
진에 들어간 쪽이 이긴다.

아름다운 빗 제3권 「그림 겨루기」 첩에서 아키고노무 중궁이 입궁할 때,
스자쿠 상황이 선물한 빗. 아키고노무 중궁은 온나산노미야도 자신처
럼 영화를 누리라고 기원했다. 중궁의 증가에 담긴 표현과 과거 아키
고노무 중궁에게 연심을 품었던 스자쿠 상황의 답가가 잘 조응하고 있
다. 공식적인 노래에서는 허락되지 않는 개인적인 감상이 다소 드러나
있다.

아사가오 전 재원 때 제4권 「나팔꽃」 첩에서 겐지가 아사가오 전 재원을 연
모하여 무라사키 부인을 불안하게 했던 일. 아사가오 전 재원은 신분이
높은데다 세상의 평판도 좋은 황족이었기 때문에, 만약 겐지와 결혼한
다면 무라사키 부인의 지위를 위협할 수 있는 존재였다. 하지만 무라사
키 부인의 걱정은 기우로 끝났다. 무라사키 부인은 그때를 떠올리며 온
나산노미야와 결혼할 것이란 소문을 듣고도 처음에는 그리 비관하지
않는다.

아오이葵 아욱과의 식물. '만나는 날'(슴い)이란 뜻의 단어와 동음이의어.
가모 축제에서는 접시꽃과 계수나무 가지를 머리에 꽂는다. 가시와기
는 온나산노미야(女三宮)와 온나니노미야(女二宮)를 접시꽃과 계수나
무에 비유하고, 사랑하는 온나산노미야와 결혼하기를 바라면서 그에
미치지 못하는 낙엽 같은 온나니노미야를 아내로 맞는 불행한 운명을
한탄한다.

아즈마아소비東遊び 헤이안 시대 이후 궁정과 신사에서 행해진 무악으로,
가무의 이름. 아즈마(東) 지방의 민요 「풍속가」가 바탕이다. '아즈마마
이'(東舞)라고도 하며, '동쪽 놀이'라는 뜻이다. 헤이안 시대에 궁정과
신사에 도입되었다. 육현금, 고려 피리, 생황, 피리, 박자로 반주를 하
고, 큰북 등의 타악기는 사용하지 않는다. 일가(一歌), 이가(二歌), 준하
가(駿河歌), 구자가(求子歌), 대비례가(大比禮歌)의 5곡. 각 노래에는
가사가 있으며, 준하가와 구자가에는 춤이 있다.

약사불藥師佛 **공양** 약사불은 중생의 병환을 구제하는 여래. 장수를 기원하
면서 약사불을 공양하는 것은 경로 축하연의 관례인 듯하다.

얇은 비단 안이 비쳐 보일 만큼 얇은 비단.

어린 소나무小松 정월자일(子日)에 작고 어린 소나무를 뽑아 장수를 기원하는 풍습이 있었다. '고마쓰'라고 소리가 나는데, '고'는 어린아이(子)를 연상시킨다.

여동女童, **동녀**童女 소녀 몸종 또는 하인.

여섯 번의 근행 하루의 여섯 시간인 신조(晨朝), 일중, 일몰, 초야, 중야, 후야에 염불, 송경 등의 근행을 한다.

여악女樂 여인으로 이루어진 관현악. '여악'이란 말은 『사기』(史記)나 『좌전』(左傳)에도 있는데, 그 내용은 다르다. 일본에서는 내교방의 여인들이 춤과 악을 한 것으로 상정하는데, 그보다는 작자가 지어낸 것이라고 해야 할 것이다. 악기는 여인들이 집안 내력에 따라 분담했고, 성격이나 생김새와 불가분의 관계가 있어 교환이 가능하지 않다.

여어女御 천황의 후궁. 황후와 중궁의 뒤를 잇는 지위. 통상 황족이나 섭정, 관백, 대신의 딸이어야 될 수 있었다.

여자에게 거짓 눈물을 보인 헤이추平中**를** 흉내내는 것은 아니지만 『고본설화집』(古本說話集)에 실려 있는, 헤이추가 여자의 마음을 끌기 위해 거짓으로 눈물을 흘렸다는 이야기. 제2권 「잇꽃」첩에 이미 나왔다.

여자의 성인식 여자의 성인식 때는 처음으로 겉치마를 입고 머리를 올린다. 보통 열두 살에서 열네 살경에 치른다. 성인식을 치른 후에 결혼. 『겐지 이야기』에서는 이월에 행하는 경우가 많다.

연꽃에 맺힌 이슬 허망한 목숨을 상징한다.

엔랴쿠延曆 **절의 주지승** 히에이(比叡) 산 엔랴쿠 절의 최고의 승직. 옛 주석에는 세이와 상황과 스자쿠 상황이 출가할 때 엔랴쿠 주지승이 시중을 들었다는 해설이 있다.

엷은 감색 상복의 색.

오계五戒 살생(殺生), 투도(偷盜), 사음(邪淫), 망어(妄語), 음주(飮酒). 이 다섯 가지를 삼가는 것.

오노노 다카무라小野篁, 802~852 공경, 학자, 한시인, 가인. 838년 견당부사(遣唐副使)이면서 대사와 다투고 배를 타지 않아 오키(隱岐)에서 유적 생활을 했으나, 훗날 도읍으로 소환되어 참의의 벼슬까지 올랐다. 『영

의해』(令義解)의 선에 관여했다. 시문은 『경국집』(經國集), 『화한낭령집』(和漢朗詠集)에 남아 있다. 또 『고금집』에도 화가(和歌)가 6수 실려 있다. 『다카무라 이야기』는 그의 전승을 바탕으로 한 것이다.

오사카逢坂　교토(京都) 부와 시가(滋賀) 현의 경계. 오사카 산에 있었던 관문.

원령, 귀신, 악령　산 사람의 몸에 들어간 죽은 사람의 원혼이나 산 사람의 영. 병의 원인으로 여겨졌다.

위부사衛府司　6위부(좌우근위부左右近衛府, 좌우병위부左右兵衛府, 좌우위문부左右衛門府)의 관리.

6위부六衛府　좌우근위부, 좌우병위부, 좌우위문부 등의 여섯 위부를 뜻한다.

육조 미야스도코로의 귀신　제2권 「접시꽃 축제」 첩에서 겐지는 아오이 부인을 저주하여 죽음으로 몰아넣은 귀신을 보았다.

육조원 행차　제5권 「등나무 어린 잎」 첩, 시월 이십며칠, 레이제이 제가 단풍을 구경하기 위해 육조원으로 행차하는데, 스자쿠 상황도 동행했다. 시월인데 가을을 즐길 수 있는 장소가 있다는 것은 단풍을 찬양하기 위함인가.

육현금六絃琴　일본 고유의 악기로 현이 여섯 줄이다. 아즈마 금(東琴), 야마토 금(大和琴)이라고도 한다. 일정한 연주법이 없어 즉흥적으로 연주한다. 제4권 「무희」, 제5권 「패랭이꽃」 첩에는 태정대신이 육현금의 명수라고 되어 있다. 가시와기와 더불어 2대에 걸친 명수.

율律　음악의 조. 단조적인 선율. 중국 전래의 장조적인 선율은 여(呂).

음양사陰陽師　음양료(陰陽寮)에 속하여 천문, 역수, 점, 계, 제의 등을 관장하는 직책. 훗날에는 일반적으로 점이나 액막이 제에 관계하는 자를 일컫게 되었다.

의양전宜陽殿　후궁(內裏) 전사의 하나. 이 전사의 본채에 보물을 보관하는 납전(納殿)이 있다.

이십 세가 되기 전에는 중납언中納言**의 자리에도 오르지 않았다**　중납언은 태정관의 차관. 대신, 대납언을 잇는 관위로 정무를 본다. 겐지는 열여덟 살 시월에 정3위, 열아홉 살 칠월에 참의가 되었다. 중납언으로 임관했다는 내용은 없다.

이와시미즈石淸水 하치만 궁八幡 宮 교토(京都) 부 하치만(八幡) 시 오토코(男) 산. 오진(応神) 천황, 진구(神功) 황후, 히메노오카미(比咩大神)를 모시고 있다. 860년 후젠(豊前) 지방의 우사(宇佐) 하치만을 옮겨서 모신 것. 이세 신궁 다음가는 황실의 조신(祖神)으로, 진호(鎭護) 국가의 신. 이곳의 임시 축제는 삼월 중순, 또는 마지막 오일(午日). 아즈마아소비(東遊び)를 연주한다.

이월 이십일일경 싹이 튼 버드나무 가지 무르익은 봄의 화사한 경치 속에서, 온 나산노미야를 차가운 색인 푸른색의 싹이 튼 버들에 비유한 것이 특징이다.

2품의 위계 친왕과 내친왕에게 내리는 1품에서 4품까지의 품계 가운데 두 번째. 2품 내친왕의 봉호는 300호, 위전 42정.

일월조壹越調 아악 6음계의 하나. 서양 음계의 D를 주음으로 하는 여(呂)의 음계.

일일이 적기도 성가시니 붓을 생략하는 것에 대해 변명하는 말. 화가(和歌) 등을 필요 이상 열거하는 것을 피할 경우에도 사용한다.

입궁入內 특히 황후, 중궁, 여어 등이 될 사람이 정식 의식을 거쳐 후궁으로 들어가는 것.

자일子日 정월 첫 자일에 작은 소나무를 뽑고 봄나물을 뜯어 장수를 기원하는 행사.

자단紫檀 인도 원산의 콩과 수목의 이름. 붉은색을 띠며 딱딱하다. 닦으면 나무결이 곱다. 가재도구류에 사용한다.

작물소作物所 장인소(藏人所)에 속한다. 궁중의 세공물, 가재도구류를 제작하는 곳. 겐지는 개인적으로 이곳에 제작을 의뢰하여 최고급품을 만든다.

장인소藏人所 천황의 기밀문서나 도구류를 보관하는 납전을 관리하는 기관. 천황 직속이라 점차 직무가 확대되어 궁중 의식과 천황의 일상 업무를 다루는 중직이 되었다.

재궁齋宮 천황을 대신하여 이세 신궁에서 신을 모신 미혼의 황녀 또는 친왕의 딸. 천황이 즉위할 때마다 바뀐다.

재상宰相 참의. 태정관으로 대납언, 중납언 다음가는 지위.

재원齋院 헤이안 시대, 가모 신사에서 신을 모셨던 미혼의 황녀 또는 왕녀. 재왕(齋王)이라고도 한다. 천황이 즉위할 때마다 새로 선정된다. 무라사키노(紫野: 교토 시 북구)에 거처가 있었다.

전 이즈미和泉**의 수**守 오보로즈키요의 시녀 중납언의 오빠. 이즈미 지방은 5기나이(五畿內: 교토 주변의 지방) 중의 하나. 종6위하에 상당한다.

전상인殿上人 4위, 5위 중에서 청량전 전상의 방에 오를 수 있는 자 또는 5위, 6위 장인을 뜻한다.

전시典侍 내시사의 차관. 종6위에서 종4위로 진급하는 상급 궁녀. 내시사는 후궁 12사의 하나로 천황을 가까이 모시면서 전언, 궁녀들의 감독, 후궁의 의식절차를 관장하는 기관.

제帝 '미카도'라고 읽는다. 천황을 의미하는 미카도는 절대 권력자는 황제와는 개념이 다른 일본 고유의 존재이다.

좌중변左中弁 태정관 직의 하나. 좌대변 다음가는 지위. 중무(中務), 식부(式部), 치부(治部), 민부(民部)의 네 성(省)을 관할한다. 정5위상에 상당한다. 여동생이 온나산노미야의 유모.

주작원朱雀院 **행차**行幸 겐지가 열여덟 살 때, 기리쓰보 제가 주작원으로 행차한 것. 제의 행차를 특히 행행(行幸)이라고 한다. 이 경우는 기리쓰보 제나 주작원에 사는 상황인 부친 내지 형의 마흔 살 축하연, 또는 쉰 살 축하연을 열기 위한 행차.

준태상천황準太上天皇 태상천황이란 양위한 제. 역사에는 신하가 태상천황이 되었다는 기록이 없다. 제1권 「기리쓰보」 첩에서 발해의 관상쟁이가 예언한 대로 겐지는 일단 신하가 되었으나, 레이제이 제의 친부로 신하를 넘어서는 신분과 영화의 정점을 누렸다.

중국 고양이 외국종 고양이.

중납언中納言 **권량**權亮 중궁직 차관보좌. '양'이란 대부(大夫) 다음가는 관위이고, 권(權)이란 정원 외라는 뜻이다. 주작원에서도 근무한다.

중납언中納言 오보로즈키요의 시녀. 제2권 「비쭈기나무」 첩에서 겐지와 오보로즈키요의 밀회를 주도한 인물.

중무中務**와 중장**中將 과거에는 겐지의 애인이었다. 겐지가 스마로 내려간 후에는 무라사키 부인의 시녀가 되었다.

창가唱歌　금(琴)이나 비파의 선율을 입으로 노래하는 것. 또는 연주하면서 선율에 맞춰 노래를 부르는 것.

천 년을 사는 소나무　스미요시라 하면 소나무, 소나무라 하면 장수. 당시 노래의 상투적인 표현.

천향淺香　향목의 일종. 침향류. 목질이 딱딱하지 않아 물에 넣어도 가라앉지 않는다.

첩지疊紙　접어 가슴에 품고 다니며 코를 풀 때나 글을 쓸 때 꺼내어 쓰는 종이.

청해파青海波　아악의 곡명. 당악. 반섭조. 둘이서 봉황의 머리 모양 투구를 쓰고 밀려오는 파도 모양을 흉내내어 추는 춤. 제2권 「단풍놀이」 첩에서 겐지와 두중장이 함께 춘 춤은 기리쓰보 제의 성대를 상징하는 장면으로 여러 번 등장한다.

초암草庵　제6권 「봄나물 상」 첩에서는 아카시 해변의 저택을 뜻한다.

최승왕경最勝王經, **금강반야경**金剛般若經, **수명경**壽命經　금광명최승왕경(金光明最勝王經), 금강반야바라밀다경(金剛般若波羅密多經), 불설일절여래금강수명다라니경(佛說一切如來金剛壽命陀尼經). 진호국가를 위한 기도 외에 겐지의 복을 기도하며 경을 헌납했다.

축국蹴鞠　놀이의 하나. 한 사람이 사슴 가죽으로 만든 공을 차 올리면 그것을 떨어뜨리지 않도록 몇 명이 계속 차는 놀이. 천황과 귀인들이 행했다.

출산 축하연　출산 후 3, 5, 7, 9일째 되는 날 밤에 치르는 축하연. 친족들이 의복과 음식을 선물한다.

친왕親王　천황의 아들, 또는 자손으로 친왕 선지를 받은 자.

칠현금七絃琴　현이 일곱 줄인 현악기. 기러기 발이 없고, 주법이 어렵다. 뛰어난 음악은 뛰어난 정치와 통한다는 유교적 이념에 근거해 황족과 상류층 귀족들이 즐겨 연주했으나, 『겐지 이야기』 시대에는 거의 연주되지 않았다고 한다. 『우쓰호 이야기』에서는 신비로운 악기로 귀히 여겨졌고, 『겐지 이야기』에서는 황족과 상류층 귀족들이 주로 연주하지만, 『겐지 이야기』 시대에는 실제로 연주되는 일은 거의 없었다고 한다.

침, 침향沈香 서향과의 상록 고목(高木)으로 열대산이다. 목질이 무거워 물에 가라앉는다. 향료나 가재도구류의 재료로 쓰인다. 흑색이며 품질이 좋은 것을 가라(伽羅)라고 한다.

태평락太平樂 아악의 곡명. 당악(唐樂). 대식조(大食調). 4인무. 갑옷을 입고 창을 쥐고, 큰 칼을 뽑아들고 추는 춤.

태풍이 몰아치던 저녁에 언뜻 본 부인의 모습 제5권 「태풍」 첩에서 무라사키 부인의 모습을 엿본 후로 유기리는 부인에 대한 연모의 정을 품는다.

퇴장의 춤 무악이 끝나면서 퇴장하기 전에 다시 한 번 돌아와 춤추는 것. 또는 춤을 추면서 대기소로 물러나는 것.

평상복 여성의 평상복. 겉옷 위에 착용한다. 여동의 차림으로도 쓰인다.

포袍 귀인이 입는 겉옷. 관위, 직함에 따라 색과 무늬, 모양이 다르다.

하왕은賀王恩 아악의 곡명. 당악(唐樂). 대식조(大食調). 1인무. 왕의 은덕을 축하하는 곡. 사가(嵯峨) 천황 시대의 오이시노 미네요시(大石岑良)가 지은 것이라고 하는데, 중국에서 전래된 곡을 개작한 것인가.

한삼汗衫 땀받이를 위해 입는 속옷. 행사 때 동녀들이 겉옷으로 입기도 했다.

행차 천황, 상황, 법황, 여원 등의 외출.

향호香壺 향을 담는 항아리.

허리끈을 묶어주는 역할 바지를 처음 입히는 의식에서 바지의 허리끈을 묶어주는 역. 친족 중에서 가장 나이가 많은 사람이 맡는다.

홑옷袙 동녀(童女)가 한삼 밑에 입는 속옷. 성인 남녀가 착용하는 경우도 있다.

화톳불篝火 철제 바구니에 장작을 담아 피우는 불. 옥외 조명 등으로 이용했다.

황녀는 독신을 관철하는 것이 통례 제의 후궁은 원래 황녀로 한정돼 있었기 때문에 황녀는 신하와 결혼하지 않는 것이 통례였다. 그러나 후지와라노 다카모리(藤原隆盛) 시대에는 후지와라 씨의 딸들이 비가 되는 예가 많았기 때문에, 황녀는 존귀한 신분을 유지하고 황가의 재산을 분산시키지 않기 위해 독신을 고수하는 경우가 많았다.

황장皇麞 무악(舞樂)의 곡명. 당악(唐樂). 평조. 갑옷을 입고 하얀 지팡이를 들고 춤춘다고 하는데, 곡만 전해지고 춤은 전해지지 않는다.

후견後見 뒤를 보살피는 것. 또는 그 사람. 주종, 부부, 친자, 정치적 보좌 등 다양한 관계에 이용되었다.

후궁後宮 황후와 중궁 등이 살며, 궁녀들이 시중을 드는 곳. 천황의 처소인 인수전(仁壽殿) 뒤쪽에 있으며, 7전 5사로 구성된다. 또 그곳에 사는 황후, 중궁, 여어, 갱의를 이르는 총칭이기도 하다.

후지쓰보 여어 스자쿠 상황비 가운데 한 사람. 기리쓰보 제 전 천황의 황녀. 후지쓰보 중궁과 식부경(무라사키 부인의 아버지)의 이복 동생. 온나산노미야의 생모. '후지쓰보'라는 호칭과 함께 겐지의 생모인 기리쓰보 갱의를 닮은 비운의 인물로 설정돼 있다.

훈향薰香 각종 가루 향을 꿀에 개어 굳힌 향.

흠모하는 사람이 긴긴 연가를 써서 아카시의 뉴도가 딸인 아카시 부인에게 보낸 편지 상자를 발견한 겐지의 말. 상자가 커서 연심을 장황하게 늘어놓은 장가(長歌)인가, 하는 뜻으로 아카시 부인을 놀린다.

희춘락熹春樂 황종조(黃鍾調)의 곡. 4인무. 춤도 노래도 전해지지 않는다.

작성자: 다카기 가즈코(高木和子)

인용된 옛 노래

「가즈라키」
　　도요라 절 서쪽 팽나무 밑 샘물에
　　하얀 구슬 가라앉아 있네
　　새하얀 구슬 떨어져 있네.
　　얼씨구나 좋다.
　　나라가 번창하네
　　우리 집이 부자 되네
　　얼씨구나 좋다
　　＊사이바라의 여 「가즈라키」

그 혼은 옛 노래에도 있듯이 온나산노미야의 소맷자락에 그대로 머물러 있는 듯합니다.
　　만나도 채워지지 않았던 마음이
　　그대 소맷자락 안에 들어간 것일까
　　내 혼이 빠져나간 듯하니
　　＊『고금집』, 「잡하」· 미치노쿠(陸奧)

그대여 달 뜨기를 기다려 돌아가시길
　　저녁 어둠은 위험하오니
　　달 뜨기를 기다려 돌아가시길
　　그동안이나마 그대 모습 보리다
　　＊『고금화가육첩』 제1

꾀꼬리를 꼬이듯
　　봄바람 편지에
　　매화꽃 향기 담아

아직 모습을 보이지 않는

꾀꼬리 꼬이는 미끼로 삼자

＊『고금집』, 「봄상」·기노 도모노리(紀友則)

나이 들어 노망 든 지금

기쁘기 한없는 곳으로 나와

눈물에 젖어 있는

이 여승을 대체 그 누가 탓할 수 있으리

＊「봄나물 상」첩, 아카시 부인 어머니의 노래

만세, 만세

천년 천년 천년까지 오래토록

천년까지 오래토록 천년 천세이기를

만년 만년 만년까지 오래토록

만년까지 오래토록 만년 만세이기를

＊신락가 「천세법」(千歲法)

매화꽃 꺾으니

소맷자락에 밴 향내에 이끌려

꾀꼬리 찾아와

소리 높여 우는구나

＊『고금집』, 「봄상」·작자 미상

무엇 때문에 벚꽃을 사랑하리

기다리라 하여

벚꽃이 지지 않고

가지에 머물러 준다면

무엇 때문에 다른 꽃을

더 사랑하려 하리

＊『고금집』, 「봄하」·작자 미상

문지기의 감시

아무도 모르는 내 사랑의 걸음에

관문을 만들어 지키는 문지기여

밤마다 조금이나마 잠들어주었으면 하누나

＊『이세 이야기』5단, 『고금집』, 「사랑3」·아리와라노 나리히라

버들잎을 쏘아 백발백중이었다는 초나라의 명수

백 걸음 떨어진 곳에서 버들잎을 향해 활을 쏘니

백 번 쏘아 백 번을 맞혔다

＊『사기』, 「주본기」(周本紀)

＊ 초나라 양유기(養由基)의 고사

봄과 가을에는 우열이 있을 터이지

봄이 좋은지 가을이 좋은지

망설여지고 정하기 힘들구나

그때그때의 계절따라 마음이 쏠리니

＊『습유집』, 「잡하」 · 기노 쓰라유키

겨울 지나 봄이 오면 울지 않던 새도 날아와 지저귀고 피지 않았던 꽃도 피네

허나 산은 울창하여 들어가 만져볼 수 없고 풀은 무성하여 꺾을 수도 없네

한편 가을 산은 단풍을 손에 쥐어 찬미하고 푸른 잎을 한탄하고 원망할

수도 있다네

그런 가슴 설레는 가을을 나는 좋아한다네

＊『만엽집』 권1 · 누카타노 오키미(額田王)

봄은 그저 꽃이 다같이 필뿐

그윽한 정취야 가을이 뛰어나니

＊『습유집』, 「잡하」 · 작자 미상

봄날의 어둔 밤은 아무 소용이 없구나 매화꽃은 어둠 속에 보이지 않으나 향 내만은 숨길 길 없어

＊『고금집』, 「봄상」 · 오시코치노 미쓰네

사랑의 험준한 산길

도대체 사랑의 험준한 산길 얼마나 깊기에

그 산 속에 들어간 사람들 모두 헤매는 것일까

＊『고금화가육첩』 제4

세상에 흔히 있는 예를 이렇게 모아놓은 옛이야기 책

남들은 손짓하는 곳이 많다 말하지만

불제에 쓰는 오누사가 강물에 흘러 한 곳에 도달하듯

나도 그대를 마지막 의지처로 생각하니

＊『고금집』, 「사랑4」 · 아리와라노 나리히라

소나무 아랫잎도 물드니, 바람 소리로 가을을 느꼈다는 옛 노래

소나무 아랫잎 물드는 것 모르고

변하지 않는 푸르른 윗잎만 믿고 있었구나

＊『습유집』,「사랑3」· 작자 미상

시름에 겨운 세상 무엇이 오래도록 머물 수 있으리

> 꽃잎이 지기에 벚꽃은
>
> 더욱 아름다운 것
>
> 시름에 겨운 세상
>
> 무엇이 오래도록 머물 수 있으리
>
> ＊『이세 이야기』 82단

신사의 울타리를 휘감은 칡잎의 색도 변하고

> 신사의 울타리 휘감은 칡도
>
> 가을은 당해낼 수 없어
>
> 색이 변하고 마네
>
> ＊『고금집』,「가을하」· 기노 쓰라유키

싹이 튼 버드나무 가지가 늘어진 듯한 풍정, 꾀꼬리가 날며 일으키는 바람에
도 흔들릴 듯 연약한 가지

> 낭창낭창하고 나긋나긋하며 게다가 푸르디푸르네
>
> 그 모습 맑은 바람의 무한한 마음을 손짓하여 부르네
>
> 하얀 눈 같은 버들개지가 많이 열리나 허무하게 땅에 떨어지네
>
> 초록 실처럼 야들야들한 버드나무 가지는
>
> 꾀꼬리가 앉는 것조차 힘겨워 보이네
>
> ＊『백씨문집』 권64,「양류지사」 8수 중 제3수

연못의 수초 사이에서 노니는 원앙새

> 봄날 연못 수초 사이에서 노니는 원앙새
>
> 그 다리처럼 쉴새없이 그대를 찾아
>
> 바쁜 사랑을 하는구나
>
> ＊『고금집』,「봄중」· 미야지노 다카카제(宮道高風)

옛사람들이 여인들은 봄을 좋아한다 하였는데

> 여자는 양기를 느껴 봄에 남자를 생각하고
>
> 남자는 음기를 느껴 가을에 여자를 생각한다
>
> ＊『모시』(毛詩)
>
> ＊ 이 시를 반영하고 있다고도 하는데, 분명치 않다.

오늘로 봄도 마지막이라 여겨지는 안개 자욱한 풍경

> 오늘로 봄도 마지막이라

아쉬워하지 않는 날조차
떠나기 힘든 벚나무 아래거늘
봄이 끝나는 오늘은 오죽하랴
　＊『고금집』, 「봄하」·오시코치노 미쓰네

오월을 기다리는 감귤꽃
오월 기다려 피는 귤꽃 향내 맡으면
그 옛날 그리운 사람 소맷자락에서
나던 향기가 떠오르네
　＊『고금집』, 「여름」·작자 미상, 『이세 이야기』 60단

자성의 그늘에 아직도 남아 있는 눈
홀로 붉은 난간에 기대어 아침을 맞이하니
산 색깔이 밝아지고 장강이 내려 보이누나
대나무 숲 안개 새벽부터 산봉우리에 뜬 달을 감싸니
부초를 흔드는 바람은 따뜻하고 봄은 장강을 지나가네
허나 자성의 그늘에 아직도 눈이 남아 있고
때를 알리는 누각에는 먼지도 하나 없네
삼백 년 동안 얼마나 많은 이가 고향을 그리며 이 누각을 올랐으랴
　＊『백씨문집』 권16의 칠언율시 「유누효망」(庾樓曉望)

전혀 보지 않은 것도 아니고
그렇다고 보았다고도 할 수 없는 사람이 그리워
전혀 보지 않은 것도 아니고
그렇다 하고 보았다고도 할 수 없는 사람 그리워
오늘은 공연히 가슴만 태우며 하루를 보내니
　＊『고금집』, 「사랑1」·아리와라노 나리히라, 『이세 이야기』 99단

천의 밤의 길이를 하룻밤에 응축시켜놓은 듯했던 즐거운 밤
설령 가을 기나긴 천의 밤을
하룻밤으로 만든다하여도
하고픈 말 다 하지 못하고
새벽 알리는 닭이 울고 말 것이니
　＊『이세 이야기』 22단

칠현금의 음색으로 천지를 마음대로 주무르고, 귀신의 마음까지 어루만졌다 합니다

육현금은 천지의 신들을 움직이고 귀신을 감동시키니

*『낙서』(樂書)

* 옛 주석에 따름

힘들이지 않고 천지의 신들을 움직이고, 눈에 보이지 않는 귀신도 감동
시키며, 남녀 사이를 친밀하게 만들고, 사나운 무사의 마음까지 달래는
것이 노래이니

*『고금집』,「가나 서문」과 같은 발상.

천지의 신들을 움직이고, 귀신을 감동시키며, 인륜을 두텁게 하고, 부
부의 화합을 가져다줌에 노래보다 좋은 것은 없으니

*『고금집』,「한문 서문」

천지의 신을 움직이고 귀신을 감동시킴에 시보다 좋은 것은 없다

*『시경』의 대서(大序)

「푸른 버들」

푸른 버들을 외올실로 꼬아

꾀꼬리가 꾀꼬리가 꿰매어 만든다는 갓은

매화꽃 갓

*사이바라의 율「푸른 버들」

「학의 하얀 털옷」

무시로다의 무시로다의

이쓰누키 강에 사는 학이

사는 학이 사는 학이

천년의 장수를 기원하며 어울려 노니네

천년의 장수를 기원하며 어울려 노니네

*사이바라의 여「학의 하얀 털옷」

히라 산도 솜가발을 썼구나

신께서 제물을 받아주셨으리라

히라 산도 솜가발을 썼구나

*후지와라노 기요스케(藤原清輔)의 『후쿠로조시』(袋草紙)

*스가와라노 후미토키(菅原文時)

* 옛 주석에 『겐지 이야기』의 작가가 혼동해 오노노 다카무라(小野篁) 가 지은 것이라
하지 않았을까 하는 지적이 있다.

지은이 **무라사키 시키부**(紫式部, 978년경~1014년경)는 헤이안(平安) 시대 중기에 활약한 여류작가로, 일본의 가장 위대한 문학작품이자 세계에서 가장 오래된 완전한 장편소설로 일컫는 『겐지 이야기』(源氏物語)의 저자다. 진짜 이름은 알려져 있지 않으며, '무라사키'라는 별명은 『겐지 이야기』의 여주인공 이름에서 딴 것으로 전해진다. 무라사키 시키부의 생애를 알려주는 주요 자료로는 1008~10년까지 쓴 일기가 있으며, 이것은 그녀가 모셨던 중궁 쇼시(彰子)의 궁정생활을 엿보게 해준다는 점에서도 상당히 흥미롭다. 일부에서는 『겐지 이야기』의 집필시기를 무라사키 시키부의 남편인 후지와라노 노부타카(藤原宣孝)가 죽은 1001년부터 그녀가 궁정에서 시녀로 일하기 시작한 1005년까지로 보고 있다. 그러나 이 길고 복잡한 작품을 쓰는 데는 훨씬 더 오랜 세월이 걸려 1010년 무렵에도 끝나지 않았을 가능성이 더 많다. 한편 히카루 겐지가 죽은 뒤의 이야기는 다른 작가가 썼다고 보는 견해도 있지만, 이 책을 현대어로 옮긴 세토우치 자쿠초는 무라사키 시키부가 오랜 세월을 두고 이 소설을 완성했을 것이란 설을 내세우고 있다.

현대일본어로 옮긴이 **세토우치 자쿠초**(瀬戸内寂聴, 1922~)는 일본 도쿠시마 현에서 태어나 도쿄 여자대학교를 졸업한 뒤 결혼한 남편과 중국으로 건너갔으나, 종전을 맞이해 일본으로 돌아온 뒤 작가의 길로 들어섰다. 1972년 불교에 귀의하고 종교활동과 집필활동을 병행하고 있다. 세토우치 자쿠초는 『겐지 이야기』에 대해 남다른 조예와 애정을 가진 작가로, 많은 글과 여러 활동을 통해 『겐지 이야기』의 매력을 널리 알리는 데 힘쓰고 있으며, 특히 『겐지 이야기』의 현대어역은 겐지 붐을 일으키는 계기가 되기도 했다. 2006년 문화·저술 부문에 이바지한 공로를 인정받아 문화훈장을 받았다. 저서로는 『석가모니』『다무라 준코』『여름의 끝』『꽃에게 물어봐』『백도』『사랑과 구원의 관음경』 등이 있으며, 무라사키 시키부의 『겐지 이야기』를 현대어로 옮겼다.

옮긴이 **김난주**(金蘭周)는 1958년 부산에서 태어나 경희대학교 국문과를 졸업하고 같은 학교 대학원에서 수학했다. 일본 쇼와 여자대학에서 일본 근대문학을 전공하여 석사학위를 받은 후, 오쓰마 여자대학교와 도쿄 대학에서 일본 근대문학을 연구했다. 옮긴 책으로는 한길사에서 펴낸 무라사키 시키부의 『겐지 이야기』(세토우치 자쿠초 현대일본어로 옮김), 시오노 나나미의 『로마에서 말하다』『어부 마르코의 꿈』『콘스탄티노플의 뱃사공』을 비롯해, 요시모토 바나나의 『키친』, 에쿠니 가오리의 『언젠가 기억에서 사라진다 해도』, 오가와 요코의 『박사가 사랑한 수식』, 마루야마 겐지의 『천년 동안에』, 시마다 마사히코의 『무한 카논 3부작』, 나라 요시토모의 『작은별 통신』, 나쓰메 소세키의 『나는 고양이로소이다』, 사쿠라바 가즈키의 『내 남자』, 가네시로 가즈키의 『연애소설』 등이 있다.

감수자 **김유천**(金裕千)은 한국외국어대학교 일본어과를 졸업하고, 일본 도쿄 대학교 인문과학연구과에서 석사학위, 인문사회계연구과 일본문화연구전공으로 박사학위를 받았다. 현재는 상명대학교 일본어문학과 조교수로 있다. 저서로는 『일본의 연애가』(공저) 등이 있으며, 주요 논문으로는 「일본문학과 일본인의 성의식 연구—『源氏物語』를 중심으로」「『源氏物語』의 논리와 주제성」「『源氏物語』의 불교」 등이 있다.